文春文庫

抗命

インパール2

高木俊朗

文藝春秋

目次

抗命

インパール2

秘史の録音

私はそのことが次第に気がかりになってきた。それが事実かどうかを知りたいと思った。そのため私が国立国会図書館をたずねたのは、昭和四十一年六月のはじめであった。つゆの雨が、やや強く降りつづいていた。

東京新聞の槌田《つちだ》満文《みつふみ》記者が同行していた。私はどの程度に話を聞きだすことができるかに確信がなかった。それは国会図書館の事業に関連したことであり、また多少、機微にふれる問題をふくんでいたからである。私はそのために槌田記者をさそいだした。

受付で係員がとりついでいる間、私は外をながめていた。大きなガラス戸をへだてた、舗装された広庭には、雨足が無数の輪をまき散らしていた。周囲の新緑の木々のさきには、私の知らなかった新しい様式の建物が数多く建っていた。それが雨のなかで、美しい色調を見せていた。私は、東京も変ったな、と感じた。

このあたりは、国会議事堂の重苦しい建物を中心に、国会関係の粗末な木造建築が不統一にならんでいたところである。それが今は新鮮な構成美をきそう現代都市風景をえがきだしている。戦後二十年の歳月は、政治の中心ともいうべき永田町を、すくなくとも外観だけを、一変させてしまった。

「ビルマの雨季は激しいそうですね」

槌田記者が話しかけた。唐突の話題のようであったが、そうではなかった。この日のことに密接な関係がある話だった。

「雨の降らない乾季が約半年つづいて、そのあと雨季になると、半年雨が降りつづきます」

ビルマは南北に長い国だから、地域によって違いがあるにしても、雨季は大体、五月にはじまって十月まで、五カ月はつづいた。

「つゆが半年というわけですね」

「それが毎日、集中豪雨のような降りかたをするのだから、処置なしですよ」

私はビルマですごした雨季の日々を思いうかべた。激しい雨としぶきで、あたりは霧のたちこめたように薄れていた。川のように水の流れている所が道路だった。そのなかで、点々とむらがり、平然と雨にうたれたままでいる、からすの黒い姿が無気味だった。そして、時どきは、のら犬がさまよっているだけで、すべての生物は死滅したかと思われるほど、荒涼とした風物であった。おびただしい湿気と、よどんだようなむし暑さのために、人も物も汗ばんでいた。

前線の陣地では、たこつぼと呼んでいた個人壕《ごう》のなかに水がたまって、兵は、ふろにはいっているように、水づかりになっていた。そのために、手足の皮が白くただれて、むけおちたというようなことは、もう耳新しいことではなくなっていた。

そのころ日本軍は、ビルマから国境を越えてインドにはいり、マニプール州の州都インパールに向って攻撃した。それが惨敗に終って全軍が退却していた。日本軍の敵は連合軍だけではなかった。それ以上に猛威をふるって日本軍を苦しめたのは、インド、ビルマの雨季の豪雨であった。

「しかし、雨季のあることぐらいは、日本の軍司令官や参謀も知っていたでしょう」

「知っていても、見込みちがいになったし、負けがこむと、雨季でもなんでもむり押しに押したから、損害が大きくなるばかりだったのです」

それから、われわれは国会図書館の法律政治課の三谷課長に会った。あらかじめ質問の要点を伝えてあったので、すぐその話になった。

「私の課で、政治史資料を録音して保存する仕事をしていますが、予算の関係で、ほとんど進行していませんのです」

はじめから、ひどく気をつかった話しかたであった。私は確かめたい問題にふれた。

「牟田口廉也氏の録音をしたそうですね」

インパール作戦を強行した、当時の軍司令官のことである。そしてまた、日華事変の

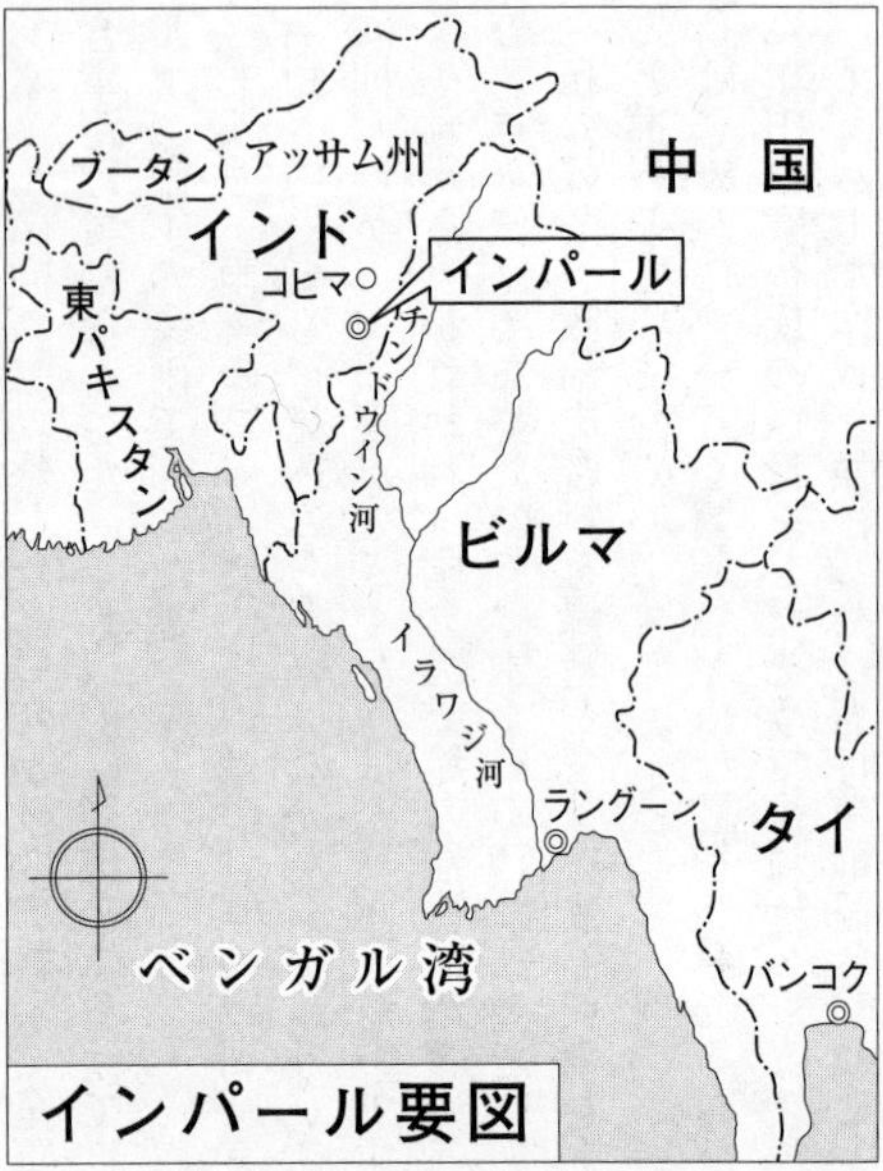

インパール要図

発火点となった華北の蘆溝橋で、最初の交戦をした部隊の連隊長であった。太平洋戦争の史上では、最も重要な人物のひとりである。

「はい、前後二回あります。はじめは蘆溝橋事件の真相のお話でした。二度目はインパール作戦について録音しました」

私は三谷課長に質問をつづけた。

「最初の録音はいつでしたか」

「昭和三十八年四月二十三日でした」

「インパール作戦の話は」

「昭和四十年二月十八日です」

三谷課長は答えを用意していたらしく、よどみがなかった。

国会図書館で、政治史資料の録音をはじめたのは昭和二十九年であった。政治史に重要な役割をはたした人々に、直接、体験を語らせて録音をし、ながく同館に保存する計画である。そのための録音であった。録音の内容は、本人が死亡してから三十三年間は

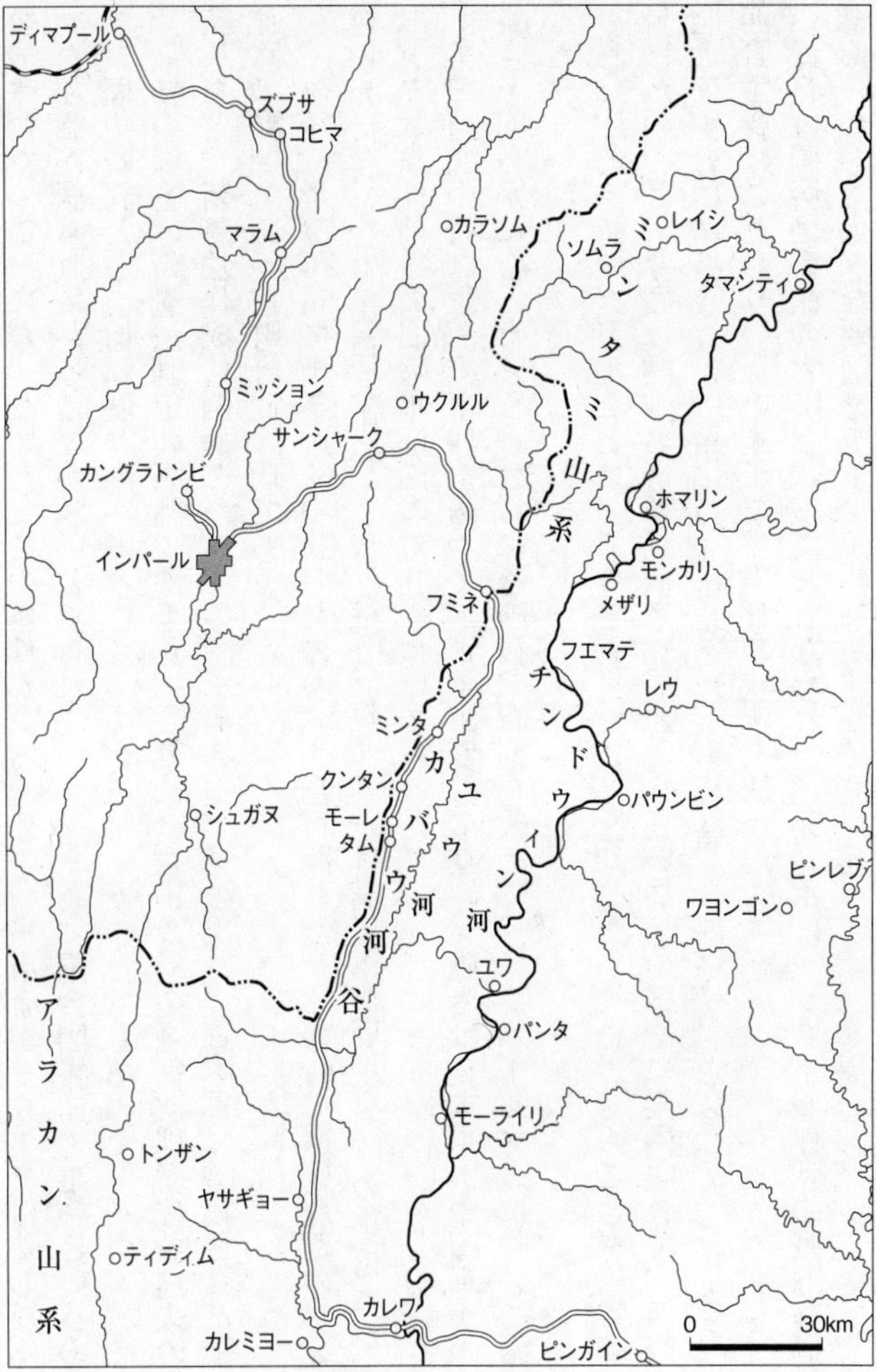
ディマプール
ズブサ
コヒマ
マラム
カラソム
レイシ
ソムラ
タマンティ
ミッション
ウクルル
サンシャーク
カングラトンビ
インパール
ホマリン
モンカリ
メザリ
フミネ
フエマテ
レウ
ミンタ
クンタン
モーレ
タム
シュガヌ
パウンビン
ピンレブ
ワヨンゴン
ユワ
パンタ
モーライリ
トンザン
ヤサギョー
ティディム
カレワ
カレミヨー
ピンガイン
ミンタミ山系
チンドウィン河
カバウ河谷
ユウ河
アラカン山系
0
30km

公表されないことになっていた。この条件があるために、当事者がそれまで口外しなかった秘話が語られていることが多いと見られていた。また、国会図書館の事業というので、歴史資料として信頼度の高い内容になっているということでもあった。

最初の録音は新憲法制定の裏話であった。これには吉田茂、金森徳次郎、佐藤達夫の諸氏など、新憲法作成に関係した人々の話を集めた。その次は、日本軍に暗殺された張作霖の顧問であった町野武馬氏である。

その後、予算不足で十年近く中断したのち、また再開した。この時、選ばれたのが今村均元大将と、牟田口元中将であった。今村元大将は満州事変発生当時の事情とか、二・二六事件前後の旧陸軍部内の対立について語った。

牟田口元中将は蘆溝橋事件を語って、日華事変の最初の発砲者は日本軍か中国軍かの疑点を明らかにしたという。さらにその後、時期を改めて、インパール作戦について語った。

私は、その時の録音のことで、もっと確実なことを知りたかった。そのことを三谷課長にたのむと、今度は調査および立法考査局という長い局名のへやに案内されて、西野照太郎主幹に紹介された。牟田口元中将の談話を録音する時にも立ち会った人である。西野主幹はこだわりのない調子で、当日の状況を語った。

録音は国会図書館の六階会議室でおこなわれた。元将軍はインパール作戦の戦闘経過をあらわした大きな要図をテーブルにひろげた。

七十六歳になる、すでに老衰のかげのあらわれた、小柄なからだであったが、そうした動作には、軍司令官当時の習性が身にしみついているのを感じさせた。話をする時には、謄写版ずりの印刷物を手にしていた。それには、話の要旨がまとめてあった。また、英国のアーサー・バーカー中佐という人の手紙もひろげておいた。その内容は、牟田口軍司令官の作戦は優秀であったとほめているということであった。録音のなかでも、この手紙のことにふれ、〝自分の真価は英国将校によって認められた〟という意味のことを語ったという。

「どうして牟田口さんが選ばれたのですか」

「この事業の計画に、積極的に協力をしてくれた人がいるわけですが、そのなかのひとりの山本有三さんの推薦でした」

「小説家の山本さんですね」

「そうです。元参議院議員で、国会図書館とも関係があるものですから」

「山本さんの推薦とは意外ですね」

山本有三氏はかねてから、日華事変当時の近衛文麿首相に与えられた非難が正しくないと考えていた。近衛首相が優柔不断のために陸軍の策謀にまきこまれ、日華事変を拡大させてしまったとするのは、近衛首相を誤解しているというのである。そのために日華事変の発端が、日本軍の陰謀ではなくて、ソ連や中国の八路軍の謀略によるものであることを立証しようとした。そして、荒木貞夫元大将、河辺正三元大将、牟田口廉也元中将その他の関係者の証言を速記させた。

その後、この仕事が歴史上に重要な意義があると見て、国会図書館の事業とすることにした。

「蘆溝橋は、いわば太平洋戦争の発端だから、録音に残すのは当然と思いますが、どうしてインパールをとりあげることになったのですか」

「それは国会図書館としては計画にいれてなかったのです。ところが、蘆溝橋の録音の時に、牟田口さんが自分から、インパール作戦をぜひ話したいといいだしたのです」

「国会図書館の資料に、ぜひ残したいというつもりだったのですかね」

「そうのようですな」

私は、一冊のパンフレットをとりだして、西野主幹に示した。私が国会図書館にきたのは、その内容を確かめたいためであった。

西野主幹はパンフレットの表紙の文字を読んで、おどろいたらしかった。

「ほう、こんなものがあるんですか」

表紙には《一九四四年ウ号作戦に関する国会図書館における説明資料》という題名と、牟田口廉也の名があった。活版ずり三十二ページの小冊子である。ウ号作戦というのはインパール作戦のことであった。当時、軍は外部に秘密にするために、こうした秘匿名を使った。

「牟田口さんの話の内容は、それと同じものですか」

西野主幹は目を通して、うなずいた。

「大体同じです。こんなことを話しました」

これで、牟田口元中将が国会図書館で語った内容を確かめることができた。槌田記者はめがねを光らせて、皮肉な笑いをうかべた。

「録音内容は三十三年間は公表禁止ということだそうですが、こんなパンフレットがではなんにもなりませんね」

つゆの雨は、全く同じ調子で降りつづいた。帰りの車のなかで槌田記者は、

「よかったですね、はっきりしたことがわかって」

私は気持ちが重くなっていた。

「あのパンフレットと同じ内容のものが、歴史の資料として残るのは困ると思うんです」

槌田記者は、ふいに思いついたように、

「ところで、どうして、あんなパンフレットを手にいれたんです。国会図書館でも全然知らなかったじゃないですか」

「インパール作戦の生き残りが送ってくれたんです。あのなかに、私の名が出ているからというので」

「ほう、ちょっと見せて」

私は、そのページを示した。そこには次のように記してあった。

《しかし、一方において、陸軍報道班員としてインパール作戦に参加した高木俊朗氏は『実録太平洋戦争』のなかで、柳田中将の更迭を申請した私を攻撃している》

柳田中将は第三十三師団長で、インパール作戦の最中に更迭された。この作戦間には、柳田中将をふくめて、三人の師団長が解任された。それは牟田口将軍のひきいる第十五軍の師団長の全部であった。世界の軍事史にも類のない異常な事件であった。

槌田記者はパンフレットに目を通して、

「牟田口さんから、モノを申されましたな」

「それで国会図書館にかけつけて、というわけではないんですよ。実はあの牟田口文書のことで、インパールの生き残りがたいへんに怒っているんです」

われわれは内幸町で車をおりて、喫茶店にはいった。私は、牟田口文書を送ってくれた人の手紙を槌田記者に見せた。そのなかには次のような字句があった。

《過日、NHKテレビのインパール作戦回顧の放送でも、牟田口だけは、終始いいわけの言葉ばかりで、自己反省の片鱗《へんりん》も見ることのできなかったのは、腹が立つよりもさきに、軽蔑《けいべつ》の感情がわくばかりでした》

テレビの『インパール作戦』の放送のあったのは、昭和四十年七月十六日である。

手紙には、さらに次のように書いてあった。

《牟田口文書のなかでは、各師団長、ことにわれわれの三十一師団長、佐藤幸徳中将が、牟田口の思うとおりに動かなかったことを、敗戦の原因と断言してはばからない態度は、武人の風上におけないものと痛感します。このままでは、われわれ生き残りとしては申しわけなく思います。最近、故師団長に関する文書が発見されましたので、印刷して戦友に配布しました。それをごらん願います》

佐藤師団長はインパール作戦の時、牟田口軍司令官に反抗して、師団をコヒマの戦線から撤退させた。軍法としては明らかに抗命罪に相当する行動であった。しかし、状況から見れば、牟田口か佐藤か、いずれが正しいかは、今なお論議のわかれるところであった。私に送られてきた文書というのは、二枚の粗末な謄写版ずりにすぎなかった。日付は昭和四十年九月三十日になっていた。牟田口文書が配布されたのは、その年の七月である。明らかに、それを読んで憤激してのことである。そこには故師団長のために、一矢をむくいようとする生き残りの悲願がこめられてあるように思われた。

文書には《烈師団長佐藤幸徳閣下について》という見出しがついていた。烈というのは、第三十一師団の通称名である。当時は、第三十一師団というような固有名を敵側に知られないために、すべての部隊に通称名をつけていた。

その文書には、昭和十九年七月九日、佐藤中将が師団長を解任された事情を説明してあった。日本軍のインパール攻撃は失敗に終り、各部隊は壊滅《かいめつ》し、あるいは退却している時である。おりからインド、ビルマの雨季は最盛期にはいり、豪雨は全戦線に降りしきっていた。師団としては、最も困難な時期に、佐藤中将は解任されたのである。

さらに発令の翌日、七月十日には、

『後任師団長の到着を待つことなく、すみやかに方面軍司令部に赴任すべし』

との命令がきた。この電文の意味は、当然しなければならない新旧師団長の事務引きつぎを、しなくてもよいということであった。それは、すこしでも早くいなくなってしまえという、悪感情を露骨に示したものであった。

牟田口、佐藤の両将軍の対立は、すでに異常に危険な状態となっていた。

佐藤中将は前線の司令部を去るにあたって、師団の将兵に次の離任の辞をおくった。

《不肖、今般ビルマ方面軍司令部付を仰せつけられ、しかも後任者の着任をまつことなく急遽《きゅうきょ》、赴任を命ぜらる。予は兵団長の大命を拝してより、諸子とともにあらゆる困難をおかして編成し装備しつつビルマに進駐し、ついでチンドウィンの流れを越えて、アラカンの嶮難を突破し、一挙コヒマを攻略し、激戦敢闘実に八旬におよべり。この間、敵を屠《ほふ》る二万五千、戦車百五十におよび、遺憾なく皇軍の武威を発揚せり。諸子また、遺憾なく戦えりの感あらん。

しかるにこの間、後方より何らの補給を受くることを得ざりしため、ついに刀折れ矢つき糧絶え、転進のやむなきに至る。優勢なる敵を睥睨《へいげい》しつつ、堂々、困難なる転進を完遂したることもまた、諸子の記憶に深刻なるものあらん。しかるに図らざりき、カラソムにおいて補給を受くることを得ず、ついに糧を求めて現態勢に至る。

幾多の英霊は今なおコヒマにあり。歴戦の傷者は今なおルンション付近の戦場にあり。豪雨沛然《はいぜん》として至るごとに、予は天の試練の大なるに、ますます自己を反省し、いよいよ操守を固くし、諸子をひきいてこの難関を打開し、付託の重任を全うするにいよいよ身命をささげんことを深く決意せしなり。

予、いま任を離る。諸子を飢餓と豪雨のなかに残して、さらに勇躍して新使命に赴かんとするは、さらに大なる決意を有するものなることを銘記せよ。予は必ず英霊を慰め、傷病の諸子を救い、諸子に光明と希望を与え、赫々《かくかく》たる戦捷《せんしよう》と、何ものをも恐れざる大勇猛心を中核とする烈兵団の伝統を、永遠に建設せんことを期す。

予の心は在任当時と同様、諸子の上に在り。否それ以上に諸子の上に在らん。けだし既往における諸子の勇戦敢闘と、不肖を中心とせし熱鉄のごとき兵団の団結とに対して、予の報ゆる途は全く今後にありと信ずればなり。諸子願わくは各隊長を中心として、ますます上下協力一致し、甘受して前途の困難に邁進せよ。

いささか決意をのべて、とりあえず離任の辞とし、再び諸子の壮容に接し、相擁して戦没せる戦友の霊に泣かん。

昭和十九年七月十日　　師団長　佐藤中将》

文中には、将来、必ず理非曲直を明らかにしようとする激しい闘志がみなぎっている。

部下の将兵は豪雨の戦場で、この言葉を聞いた。やせ衰えて、髪もひげもぼうぼうとのび、目だけ光っている泥まみれの将兵は、師団長の真情にうたれて、声を放って泣いた。

文書には、離任の辞のあとには、ビルマ方面軍参謀長、中永太郎《なかえいたろう》中将あての電文を掲載してあった。師団長を解任された佐藤中将が、自分の方面軍司令部到着に先んじて、途中のカレワから発したものであった。

電文中の〝林〟というのは第十五軍の、また〝森〟はビルマ方面軍、〝祭〟は第十五師団の、それぞれの通称名である。

《林司令部の状態を見るに、今や全く正体を失い、統帥の機能はとんど停止の実情にあるがごとし。今や彼らは森司令部の鼻息をうかがい、その重大なる責任よりまぬかれんとするにきゅうきゅうとし、みずから実行不可能と承知しつつパレル要塞《ようさい》攻略、あるいはまた祭兵団に与えたる命令のごとき、複雑怪奇なる命令をくだして、時々刻々全軍を自滅の深淵《しんえん》に転落せしめあり。

統帥もここに至っては完全にその尊厳を失い、すべて部下に対する責任転嫁と上司に対する責任免除のため存在しあるにすぎざるものと断ぜざるを得ず。実に前代未聞のことなり。彼らにはみじんも誠意なく責任感なく、ただ虚偽と、部下に対する威嚇《いかく》あるのみ。

小官はコヒマにありし当時より、つとにこの真相を看破し、警戒しつつ今日に至れるものなり。林司令部の最高首脳者の心理状態については、すみやかに医学的断定をくだすべき時機なりと思考す。森司令部もまた、第一線より遠く隔絶せるラングーンより、第一線の進退を指導せんとするがごとき、実に統帥の要諦《ようてい》を解せざる結果と思考せざるを得ず。

　かくして作戦に先行せる政略は作戦を失敗に帰せしめ、政略また失敗に帰するに至るべきは必然の理数にして、目下推移しつつある林集団の作戦が明らかにこれを物語るものにして、小官は森司令部の深甚《しんじん》なる反省を要求してやまず》

　文中に、牟田口中将の軍司令部は、頭がおかしいのではないかとまでいっている。さらにビルマ方面軍に対して、統師を知らざるものときめつけている。方面軍の任務は戦略単位の兵団を指揮すること、つまり統師にある。それを知らないというのは、方面軍に対して、これ以上の非難はない。軍人の言葉は激しい場合が多いとしても、これほど上級者を痛罵《つうば》したものはすくないだろう。電文はさらに次のように非難の文字をつづっている。

《この重大なる時機に責任ある幕僚を現地に派遣せず、日々深刻となりつつある雨季の実相をも把握することなく、貴官らが戦場にきたりし当時の印象と、林司令部の、雨季においても補給可能なりとせる虚偽と錯誤の報告を基礎として、今後における作戦の推移に対処せんとするがごときは、誤れるもはなはだしきものにして、今回の重大なる失態の責任は、その一端を森司令部において担当せざるべからざるは必然なり。

　今や第一線各部隊は、戦うことより自滅を防ぐことを第一義として行動しつつあり。貴官らはこれを無理なりと思うや。糧秣《りょうまつ》を得、弾薬を装備して、はじめて作戦は成立するものなり。戦略単位の大兵団に対し、あたかも分隊小隊に対するごとき実行不可能なる、でたらめなる命令を与え、兵団がその実行を躊躇《ちゅうちょ》したりとて、軍規を盾にこれを責むるがごときは、部下に対して不可能なることを強制せんとする暴虐にすぎず。いずこに統帥の尊厳ありや。

烈兵団のごとき、コヒマにおいて刀折れ矢尽き糧絶ゆるまで勇戦奮闘したる軍隊が、さらに三千名の傷病兵を帯同し、雨中の転進一百里におよび、補給を受けたるものは、わずか二日分の糧秣にすぎず。

飢餓と栄養失調、マラリア、下痢、脚気などのため途中死亡せるもの、実に五百名におよべるほか、健康者ほとんどなき状態において、なお補給せずして、兄らはパレル要塞を攻撃せしめんとする意志なりや。兵団の幾名が敵陣地前に到着し得ると思考するや。

今回の作戦において、将兵一同の痛感せるものは、各上司の統帥が、あたかも鬼畜のごときものなりと思うほか、何ものをも印象をうけず。小官は今、決然立って尊厳なる統帥確立のため、各上司の猛省を促さんとする決意なり》

さきの離任の辞といい、この電文といい、佐藤中将はインパール敗戦の責任を追求する決意を明らかにしている。この時以来の牟田口対佐藤の抗争は、戦後にまでつづいた。

牟田口元中将が国会図書館でインパールの敗因を語ったのも、二十年の遺恨のためではないかと、私は考えた。私は、にわかに、かの牟田口文書に一層の興味を感じた。

牟田口文書

牟田口文書は、その題名の示すように《国会図書館における説明資料》であるから、説明した通りの全文ではない。これをもとにして、牟田口廉也元中将は国会図書館で、インパール作戦について談話をし、録音に残した。しかし、その談話と、この文書とは、それほどの差異はなかったと思われる。それは文書の内容が、英国将校からきた七通の手紙の紹介、引用を主としているからである。それほど、英国将校の手紙は、牟田口元中将にとって重要なものであった。ある意味では、この老将軍の人生に大きな変化をもたらしたといえる。

牟田口文書の第一ページは、

《昭和三十七年七月二十五日、英国バーカー中佐より次の書面を受領した》

と書きだして、その第一信を紹介している。手紙はすべて翻訳文を掲げている。原文に忠実に訳したと思われるが、多少わかりにくいところや、疑問の点もある。しかし、以下の引用の手紙は牟田口文書のままである。

《一九六二年七月四日発

アーサー・バーカー中佐

牟田口陸軍中将殿

日本語でお手紙をさしあげることができないのを、非常に残念に思います。

小生はただいま〈一九四四年のデリーへの進軍〉という題名の本を書いておりますので、貴殿のお言葉は非常に貴重なものでございます。この本は完全に客観的なものにする予定であり、英国人の見解と同様、日本人の見解にも、同じ重要性を与えるつもりです。ごぞんじのように戦記物の大部分は作家の国にどうしても片よりがちです。といいますのも、作家は相手方の見解をあらわす十分な資料を得ることができないためです。

まず最初に申し上げたいことは、日本兵が勇敢に、かつ全力をつくして戦ったことは、疑う余地がないということであります。

貴殿の優秀なる統率のもとに、インド攻略作戦は九分通り成功しました》

こうした文面は、牟田口元中将に意外なおどろきと喜びを与えたことは、容易に想像される。インパールの惨敗は、牟田口作戦が無謀であったためというのが、ほぼ定評となっている。それなのに、敵側の将校が〝優秀なる統率〟と称賛し、インパール作戦は〝九分通り成功〟と評価したのである。それも外交辞令でなく、戦史研究家として確言している。牟田口元中将でなくとも、あの悲劇を知る者は、意外の感を深くしないではいられないだろう。

しかし筆者には、この見解は、いかに日本側の資料を得られなかったにしても、日本軍の実情を知らなさすぎると思われた。

手紙はさらに、次のようにつづけている。

《この機会を借りまして、下記のことを質問したいとぞんじます。

(一)もし英国第四軍団がインパールを撤退したなら、貴殿の次の作戦は何でありましたか。

(二)もしインパールを撤退しなかったとしても、佐藤中将にとってディマプールに到着すること、あるいは、すくなくとも、レド鉄道を切断することは可能であったかも知れません。もし佐藤中将がコヒマに牽制《けんせい》部隊を残したなら、彼はストッフォード中将のひきいる第三十三軍団が防御しうる前に、アッサムに進むことができたでしょう。貴殿は佐藤中将が貴殿を失望させたとお考えですか》

ディマプールはインドのアッサム州の州都である。そこに進撃することは、牟田口軍司令官にとっては、インパール攻撃以上の大きな宿願であった。そのとき、烈師団長佐藤中将はディマプールまで四十キロの距離にあるコヒマの要点に進出していた。牟田口対佐藤の抗争は、このコヒマでおこった。バーカー中佐の質問は問題の核心にふれ、しかも牟田口将軍の宿願は〝可能〟であったというのだ。

《田中信男中将が第三十一師団を統率していたならば、戦況は違ったものになったであろうという考えにご賛成ですか。

（三）インド国民軍師団（日本側についたインド人部隊）は、それだけの価値あるものであったでしょうか。もし貴殿がベンガル区域に到着できたならば、その師団は価値を発揮できたと思われますか。貴殿はベンガルにおけるその師団に関して、何らかのご計画はおありでしたか。

（四）貴殿はビシェンプール攻略戦に対し、あれ以上の作戦準備ができたとお考えですか。

（五）貴殿の空軍は、貴殿に対し、もっと役に立ち得たでしょうか。

小生は本作戦中、インパールの参謀将校でありました。小生は日本兵に対し、何らの恨みをもっておりません。また一兵士として、貴殿の兵士たちに深甚なる尊敬の念を抱いております。

貴殿のご返事をお待ちしております。

偉大なる陸軍中将であられた貴殿のご意見は、英語を国語とする諸国家に対して、発表さるべきであります。戦史に記されている以上のことを、ごぞんじであると確信いたします》

手紙を読んだ牟田口中将の喜びは大きかった。そのことを牟田口文書のなかで、次のように率直に記している。

≪バーカー中佐の書面は、失意のどん底にあった私をひどく元気づけた。私には、真に語り得る人がいたら、訴えたいことは山ほどあった。しかし、私の身になって、訴えを聞いてくれる人はいなかった。いや、いなかったというよりも、敗軍の将に向って、さらに痛いところにさわるまいとする同情の結果が、私をしてかく感ぜしめたと解すべきが至当であったかも知れない。

しかし、戦記ものには、牟田口は〝無謀な神がかり将軍〟として描かれ、インパール作戦が惨敗に終ったのは〝全く牟田口の無謀な作戦のため〟であるという書き方であった。陸軍士官学校二十二期の私の同期生のうちには「坊主になれ」と強制したものもあった。

「牟田口のやつは、あれでよく生きていられる」

などの非難の声も耳にはいってきていた。こうした非難に耐える苦しさは、到底、言葉ではいいあらわすことのできないものであった》

牟田口元中将に対する非難攻撃には激しいものがあった。当時の戦場でも「牟田口を殺してやる」と悲憤していた兵もあった。現に筆者も〝神がかり〟とか〝無謀な作戦〟と書いたひとりである。こうした非難に耐える胸中の苦悩を、老将軍が告白したのは、この文書が最初ではないかと思われる。それをあえてしたのも、バーカー中佐の手紙のもたらした喜びが大きかったためである。

バーカー中佐が質問しているように、烈師団がコヒマを占領した直後、牟田口軍司令

官は大いに喜び、宿望のディマプール進撃を佐藤師団長に命じた。しかし、それが実行されずに終った。そのことがインパール作戦の失敗の原因の一つになったと、牟田口元中将は信じている。ところが、バーカー中佐は〝ディマプール進撃は可能だった〟というのだから、牟田口元中将は、はじめて、おのれを知る人を得た喜びに恵まれた。そのことを、次のように書いている。

《しかるに天なるかな、命なるかな、バーカー中佐の疑問は、私の魂の叫びであるところのディマプール進撃の決心が、敵側から見ても絶好の機会であったことを教えてくれた。これこそ私に無限の喜びを与えてくれたものなのである。私にとっては中佐の通信は、真に〝神のお告げ〟と感ぜられてならない。

私ども戦争当事者として、とった作戦の方針なり指導なりが、時機に的中していたこ

とが事実に徴して確証された場合、その喜びがいかなるものであるか、お察し願いたい》

老将軍は神のお告げとまで喜んだのだ。そして中佐の質問に答えて、返信を送った。

《英国第四軍がインパール一帯の地域から撤退した場合の日本軍の作戦目的について、という質問にお答えします。

日本軍の作戦は、ビルマの防衛強化という消極的、戦術的作戦でありましたが故に、英軍がインパールを撤退した場合には、インパール付近の堅固な地形に、ビルマ防衛線をしくことになったでしょう》

日本軍のインパール作戦の目的は、インドに進攻することが主ではなくて、ビルマの防衛線をインパール付近におくためであった。しかし、このことが実は牟田口元中将の考え方と、根本から違っていた。これについて、牟田口元中将は次のように説明している。

《この当時においては、日本軍の状況は各方面とも不振を極め、ただ、わが第十五軍方面においてのみ、作戦指導のいかんによりては一道の光明を認め得ると判断しました。私は蘆溝橋事件処理について至らざるところがあった故に、国家に迷惑をおよぼしたるものと、みずからを責めておりましたので、おのれの微力をもかえりみず、アッサム進撃を計画し、奉公の誠を致すは、この作戦に勝利を獲得する一途あるのみと思いつめたのであります。

私は方面軍司令官に対しアッサム進攻作戦について意見を具申したのであります。しかしながら方面軍司令官には、アッサム進撃について同意していただくことができず、わずかにビルマ防衛強化という消極的作戦目的で、インパール作戦を実施すべく命令せられたのであります》

しかし、牟田口元中将はアッサム進撃をあきらめたのではなかった。そのことについて次のように記している。

《大東亜戦争全般の形勢を有利に展開することは、もとより希望するところであり、このためにインドに対し、政略的効果を期待する微妙なる機運が、私の心中に伏在しておったことは否定できない心境でありました。従って、機会の乗ずべきものがあった場合には、ディマプールに一挙に進出を企図したでありましょう》

これが牟田口元中将の本心であろう。それをきわめて遠慮ぶかく、遠まわしに表現している。

実際には、日本が勝つために、インドを日本のものにすることが必要だと考えていたのである。また、インパール作戦間にあっても、機会があればアッサム州のディマプールを攻略する考えを持っていたことを明らかにしている。それだけに、ディマプールにかけた期待は大きかった。

《戦後になって、ディマプール方面の英軍の配備が薄弱であり、あの時、私の決心通り

攻撃しておれば、英軍の不意をつくことができ、大きな戦果を収め得たであろうことを知り、残念に思われてなりません》

牟田口元中将としては、生涯を通じての悔恨を残した。あの時、烈師団の宮崎繁三郎少将の歩兵団がコヒマを占領すると、好機とばかり、ディマプール進撃を佐藤師団長に命じた。ところが、ビルマ方面軍からは、ディマプール進撃は作戦範囲をこえるものとして、中止を命じてきた。牟田口軍司令官としては、まさに痛憤胸を焼く思いであった。

このことを次のように、バーカー中佐に書いている。

《コヒマの占領が意外に早かったのは、私がウ号作戦をもって鵯越《ひよどりごえ》作戦となし、敵の不意に乗ずるを主眼としていたのが成功したためである。ウ号作戦開始前に、私は方面軍司令官河辺中将に対して、アッサム進攻について意見を具申した。河辺軍司令官は『好機到来せば、河辺軍司令官よりこれを命ずる』からと、私の意見をおさえられた。しかし、私が佐藤中将にディマプール奪取を命じた時期は、河辺軍司令官がアッサム進攻を命ずべき絶好の機会と信じたからである。しかるに意外にも、私の命令は、河辺軍司令官によって阻止されたのである。無念というだけでは言葉がたりない》

しかも、その時に実行すれば、ディマプールを攻略することができたと、十七年後にわかったのである。牟田口元中将の胸中には、河辺中将に対する不満が新たにわきあがってきた。このことを次のように書いている。

《私の軍人生活のなかで、最も印象に残っているのは、昭和十二年七月七日夜に突発した蘆溝橋事件と、ウ号作戦である。しかもこの二つの事件は、非常に類似した内容をもっている。蘆溝橋事件当時の直上上官も、ウ号作戦の直上上官も、同じ河辺将軍であった。戦後の今日からふり返って考えると、蘆溝橋事件当時の事件解決に関する河辺旅団長の考え方と、ウ号作戦の河辺軍司令官のやり方が、大いに似かよっていることを痛感させられるのである》

蘆溝橋事件は、牟田口連隊の一木大隊が、北京《ペキン》郊外の蘆溝橋付近で夜間演習中におこした中国軍との戦闘である。これが日華事変の発端となり、そのまま太平洋戦争に発展した。

これについて、次のように記している。

《終戦後一九五四年（昭和二十九年）になりまして、蘆溝橋事件は、中共の国家主席をしている劉少奇《りゅうしょうき》が一九三七年（昭和十二年）、紅軍（共産軍）の北方機関長として北京に勤務し、青年共産党員および清華大学学生を使嗾《しそう》し、宋哲元以下の第二十九軍の下級幹部を煽動して、日本軍に対し発砲したことを、中共みずから発表したのであります》

七月十一日には停戦協定が成立したが、翌十二日にまた両軍は交戦した。

《山下将校斥候が監視していると、竜王廟付近に中国軍第二十九軍の将兵の姿がちらちら見えはじめた。第二十九軍がその辺にあらわれるというのは、明らかに停戦協定違反である。この報告をうけた私は、世良小隊に追い払うように命じた。

世良小隊が前進して、しばらくすると、世良小隊と竜王廟の敵との間に、さかんに銃

ビルマ方面軍編成表

昭和十九年五月現在

- **南方軍（威）**
  総司令官　寺内元帥
  総参謀長　飯村中将
  総参謀副長　稲田中将
  - **ビルマ方面軍（森）**
    司令官　河辺中将
    参謀長　中　中将
    - **第十五軍（林）**
      司令官　牟田口中将
      参謀長　久野村中将
      - **第十五師団（祭）**
        師団長　山内中将
        後任　柴田中将
      - **第三十一師団（烈）**
        師団長　佐藤中将
        後任　河田中将
      - **第三十三師団（弓）**
        師団長　柳田中将
        後任　田中中将
    - **第二十八軍（策）**
      司令官　桜井中将
    - **第三十三軍（昆）**
      司令官　本多中将
    - **直轄部隊**
      - **第五十三師団（安）**
        師団長　武田中将
  - **第三航空軍（司）**
    司令官　木下中将
    - **第五飛行師団（高）**
      師団長　田副中将

声がおこった。河辺旅団長は一文字山の南側の民家におられたが、銃声を聞いて、一文字山の私のところに飛んでこられた。そして、私をじろりと見られたが、口をきっちり結んで何もいわれない。それが旅団長のふきげんを示していることは疑いなかった。私は銃声が早くおさまってくれればよいがと思ったが、さらに激しさを増して行った。それでも旅団長はだまっている。せっかく停戦協定が調印されたというのに、余計なことをしたと、怒っているのであろう。

だが、私はまた私で、二十九軍はどこまでつけあがるかわからないから、早い時期にこらしめた方がよいという腹なのだ。私は弁解がましいことはいいたくない気持ちだ。旅団長も私もだまっている。だまって銃声を聞いている。私はこの時の重苦しさを生涯忘れることはないだろうと思った》

筆者がビルマ従軍中に会った河辺中将は、大きなカイゼルひげをつけた、威厳のある顔をしていた。鋭細な頭脳の人らしかったが、謹直小心のかたくるしさもあった。その人が、部下の連隊長に事情もきかず、しかりもせず、黙々としていたというのは、何か異様な感じをうけるのである。また牟田口連隊長も、一言の報告もせず、無言でいたというのも奇妙なことである。旅団長も連隊長も、軍人という概念にふさわしくない、陰性な動作をしているのは異様である。

牟田口文書は、さらに次のように書いている。

《その時の感じはそれだけであったが、八年後のウ号作戦においてディマプール進撃を中止させられた経緯からふり返ってみると、その間に一脈相通ずるものがあることが感じられる。河辺旅団長はふきげんな顔をして私を苦しめたきり何もいわず、何も処置することなくして、もとの百姓家に帰られた。

ウ号作戦においては、ディマプール進撃を阻止しただけで、何ら以後の措置について指示することもなかったのである。ついに佐藤師団長をして補給困難におちいらしめて、独断退却の軍規違反の大罪を犯さしむるに至った。河辺軍司令官としては、ウ号作戦を断念させるべきであったと思うのである。優柔不断ということが最も戒むべきことである。河辺軍司令官は、それを犯しているのである》

インパール作戦の時、方面軍司令官と作戦軍司令官の気持ちは、全く離反していたのだ。

《最高統率者としては、過去において多少でも優柔不断な経歴の持ちぬしは絶対に避くべきである。上司の覚えめでたいような、うわべの成績は一文の価値もなく、万人が認めるような確固たる信念の持ちぬしを充当すべきである。東条さんから進攻作戦を説かれて、心にもない進攻作戦を主張するような河辺軍司令官であったが故に、日本が勝つか負けるかのせとぎわに、ディマプール進撃ができなかったのである。

かかるさいには、自分が大本営までも押しかけて行き、航空部隊の増援でも実現する司令官であってほしいのである。そのくらいの意気ごみがほしかった》

牟田口軍司令官は河辺中将に裏切られたと思うと同時に、佐藤師団長に対しても、不満を爆発させるのである。
《貴殿が質問せられる通り、第三十三師団長田中信男中将が烈第三十一師団を統率していたならば、ディマプールに対して突進せよとの私の命令を待つまでもなく、戦機を看破し、独断ディマプールに突進したでありましょう。佐藤中将の統率は、貴殿の判断の通り、私を失望させたものであります》
田中中将ならば、命令をださなくても、自分の企図を察して行動したはずだと思うと、今なお新たな怒りをおさえがたいのだ。
《佐藤師団長がコヒマを占領することに努力をしなかったのは、統率上の過誤でありま す。さらに後日、独断退却の挙に出たことは、旧日本軍の厳正なる軍規をみだすもので、遺憾至極にたえません》
また補給の問題について、次のように述べている。
《当時、佐藤中将の烈師団への補給が困難におちいることが予想されていたので、ディマプール攻略によって、佐藤師団が必要とする糧食を獲得できると考えたのでありま す》
これは、烈師団に食糧を送ることはできないから、ディマプールに行って、英軍の糧食を奪って自給自足せよということである。敵に糧《かて》を求め、あるいは自給しつつ進むというのは、インパール作戦の場合だけではなかった。当時の日本軍全体の補給についての考え方の根本になっていた。それがインパール作戦の時には極端なものとなり、その数を準備させた。牟田口軍司令官はインパール作戦開始の前に、補給の一手段として、牛、やぎなど多数を準備させた。これらの動物に弾薬糧秣を運ばせ、その荷物がなくなれば食用にする考えであった。十三世紀のモンゴールの英雄、成吉思汗《チンギスハン》の戦法に学んだということであった。このために、第十五軍が徴用した現地牛は三万頭をこえた。

しかし、軍隊と同じ速さで、この動物隊を進軍させることは困難であった。アラカンのけわしい山道にかかると、動物は動かなくなった。その上、山地方面は、動物の飼料にするものがなかった。モンゴール大草原の戦法は、インパール山岳戦では通用しなかった。

補給のもう一つの方法として、牟田口軍司令官はディマプールをあてにしていた。そこにはアッサム州の農産物と、英軍補給基地の物資がある。

このような不確実とも見られる補給計画をもとにして、この大作戦を決行した理由について、牟田口文書は次のように説明する。

《ウ号作戦のごとく補給が至難な作戦においては、ことに糧食、弾薬、兵器など、いわゆる〝敵の糧〟によることが絶対必要である。これがためには、随分放胆な作戦指導が必要である。放胆な作戦であればあるほど、危険がつきものである》

ところが佐藤中将は、補給のないのを第十五軍の無責任として非難し、それを理由に烈師団を独断で退却させた。しかし、佐藤中将は第十五軍を非難する前に、みずから反省すべきではないかと、牟田口元中将は考えているようだ。それは、佐藤中将がディマプールに突進してさえいれば、烈師団は飢えることもなく、従って抗命撤退の暴挙をすることもなかった、と思うのだ。

しかも、佐藤中将は、牟田口軍司令官がディマプール進攻を胸中に熱望していたのを、知っていたはずである。その期待にこたえようとしないのは、師団長として怠慢だと考えるのだ。

しかし牟田口元中将は、そうした非難をすることを、一応は反省もした。十八年たった今日、しかも、かつての敵軍の将校に伝えてよいかどうかと迷いもした。

《佐藤中将が故人となった今日、彼を責めるのは、情において忍びないところであります。佐藤中将と士官学校同期生の田中新一元中将は、このことについて、私に、「お気持ちはよくわかりますが、真相を伝える戦史を誤ることは徳義に反するから、事実をまげることなく、真相をありのまま書かれた方がよろしいと思います」と、注意されたので、書く決心をしました》

田中新一中将はビルマで第十八師団長、ビルマ方面軍参謀長を歴任した、剛直の人であった。その人の忠告で、意を強くしたのであろうか。その後のバーカー中佐への返信のなかでも、佐藤中将に対して、さらに強く非難している。

《烈師団のなかでは、宮崎繁三郎少将の指揮する部隊の行動には私は満足しました。この部隊が、わずか五個中隊をもって十余日間も英軍増援部隊を阻止した戦闘ぶりは、まさに称賛に価するものであります。しかし、これは佐藤中将の直接指揮下ではありません。佐藤中将については、常に失望していたことを重ねて強調します》

　牟田口軍司令官はインパール作戦の間に、部下の三人の師団長を解任した。そのひとり弓第三十三師団長柳田元三中将を更迭した理由について、牟田口文書のなかで、次のように説明している。

《柳田師団長は三月二十七日、私に対して、即時ウ号作戦を中止し、防衛態勢に転移するを可とする旨の重大意見を具申した。その理由として〈トンザンの激戦にかんがみ、軽装備をもって、短時日間にインパールの敵主力を屠《ほふ》るのは至難であること〉と、〈フーコン地区の戦況と、英軍空挺部隊が北ビルマに降下したことは、その方面の防衛を危うくするものであること〉をあげている。

　時あたかも、烈第三十一師団、祭第十五師団はコヒマおよびインパール東北方に向い峻嶺《しゅんれい》を突進中であった。私はウ号作戦の中核師団の長である柳田中将が、突然かかる意見を具申してきた真意の奈辺にあるかを疑い、軍命令の服行をきびしく督励した》

　柳田師団長は、インパール作戦には非常な困難と危険のあることを予想もし、確認もした。そのために、牟田口軍司令官に作戦中止を進言し、十日間も前進をひかえていたのも、よくよくの非常措置である。牟田口軍司令官は怒って、解任を決意した。

《インド第十七師団はわが急襲包囲におどろき、死にもの狂いの脱出を試み、脱兎のごとくインパール方面に走った。この事実は、今日から顧みても〝勝てる戦《いくさ》〟の痛惜を深めるものがある。すなわち、彼を急追して一挙にインパールに突入することは可能であったのではなかろうか。

柳田中将は十日間も前進をちゅうちょしたのち、軍命令に促されて、ようやく決意を新たにして、北進を開始した。このため、当初、軍が企図したインパール平地への突進急襲は水泡《すいほう》に帰し、ウ号作戦の重大なつまずきとなった。私が失敗した点は、柳田中将を、もっと早く見切りをつけなくてはいけなかったのに、それがおそすぎたことにある》

牟田口軍司令官はインパール作戦の間、無念の思いをつづけていたようである。部下の三師団長は、いずれも軍司令官の意図したことを実現しようとしないばかりか、戦意さえもなかった、と考えるのだ。

《ウ号作戦のごとく、全く独創的戦法をとる作戦においては、確固たる戦歴を有する指揮官を銓衡すべきである。実戦の経験にうすく、いたずらに学歴とか平時的成績を基礎においた人事は絶対禁物である。第三十三師団長柳田中将に代うるに、はじめから馬山討伐に勇名をとどろかした田中信男中将を充当しておったならば、作戦の様相は随分変ったものになっていたであろう。さらにまた、佐藤師団長でなくて、かりに宮崎少将が師団長であったならば、師団長の軍紀紊乱《びんらん》のようなこともなくて、戦果をあげ得たであろう。思えば残念なことばかりである》

ここに書かれたように〝独創的戦法〟とか、人物の批判などが正しいかどうかは、今、ここではふれない。ともあれ、こうした不満は河辺軍司令官にもおよんで、これらの人事の適切でなかったことが、インパール敗戦の原因を作ったとしている。

《インパール作戦をもって、戦争全般の形勢を好転させる絶好の戦機と認むるからには、高級指揮官たるものは、よろしく奮励一番、敵軍に一大痛撃を加えるの覚悟がなくてはならない。考えれば考えるほど、なんたる不運の作戦であったかと、長嘆息せざるを得ない次第である》

私は牟田口文書を読み返して、今までとは違った牟田口将軍の一面を見たように思った。三師団長を追放し、河辺中将の気持ちの疎隔を恨んでいた時は、牟田口将軍自身が全くの孤独の人となっていたのではなかろうか。戦争を勝利に導く転機は、インド攻略のこの一戦にありと信じて、牟田口将軍が狂奔すればするほど、孤立の立場におかれた。幕僚をはじめ、部下はすべて、恐れて近づかなかった。結局、独善独断で思いのままにしたのが、軍司令官としての勢威と、三個師団将兵の生命を生殺与奪する実権である。彼のインド攻略の構想は、信頼され支持されたというのではなかった。ただ、東条英機参謀総長などに利用されただけではなかったろうか。

それが戦後十七年たって、当時の敵であった英国将校からは称賛され、国会図書館では資料として録音保存される機会を得た。その大きな喜びと感激を、牟田口文書のなかで、次のようにあらわしている。

《私はまちがってはいなかったのだ！　何も恥じることはなかったのだ！　私が決心し

た通りにやっていたら、勝てたのだ!》

これが、インパール作戦に関する、牟田口元中将の偽りのない、そしてまた、その当時からの変らない感想であった。

インド進攻

一

日華事変から太平洋戦争にかけて、牟田口廉也という指揮官の名が、戦史の上に、三度大きく登場している。

第一回は蘆溝橋の事件である。第二回はマレー半島上陸とシンガポール攻略の激戦である。マレー半島コタバルに敵前上陸したのは、牟田口中将の指揮する第十八師団の先遣隊侘美《たくみ》支隊であった。この部隊が壮烈な戦闘をして上陸に成功したのが、昭和十六年十二月八日、開戦の日の午前一時三十分であった。これが太平洋戦争の最初の戦闘である。牟田口指揮官の部隊は、日華事変と太平洋戦争のそれぞれの第一発を発射した。のちに牟田口中将が自分に戦争を終結させる責任があると宣言するようになったのも、こうしたことが一因となった。

しかし、第三回のインパール作戦の時に、一番大きな問題を残した。それは、この作戦を強行したのも、また、それが太平洋戦争史上の最大の悲劇に終ったのも、牟田口軍司令官の責任だとされているからである。しかし、これは牟田口軍司令官ひとりの責任ではないということも、多くの戦史とか、事情を知る人々が明らかにしている。牟田口中将自身も、はじめはビルマとインドの国境付近で作戦をすることはできないと考えていた。昭和十七年のことである。そのころ牟田口中将は第十八師団長であり、第十五軍司令官飯田祥二郎中将の隷下《れいか》にあった。五月一日、第十八師団はビルマの古都マンダレーを攻略した。ビルマにいた英国軍はインド領に、中国軍は自国領に退却した。第十五軍のビルマ平定戦は成功のうちに終った。

まもなく、ビルマに雨季がきた。そのころ、第十五軍司令部では、ビルマとインド、あるいはビルマと中国との国境方面は、地勢がけわしく、作戦は不可能と考えていた。牟田口師団長も、それに同意していた。

しかしまた、ビルマ平定の余勢をもって、一挙にインドに進入し、インドの支配権をにぎろうと計画するものがあった。その一つが南方軍総司令部である。これは南方派遣軍の総司令官、寺内寿一元帥の司令部である。普通には南方総軍、または単に総軍などと呼ばれていた。

総軍がインド進攻計画を決定したのは、昭和十七年八月六日であった。それによれば、ビルマ・インド国境方面の連合軍兵力は弱く、防衛も手薄だから、この機に乗じて、東部インド一帯を占領するというのであった。この計画は二十一号作戦と呼ばれた。

まもなく、大本営が同意して許可したので、総軍はビルマの第十五軍に対して、二十一号作戦の準備を命じた。九月一日であった。飯田軍司令官はおどろいた。第十五軍の兵力で、やりこなせる作戦ではなかった。

九月三日、飯田軍司令官はビルマ東部のシャン州タウンジーまで出向いて、牟田口師団長をたずねて、意見を求めた。牟田口師団長は作戦の実施は困難であると答えた。その理由は、国境の山地には道路がなく、大兵団を動かすのに困難であること、後方からの補給がつづかなくなることなどであった。

シンガポール攻略の時、ブキテマ高地の激闘で勇名をあげて、まだまもない牟田口師団長は、インド進攻案には反対であった。

ついで、飯田軍司令官は同じ隷下部隊の第三十三師団長桜井省三中将をシャン州カローに訪ねた。桜井師団長はさらに強く反対した。飯田軍司令官は、両師団長の意見に賛成して、総軍に再考をうながすことになった。

大本営としても、準備を命じたものの、確信があってのことではなかった。総理大臣と陸軍大臣を兼任していた東条英機大将も、自信はもっていなかった。そのうち、太平洋南東方面のガダルカナル島の戦況が悪化してきた。大本営はその方面の処置に追われた。また、ビルマ方面では、英軍がベンガル湾ぞいのアキャブ方面から、ビルマに反攻する兆候があらわれたので、二十一号作戦の準備は中止になった。しかし、作戦そのものの研究は認められていた。

第十五軍としても、国境外に敗走した英国軍や中国軍が、すぐに反撃してくることは考えていなかった。ビルマを平定したあとは気をゆるして、部隊の訓練と体力の増強をはかることにした。このために第十八師団や第三十三師団などの主力部隊を、シャン州の高原地帯の避暑静養の地に集めていた。

二月十六日、有力な英軍部隊がチンドウィン河を渡って、北ビルマ方面に向ったという、ビルマ人の情報がはいった。十九日夜には、第三十三師団の一個大隊が行軍中に、突然、英軍の大部隊と行きあって交戦した。このために大隊長は戦死し、多くの損害をだした。相手は英軍のなかでも、豪勇をもって知られたグルカ兵部隊であった。ビルマの日本軍占領地域のなかに、意外な事態がおこった。英軍の有力な部隊が潜入して活躍をはじめた兆候があらわれた。

やがて、北ビルマの要地ミッチナ付近の鉄道や道路が、数カ所破壊された。侵入部隊は無線連絡によって、飛行機から補給をうけながら前進していることがわかった。

牟田口中将の第十八師団の一部が侵入部隊を攻撃に向ったが、捕えることはできなかった。そのうち、侵入部隊はイラワジ河を渡ってビルマの中央部にあらわれた。この河を突破されることは、ビルマ防衛に危険をもたらすと見られていた。侵入部隊の行動は、第十五軍にとって、予断を許さないものとなった。

この部隊が、英軍のウィンゲート准将のひきいる挺進隊であった。特別の訓練と準備をした約三千人の部隊であった。ビルマに侵入した目的は、一つは日本軍の防衛態勢を破壊することであった。もう一つは、連合軍が将来、ビルマ奪回作戦を本格的におこなう時のための試験と偵察をすることであった。

四月になると、ウィンゲート隊は分散し、反転し、やがて国境の外に去って行った。

この挺進隊の基地はインド東北部マニプール州の州都インパールであった。出発したのは昭和十八年二月八日であるという。それから国境の約百キロにわたる山岳地帯を越えて、ビルマに潜入した。この行動は、英国人が冒険心と勇気に富むことを示した。

この時から、ちょうど一年後、インパール作戦の開始される三日前、ウィンゲート挺進隊が北ビルマにグライダーで降下した。前の年に潜入偵察した地域であった。この空輸挺進隊の降下は、日本軍の後方、補給をおびやかし、インパール作戦を失敗させる一因となった。

ウィンゲート挺進隊の第一回の侵入で、最も大きな衝撃を心にうけたのは、牟田口中将であった。もし、このような挺進作戦をくり返されると、ビルマの防衛は危険になると考えた。それよりも、重大なことがあった。英国兵の捕虜の自白で、国境方面に自動車道路が建設されていることが明らかになった。連合軍はビルマ奪回作戦のために、進撃道を作っているのだ。今では国境方面は、大部隊の作戦が困難でなくなってきたと思われた。こうしたことが、牟田口中将の考えに大きな変化を与えた。当時、牟田口中将の側近にいて、インパール作戦計画を最も強く推進させた情報主任参謀の藤原岩市少佐は、次のように見ている。

《牟田口中将の地形認識の一変と、その感受性の強い性格とあいまって、攻勢主義に一転した》

ウィンゲート挺進隊が北ビルマに出没隠顕している時、牟田口中将の心境ばかりでなく、身辺にも変化が起った。

連合軍の反攻にそなえ、ビルマの防衛を強化するために、新たにビルマ方面軍が編成された。司令官には河辺正三中将が任命された。また第十五軍は純然とした野戦軍として、ビルマの中部と北部方面の防衛を受けもつことになった。この改編を機会に、飯田軍司令官は転出し、後任に迎えられたのが牟田口中将であった。この異動の行われたのは、昭和十八年三月二十七日であった。

ウィンゲート挺進隊の行動に刺激されて、牟田口中将の考えが、インド進攻案に変っていた時である。軍司令官に栄転すれば、着任の抱負を明らかにし、新たな方針を与えなければならない。それには、最も時宜《じぎ》を得たものとして考えられたのが、インド進攻計画であった。

牟田口軍司令官が、それを実行しようと考えるようになったことについては、もう一つの見方がある。半年前に飯田軍司令官から、インド進攻に関する二十一号作戦計画を示された時、牟田口中将は反対した。その時は、この計画は第十五軍の発案によるものと考えていた。あとになって、それが大本営の指示によるものであることを知った。この計画に反対して、大本営の意図にそわなかったのは、天皇陛下のご意図にそむくことである、と牟田口軍司令官は考えた。それだけでなく、自分の戦意を疑われることでもあった。

今や、自分自身が軍司令官になったからには、それを実行することもできるのだ。武勲をたて、功名もあげねばならない。このような考えから、牟田口中将はインド進攻を主唱するようになった。そして、それを実現させるために、作戦計画を立案した。それはウィンゲート挺進隊に対する追撃を続行し、第十五軍の第一線をチンドウィン河の西岸、ミンタミ山系まで進めるというのであった。この計画は武号作戦と名づけられた。

ミンタミ山系関係図

ところが第十五軍の参謀長小畑信良少将をはじめ幕僚の全員が、この計画に反対した。幕僚たちは、第一線をチンドウィン河の線に進めることに異論はなかった。しかし、それより西岸に渡ってミンタミ山系に進出するのは反対であった。補給がつづかないというのが、その理由であった。

しかし、小畑参謀長以下の幕僚が反対したのは、武号作戦計画の実施を要求する軍司令官の本心が、別の所にあるのを知っていたからである。それは武号作戦によってインド進攻の糸ぐちを作ろうとすることだ。幕僚たちは、インド進攻作戦は不可能だと考えていた。小畑参謀長は、すでに幾たびか、そのことを軍司令官に進言していた。小畑参謀長は後方兵站《へいたん》の権威であった。

幕僚全員に反対されて、牟田口軍司令官は激怒した。このような参謀長がいる限り、インド進攻計画は妨害されると考えた。牟田口軍司令官は参謀長更迭を要求した。

しかし、反対するのは幕僚だけでなかった。ビルマ方面軍や総軍では、牟田口中将の独走計画として、頭から反対するか、あるいは黙殺した。支持する者はなかった。しかし、牟田口中将はひるまなかった。反対されるほど、ますます積極的になった。

五月になって、新任の南方軍総参謀副長の稲田正純少将が戦線視察のためビルマにきた。牟田口中将はこれを好機到来と思った。

二

稲田副長はビルマの首都ラングーンにある方面軍司令部に行き、河辺軍司令官と会談した。この時、インド進攻計画について説明を聞いた。その話のなかで、河辺軍司令官は牟田口軍司令官に手をやいている印象をうけた。それは、牟田口軍司令官が強引な一本調子で、その計画の実現を要求しているからであった。その言動は、性急に、あせっているように見えた。

河辺軍司令官がインド進攻計画に賛成しなかったのは、この人の性格に、投機の危険をきらうものがあったからである。

稲田副長は、そのあと、第十五軍司令部を訪ねた。司令部は、シャン高原のメイミョウにあった。風光の美しい避暑地である。牟田口中将は待ちかねたように、稲田副長を迎えると、早速にインド進攻計画を訴えた。

稲田副長は頭脳の鋭敏な人であった。インド進攻計画として、インパールを攻略しようとするのを、稲田副長は一案だと考えていた。インパールにはインド東方軍の第四軍団の司令部があった。司令官はスクーンズ中将であった。ここが連合軍のビルマ反攻のための根拠地となっていた。稲田副長の考えでは、インパール攻撃は、むりをしてまで実施することはないが、準備次第では、限定目標として攻撃するのがよいと判断していた。その理由には、次のようなことがあった。

当時、ビルマに向って、北からはアメリカ軍と同じ装備をもった中国軍が、フーコン河谷を南下していた。アメリカのスチルウェル中将にひきいられたこの部隊は、インドのレドからビルマのミッチナに軍用道路を啓開しようとしていた。さらにミッチナからは中国の雲南省の省都、昆明に通ずる滇緬《てんめん》公路と連絡し、陸路でインドと中国を結ぼうとしていた。レド公路である。

この公路には、四本の石油輸送管が敷設されることになっていた。これによって、レド油田の石油を直接、昆明に送り、中国大陸の戦力を増強させようとした。こうしたことから、この公路は、スチルウェル公路、または東京公路などとも呼ばれた。太平洋戦

争のなかでも最も大規模な作戦であり、日本軍にとっては、最も恐るべき計画が、北ビルマに実現しようとしていた。

また、西の方からは、インド人部隊を主力とする英国軍が、ビルマ奪回のために進撃してくることは必至と見られていた。

こうした連合軍の反攻計画に対して、インパールを先に占拠することは、大切な枢軸を押えることになる。これは内線作戦として当然考えられると、稲田副長は見ていた。

また、日本がインドを武力占領することはむりであるとしても、なんとかして、インド人の間に革命をおこさせたいという考えが、日本軍の上層部にあった。当時、インドの反英運動の指導者チャンドラ・ボースは、日本軍の援助で自由インド仮政府を作り、インド国民軍を与えられていた。ボース首席は、東条首相に対し、インド国内に仮政府の領地をもつことを要求していた。日本側も、ボース首席と国民軍をインドにいれて、反英運動をおこさせたいと考えていた。そのために仮政府をおく地点として、インパールは適当であると見られた。

次に、当時、大本営の立場は八方ふさがりといった状態にあった。昭和十八年初頭に日本軍はガダルカナル島の撤退をはじめてから、全部の戦線に圧迫をうけて、次第に後退していた。そのなかで、ビルマだけは、苦戦であったが、まだ、もちこたえていた。ここで、ひといくさをして、東条首相、兼陸相のために〝景気をつけられたら、つけてやるべきである〟と、稲田副長は考えた。東条大将の人気が下降しているときであった。

牟田口軍司令官はすこし興奮して、声を大きくしながら、インド進攻の抱負を語った。

「ビルマ防衛のために、インパールに最前線をおく。それにはインパールの北のコヒマでインパールへの補給を断つとともに、アッサム州の平野に出て、ティンスキャ方面を分断し、援蔣ルートを空路、陸路ともに遮断する。このためには十五軍の主力部隊を北に出すことが必要だ」

夢想に近い壮大な遠征計画であった。起案したのは作戦主任参謀の平井文中佐である。

稲田副長はそのなかの誤りを指摘し、主力軍は南から行くのが自然ではないかといった。しかし、牟田口中将はゆずらなかった。小さなマニプール土侯国のインパールをとるよりも、英軍反攻の根拠地帯となっているアッサム州に進撃すべきだと主張するのであった。

稲田副長は、牟田口中将の本心が、インドのアッサム州進攻にあることを知った。またそのために、主力軍を北にまわしてコヒマをとろうとしていることもわかった。

牟田口軍司令官は進攻の方法について説明した。

「作戦開始にあたっては、チンドウィン河を渡るのは困難だというが、舟がたりなければ、いかだで渡ってもよい。それからさきは敵の制空下にあるから、昼はジャングルのなかで休み、夜になって行軍する。補給が困難だと反対するものがあるが、牛などをたくさんつれて行き、それに荷物をつけ、つぎつぎに食糧にすればよい。コヒマを奪取してからの補給は、インパールの敵の物資と輸送力を使うことにする」

稲田副長は聞いているうちに、幾多の疑問を感じた。第一はチンドウィンの渡河である。ビルマ三大河の一つを、十五軍の三個師団の大部隊が渡るのにいかだでもよいというのは強気にすぎると思った。補給については、強気どころでなく、危険なものに思われた。稲田副長は警告した。

「インパールを占領するにしても、戦争指導の大局から見れば、あくまでも限定目標の攻撃であって、インドの広い所に出て行くべきではないでしょう。なるほど、インドはひっくりかえしたいし、その可能性もあるでしょうが、それには対印謀略の基地として、インパールにボースをいれる程度でがまんせねばいけますまい」

しかし牟田口軍司令官は、あきらめないで、この作戦に必要な人事について語った。

「小畑参謀長は補給の点で全く反対であるとして、意見が合わなかった。そのため更迭を申請しておいたが、最近は同調するようになったから、替えなくてもよい。困るのは第三十三師団長の柳田中将である。三十三師団を第一線にだしてインパールに突入させたいが、柳田はどうしても出たがらない。あんな性格では師団長には使えない」

当時の牟田口軍司令官の手持ちの師団としては、東面して第五十六師団、北面して第十八師団、西面して第三十三師団があるだけであった。のちに実際にインパール作戦に参加した第三十一師団は、まだ編成の途中であり、第十五師団は中国にあった。インパール進撃には第三十三師団をたのみにするほかはなかったから、その師団長に対する牟田口軍司令官の不満は大きかった。インパール作戦間に師団長を解任された柳田中将の悲劇は、すでにこの時にはじまっていた。

牟田口中将はさらに、この計画を雨季あけと同時に実施させてもらいたいと懇願した。ふたりが会談したその日は昭和十八年五月十七日であった。雨季は始まっていた。九月の終りを雨季あけとすれば、それまでの四カ月間に、インド進攻作戦の準備をすることは困難であった。稲田副長は、牟田口中将は気がはやり、あせっていると感じた。

稲田副長は、雨季あけの実施はむずかしいこと、やるならば、交通や補給を十分考えて、確実なやり方でなければならないと結論した。そして、次の機会までによく研究してほしいと再考を求めて、稲田副長はメイミョウを去った。

それでも牟田口中将は決意を変えようとしなかった。方面軍、総軍に訴えかけるだけでなく、ついに東条首相に直接に手紙を送って、計画の承認を求めた。牟田口中将は今やインド進攻のこと以外はかえりみないで、ひたすらに、それに向って直進していた。

その不退転の決意を示すかのように、参謀長の更迭を実現させた。

小畑参謀長は解任され、満州のハルビンの特務機関長に転出した。左遷であった。参謀長として着任して、わずか三カ月であった。このような短時日で参謀長が更迭された例はほかになかった。後任参謀長の久野村桃代《くのむらとうだい》少将は従順で八方美人のところがあり、上官に苦言をあえていう人ではなかった。牟田口軍司令官が自分の意図を実現させるには、まさに人を得たというべきであった。

三

まもなく牟田口軍司令官は機会に恵まれた。六月二十四日から四日間、方面軍司令部で兵棋演習がおこなわれた。総軍がビルマ防衛線の推進に関心を持ち、研究を要望したためであった。演習目的は、ビルマの防衛線の位置をきめることであった。兵棋演習の方法は、各部隊をあらわす隊標を、担当の演習員が地図の上に動かして、実戦の状況を作りだして検討をするのである。

これを見学するために、大本営から第二課（作戦）の竹田少佐の宮と南方主任参謀の近藤少佐が派遣されてきた。

総軍からも、稲田総参謀副長以下各主任参謀が参加した。シンガポールの第三航空軍からは高級参謀佐藤直大佐が出席していた。

兵棋演習はラングーンのビルマ方面軍司令部の会議室でおこなわれた。牟田口軍司令官は自信にみちた表情で、幕僚席で見学していた。自分の念願とする作戦構想が、いま兵棋によって展開されている。演習員は第十五軍の久野村参謀長以下各主任参謀と、隷下の各師団の参謀長と作戦主任参謀である。

第十五軍の計画によれば、インド東北部のインパールを攻略して、その付近にビルマ防衛線を進める目的で、三個師団を三方面から分進させる。弓第三十三師団は南から突進する。祭第十五師団は東北から策応して包囲の形で攻撃する。烈第三十一師団は北のコヒマを占拠して、アッサムへの道を断って、インパール地区を孤立させる。

この演習では、最大の問題とされていた後方補給についての、くわしい研究がおこなわれなかった。演習のはじめにあたって、輸送機関、渡河作業部隊、弾薬その他軍需品の集積についての基本事項を示しただけであった。これは何かの意図のために、とくに省略されたとも見られることであった。

牟田口軍司令官は、念願を実現させるための絶好の機会がきたと考えていた。現在の状態では、ウィンゲートの挺進隊にかきまわされるくらいだから、ビルマを防衛することはできない。英軍の戦力は大きく、ことに制空権を奪われているから、このままでは自滅のほかはない。それよりも先に、英軍の反攻の拠点を押えるべきである。牟田口軍司令官の考えは、信念に変っていた。そして、なんとしても、ビルマ方面軍や南方軍に計画を承認させ、大本営の認可を得なければならないと決心していた。

牟田口軍司令官は特別の手段をとることを考えた。竹田宮を演習の見学だけで終らせてはならない、と思いついた。直接に訴えて、竹田宮を通じて大本営を動かすべきだと決意した。

兵棋演習の第三日、六月二十六日の夜、牟田口軍司令官は竹田宮に拝謁《はいえつ》して、インパール作戦の必要なことを説明したうえで、大本営の認可を願った。その態度、語調には強烈な信念があふれていた。

当時の皇族のなかでは、竹田宮は明敏なことで知られていた。陸軍大学校の卒業の時は、恩賜の新刀をもらう六名の優等生と同等の実力を持っていた。竹田宮は牟田口軍司令官の熱のこもった説明を聞いたあとで、はっきりと、現在の十五軍の案ではインパール作戦は不可能だという答えをした。それは、今のような不完全な後方補給では大規模な進攻は困難だという理由であった。

牟田口軍司令官はひどく落胆したが、それでも、しつこく認可を願ってやまなかった。

その翌日、兵棋演習は終り、ビルマ方面軍の中《なか》参謀長が講評した。そのなかで大きな難点としたのは、軍の主力をインパール以北に向ける使い方であった。ことに北のコヒマに烈の一個師団全部を使うのは適当でないとした。烈は、一部をコヒマにまわすだけにして、その主力は軍の予備隊として残しておくべきである、と指摘した。

稲田副長は、もともと、インパール攻撃の主力は南から持って行く考えであった。また補給の面では、第十五軍の計画を根本から否定し、研究修正しなければ許可をしがたいと結論した。

牟田口軍司令官の期待した機会は、むなしく消えてしまった。しかし、そのかげに、ビルマ方面軍司令官の河辺中将が、ひそかに策動したことを、牟田口軍司令官は気づいてはいなかった。

インド進攻を主張する牟田口軍司令官を、河辺軍司令官はもてあましていた。蘆溝橋事件以来、牟田口軍司令官は、河辺軍司令官にはわがままがきくという気持ちがあった。それだけに、インド進攻計画を、なんとしても承認させようとして、しきりに要求をくり返した。

牟田口軍司令官が豪傑型で押しが強いとすれば、河辺軍司令官は知能型で迫力にとぼしかった。外向と内向の反対の性格であった。河辺軍司令官は気が弱いために、牟田口軍司令官を押えて、インド進攻計画を変更させることができなかった。

ほかにも問題があった。ビルマ方面軍では、高級参謀の片倉衷《かたくらただし》大佐が、牟田口計画に真っ向から反対していた。

片倉高級参謀は相手かまわず大声でしかりつけ、口をきわめてののしるので有名であった。ラングーンの軍司令部の門をはいると、独特の大きなののしり声が聞こえない時はないといわれた。牟田口軍司令官がインド進攻の実施を要求してくると「牟田口のばか野郎が」とののしって、反対意見を参謀に伝えさせた。参謀は牟田口軍司令官のところに行くと、しかり飛ばされた。そして帰ってくると、今度は片倉高級参謀からどなりつけられた。

このため、幕僚は片倉高級参謀を避けるし、部内の将兵の気持ちは萎縮していたから、軍司令部の空気は陰惨であるとまでいわれた。それほど激しい性行の人であった。それだけにきらわれてもいた。また、政治的に動きすぎていて、方面軍の純正な作戦指導を妨げているという非難もあった。

片倉衷の名は、早くから有名であった。満州事変を画策し、実現させ、関東軍を暴走させた首謀者のひとりであったからだ。これについて、満州事変当時、奉天総領事代理だった森島守人氏が、その著『陰謀・暗殺・軍刀』（岩波新書）のなかで、つぎのように書いている。

《板垣征四郎大佐を筆頭に、石原莞爾《いしわらかんじ》中佐、花谷正《はなやただし》少佐、片倉衷大尉のコンビが関東軍を支配していたので、本庄司令官や三宅光治参謀長は全く一介のロボットにすぎず、本庄司令官の与えた確約が取り消されることがあっても、一大尉片倉の一言は、関東軍の確定的意志として必ず実行されたのが、当時における関東軍の真の姿であった》

片倉高級参謀のために、牟田口計画も阻止されそうに見えたが、方面軍司令部の空気も悪化するばかりだった。

河辺軍司令官はこうした状態を打開しなければならなかったが、その力がなかった。

河辺軍司令官は総軍の稲田総参謀副長に事情を打ちあけて助力を求めた。

当時、稲田副長は総軍の作戦を、ひとりできりまわしていた。寺内総軍司令官も黒田総参謀長も、稲田副長にまかせきっていた。頭も明敏であったが、遠慮なく痛烈な意見をはく反骨の人でもあった。

稲田副長は最初にビルマに行った時に、河辺軍司令官の意向を聞いていた。それは、近く兵棋演習をおこなって、とくに十五軍の考えを十分にただすから、その時に、ぜひ出席して牟田口軍司令官の暴走を押えてもらいたいということであった。

稲田副長は、このために大本営に連絡して参謀の派遣をたのんだ。竹田宮と近藤参謀のふたりには、シンガポールで会談して、稲田副長の考えを伝えた。牟田口軍司令官の性格から見て、宮殿下のような高貴の人にぴしゃりと押えてもらうのが、一番効果があると思われたからであった。竹田宮も、稲田副長の考えに同意していた。

竹田宮がラングーンで、牟田口軍司令官の懇願をしりぞけたのもこうした事情からであった。兵棋演習が終ったあとで、河辺軍司令官は稲田副長に感謝して、ていねいに礼をのべた。

兵棋演習の結論としても、牟田口計画は不備不確実であり、方面軍や総軍の意図にも反するとされた。しかし、インパール作戦そのものが否定されたのではなかった。牟田口軍司令官の計画は拙速として否定され、実行可能の改案を要求されたものであった。インパール作戦の必要があるということは、結論でも認められた。

総軍では、こうした事情を大本営に伝えて、準備をうながすことになった。このために稲田副長が東京に派遣された。

それまでの大本営は、インド進攻計画は実行困難だと考えていた。その理由は

(一)日本の航空兵力が劣勢である。

(二)補給が困難である。

(三)防衛地域が広くなるので、そのために兵力を増加しなければならなくなるからだ。

それでも、牟田口軍司令官から直接の要請があったので、大本営では第一(作戦)部長の綾部《あやべ》橘樹《きつじゅ》少将をビルマに派遣した。綾部少将は牟田口軍司令官に会って、大本営としては、全く不同意であることを伝えた。四月十九日のことであった。

稲田副長は七月十二日から一週間、東京にいた。その間に、インパール作戦を実施する場合に必要な後方部隊の増加配属を大本営に要請して承認を得た。このころには、大本営もインパール作戦に期待をかけるようになっていた。

稲田副長は任務が終ってから、東条英機大将に会見した。東条大将は、しきりに、インドに行くのはだいじょうぶかと心配した。稲田副長は、

「チャンドラ・ボースをインドにいれてやれば、いいのですよ。それには、できるだけ損害をすくなくする方法を考えることです」

と、作戦のねらいを示すと、東条大将は喜んだ。インド国民軍をひきいているボースを、東条大将は気にいっていて、期待をかけていた。別れぎわに、東条大将は小心らし

く、

「まあ、よく用心してやってくれ」

と、くりかえした。

「いや、心配せんでください。むちゃはさせませんから」

稲田副長は牟田口計画をあくまで押えるつもりだった。

四

八月になって、大本営は総軍に対して、インパール作戦のための準備について指示を与えた。総軍は、このことをビルマ方面軍に伝えて、準備を命じた。八月七日である。この準備要綱のなかで、はじめて〝ウ号作戦〟の文字が使われた。

ビルマ方面軍は、さらに第十五軍にこの準備を命じた。その時、とくに第十五軍の久野村参謀長を方面軍司令部に呼び寄せた。そして、インパール作戦についての方面軍の考えを説明し、いままでの牟田口計画のような独断をいましめた。久野村参謀長もじゅうぶんに了解し、両者の考えは完全に一致した。八月十二日のことであった。

この準備命令に基づいて、第十五軍は隷下の各部隊長をメイミョウの軍司令部に集め兵棋演習を催した。各部隊長の、作戦についての考え方を、統一させるためであった。

この演習には、方面軍の中参謀長も参列した。

この時の計画で、ウ号作戦は奇襲戦法で突進することを明確にした。牟田口軍司令官の得意の構想であった。また、そのなかでは、烈の一個師団をコヒマに使うことになっていた。これは、コヒマを占領して、さらにアッサム州に進攻しようとする牟田口軍司令官の執念ともいうべき計画であった。しかし、この作戦は、すでにラングーンの兵棋演習の時に否決されている。その上、二週間前には、久野村参謀長が方面軍から注意をうけてきたばかりである。明らかに、今度の南方軍の作戦準備命令に違反した計画である。

奇怪ともいえるのは、この演習を統裁している久野村参謀長の態度である。ビルマ方面軍司令部にとくに呼ばれて、アッサム州進攻計画を禁止されてきたばかりである。それを今、地図上に展開させているのだ。

同じように不可解なのは、この演習に列席しているビルマ方面軍の中参謀長である。進攻禁止を決裁した当の本人である。

地図上では、烈師団の各部隊の隊標がコヒマに進出した。烈の全力をこの方面に使うのはディマプールに行くことを予期しての用兵である。中参謀長は、それを逐一、見ていた。方面軍の命令に違反した行動を、しいて見せつけられたのに等しかった。

演習が終ったあと、中参謀長は講評をしたが、烈師団の使い方については、何もいわなかった。否定をしなかったことは、肯定したことになった。

中参謀長は、軍人にしては珍しいほど人あたりがよく、温厚であった。しかし、実行力にとぼしかった。参謀長の要職にあっても、とくに才腕を示したということがなかった。つまり、何もするところがなかった。

その時、中参謀長が優柔不断で、かんじんの警告を怠ったことは、重大な結果を招くことにもなった。すくなくとも、このために烈師団の佐藤幸徳中将以下の全将兵がコヒマに行くことを、確実にしたといえる。

それから、ひと月とたたない九月十二日、シンガポールで総軍の参謀長会同があった。これには南方軍の直属兵団の参謀長だけが集まることになっていた。ビルマから出席できるのは、中参謀長だけである。ところが、中参謀長は、第十五軍の久野村参謀長と情報主任参謀の藤原岩市少佐をつれてきた。このふたりには出席の資格がなかった。そのために、とくに中参謀長は南方軍にたのんで、第十五軍参謀長を〝帯同して出席すべし〟という命令をだしてもらった。

参謀長会同は寺内総司令官の官邸で開かれた。シンガポール市内でも宏壮で知られた元の総督官邸を接収したものであった。会議のあいまに、中参謀長は稲田副長とふたりだけで懇談した。中参謀長はインパール作戦を早く実施してもらいたいと訴えた。

「やかましいことをいわんで、ふたりの話をよく聞いてやってくれんか。そのために、わざわざつれてきたのだ」

稲田副長は、中参謀長が久野村参謀長をつれてきた目的を、およそ察していた。それは久野村参謀長に説得させるつもりなのだ。久野村参謀長は、稲田副長とは広島幼年学校の二年先輩で、陸軍大学校では同級だった。その後、同じ時期にヨーロッパに留学したので仲がよかった。

中参謀長がこのような手段をとったのは、もう一つの目的があったからだ。それはビルマ方面軍の片倉高級参謀に話を通さないで、稲田副長に直接訴えようとしたのだ。片倉高級参謀のうしろ盾になっている稲田副長を斬りくずそうとしたのだ。

その前に、稲田副長はビルマ方面軍の河辺軍司令官から手紙をうけとったことがあった。それには、片倉高級参謀の更迭を求めていた。その理由として《片倉高級参謀は、自分の気にいらないことをした者を、毒舌の限りをつくして、痛烈にしかりつける。このため、ビルマ方面軍司令部内の人心はおびえて、異常な空気を作っている。これでは知略を集めて、作戦指導をじゅうぶんにすることができない》と記してあった。

稲田副長は当然のことに思った。人事の調和が、軍の統率の基本であるのに、各兵団内の実情は、離反している場合が多く、稲田副長は苦慮していた。片倉高級参謀も、その一例だと思った。

そこへ、こんどはビルマ方面軍の中参謀長が、第十五軍の久野村参謀長をつれてきた。河辺軍司令官の手紙と考え合せると、方面軍の首脳部が、共謀して片倉高級参謀の追いだしにかかっているのではないかと推察された。

そうとすると、河辺軍司令官が手紙に書いてきた〝理由〟は表向きにすぎない。ほんとうは、インパール作戦に強硬に反対をしている片倉高級参謀を追いだして、インパール作戦を実施の段階に持ちこもうというのだ。片倉高級参謀がじゃまになってきたのだ。

これは危険なことになった、と稲田副長は感じた。

中参謀長がしきりにたのむので、稲田副長は久野村参謀長と、ふたりだけで会談した。

久野村参謀長はインパール作戦の計画書を提出して、

「稲田、たのむよ。認めてくれんか」

と、親しい口調でたのんだ。その内容は、第十五軍の兵棋演習の時のものと、全く同じであった。つまり稲田副長が〝修正しない限り許可しない〟と申し渡したものと、少しも変ってはいなかった。

稲田副長は久野村参謀長の真意を疑って、念をおした。

「この計画を、中参謀長は承知なのか」

「承知だから、われわれをつれてきた」

稲田副長は中参謀長の考えていることがわからなくなった。三カ月前のラングーンの兵棋演習の時には、中参謀長が自分で講評して、この計画を非難し否決した。その時、稲田副長も、それに同意の講評をした。それなのに、それをそのまま、稲田副長に認可させようとしている。

また、そのために、河辺軍司令官と中参謀長とがいっしょになって、片倉高級参謀を追いだそうとまでしている。前には、このふたりは牟田口軍司令官の計画に反対していた。それが今は、このような策動をして牟田口計画の認可を得ようとしている。こうした変化が、いつ、どのようにしておこったのか、稲田副長は奇怪に思った。

あるいは、牟田口軍司令官の激しい意欲と強烈な自信に動かされたのかも知れなかった。そうとすれば、ビルマ方面軍の最高首脳者としては無能無力な統帥ぶりである。さもなければ、東条大将から何らかの指示があり、それに迎合したとも思われた。そうした追従《ついしょう》の傾向があった。いずれにしても、無責任にすぎると思われた。稲田副長は計画書に手をふれないで、

「これは、なおさらなければ認められんよ。それに、片倉が聞いたらおこるぞ。あんたは何も知らんことにしておけ。おれも何も聞かなかったことにする」

「そんな堅いことというな」

久野村参謀長のことばには、おれとお前の仲じゃないか、といったひびきがあった。

「しかしだな。こんな計画を認めたら、たいへんなことになる。インドまで攻めこんで、やりそこなったら、それだけではすまんことになる。日本全体が取り返しのつかんことになる。今、ビルマのほかに、勝っている所はないのだからな。それを考えにゃいかん」

久野村参謀長は当惑していたが、

「それじゃ、もう一つだけ、たのみを聞いてくれ。藤原がせっかく、ここまできたことだから、話を聞いてやってくれ。藤原はこの計画をまじめに考えている」

稲田副長は藤原参謀に会ったところで、むだなことはわかっていた。藤原参謀が久野村参謀長と違った作戦計画を持ちだすはずがなかった。

藤原参謀はこの計画については、作戦主任参謀以上に熱心だった。牟田口軍司令官の構想を基にして、研究をかさねた。そして、やれるという確信を持って、二年越し奔走をつづけている。チンドウィン河のような重要な場所には、直接に出かけて渡河の方法を研究していた。

稲田副長は藤原参謀の努力を知っていたので、話を聞いてみることにした。藤原参謀は稲田副長に向って、いきなりいった。

「今、ウ号作戦をやらないと、十五軍はくさってしまうのです」

「十五軍がくさるからというだけなら、ウ号でなくても、なんでもやればいい。インドをあきらめて、雲南をとりに行ったらいい」

「雲南ですか」

インド進攻を訴えようとした矢先に、急に話が中国の雲南省に飛んだので、藤原参謀はあっけにとられた形で問い返した。

「そうさ、総軍といっしょになって、雲南に女をとりに行った方がおもしろいぞ」

稲田副長は時どき、とっぴなことをいう癖があった。本心はまじめなのだが、それがつかめないので、藤原参謀は当惑しながら、

「おもしろいですか。しかし、雲南よりもインパールをやらしてください」

「それなら、真剣に考えなけりゃいかん。英米が本気になってかかってきたら、どうする。どうもならんじゃないか」

稲田副長は相手の気持ちを読みながら話をしていた。

「英米にインドの方から押されたら、ビルマ方面軍はさがる道がない。雲南に退路を求めるよりほかはない。ビルマは南方軍の主力だから、これがさがる時は、総軍もいっしょにさがる。南方軍の主力はシナにおいて、総軍はシナ総軍と手を握る。こうして北京《ペキン》まで逐次さがるとすると、五年はかかる。いくさは、切りあげることを考えてやらなけりゃいかん」

稲田副長はしだいに早口になった。熱のこもった調子だった。総参謀副長として、さきのことを計算していたのだ。また、第十五軍がくさるというだけの理由で、インドに行かれては困ると思っていた。

「こう情勢が悪くなると、どうやって持久戦をつづけるかということを、真剣に考えねばならない。退路をシナにとる。その前提として雲南をとりに行く。これがインパールに行く代りにならんか」

藤原参謀は話の腰をおられたと思っただけのようであった。なおも、しつこくインパール作戦の実行をくりかえし、たのみこんだ。稲田副長の話の、東向きの行動にはなんの関心も見せなかった。

稲田副長は反対の理由をかぞえあげた。

「牟田口司令官はやるやると目の色を変えているが、師団長の方はやる気がない。おれは三師団長に会って話を聞いている。その上、三人とも、軍司令官とは性格が合わない。

これでは、いくさはうまくいかんよ」

弓第三十三師団の柳田元三中将は、はじめからインパール作戦は不可能だとして反対していた。柳田中将は学識ゆたかな教育者といった型で、牟田口軍司令官の実行型とは全く膚が合わなかった。柳田中将は稲田副長に、

「あんなわけのわからん軍司令官はどうもならんな」

と、酷評した。牟田口軍司令官は、

「あんな弱虫はどうにもならん」

とののしった。柳田中将は、インパール作戦を中止すべきだという考えを持っていた。

また、祭第十五師団長の山内正文中将も、線の細い知識人の型で、激戦場の指揮には向かないと見られていた。

ただひとり、烈第三十一師団長の佐藤幸徳中将は猛将として期待された。しかし、この場合でも、佐藤中将が激しい気性なので、強情の牟田口軍司令官と衝突すると、おさまりがつかなくなることが予想された。

このような人々を第十五軍に配置したのは、陸軍次官の富永恭次中将の識見のない、無謀な人事行政のためであった。また、それを甘んじてやらせた東条陸相の思いあがった無反省のためでもあった。東条陸相は性格が偏狭で、人の好ききらいが強かった。人心操縦にたけた富永中将に次官の要職を与えたのも、そのためであった。そうしたことが今、第十五軍の人事関係に危険なものを作りあげてしまっていた。こうした理由をあ

げて、稲田副長は結論をいった。

「どうしてもインドに行きたかったら、今の案をなおしてこなければ、だめだ」

こうして、中参謀長らの苦肉の手段も、稲田副長に阻止された。牟田口軍司令官もアッサム州進攻の計画を撤回するか、あるいは、しばらく時機を待たなければならなくなった。

ところがまもなく、稲田副長の身辺に意外な事件が起った。東条大将の怒りにふれたのである。

日本の政府と大本営は『大東亜政略指導大綱』を定めて、アジア諸国を結んで、連合軍にたいする防衛態勢を作りあげようとした。この方針に従って、タイ国にはこの国が前に失った領地を回復させることにした。その地域はマレー半島のペルリス州、ケダー州、ケランタン州、トレンガヌ州であった。

東条首相兼陸相はこの年、昭和十八年七月四日、タイ国のピブン首相を訪問して、失地回復の約束をした。そのあと、シンガポールの南方軍総司令部にきて、四州の国境線の確定を命じた。

総軍では国境確定委員を出して、タイとマレーの新国境線をきめた。すると、東条大将がおこって、責任者の処罰を要求してきた。東条大将がピブン首相と約束した線とは違うというのである。

この新国境線をきめたのは高橋総参謀副長であった。防衛上の必要から、応急臨時の国境を作り、戦闘終了後に確定することにした。ところが東条大将は、稲田副長の処罰を命じてきた。外交文書に調印したのが稲田副長であったからだ。

のちになってわかったことであるが、これは、稲田副長を追い出すための工作であった。富永次官が東条大将をそそのかしたのである。理由は、稲田副長が南方軍に行ってから、中央のいうことをきかないで、勝手なことをするというのであった。東条、富永の個人感情が強く左右した人事であった。

昭和十八年十月一日、稲田副長は総軍司令部付となり、すぐに第十九軍司令部付に転出した。後任は、大本営の第一（作戦）部長の綾部少将であった。

稲田前副長は事務引継ぎの時、綾部新副長にインパール作戦計画について、慎重に扱うように注意をした。とくに牟田口軍司令官の暴走を押えることを、言葉をつくしてたのんだ。

引継ぎを終って、酒席の雑談になった時に、新副長は意外なことをいった。それは、こんどの異動命令が出張中にきた、ということであった。南太平洋のニューブリテン島ラバウルを視察している間のことであった。出発前には予告もなかった。

綾部新副長は憤慨していた。出張中に不意打ちにするような異動は、乱暴であり非礼だというのだ。

稲田前副長は、この異動も東条、富永の人事だと思った。このふたりの気にいらないというだけで、要職にある者までを、簡単に異動させるのは、専横のきわみであった。

こうした人事の弊害は、すでに軍の統帥に悪影響をおよぼしてきている。これが大きな禍根になると思った。

ふたりは酒に酔い、東条と富永とを痛罵した。この時に予想したような大事が、この異動のあとに、まもなくおこった。

総軍から稲田副長がいなくなると、インパール作戦を抑制する者がなくなった。総軍の幕僚は、前副長の考えをよく知っているはずだった。それがいつのまにか、第十五軍の計画を支持するように変った。また、大本営が稲田副長に約束した兵力をもらわなくても、作戦はできるというようになった。これは前副長が最も強くいましめていたことであった。

寺内総軍司令官も、早くやれといいだすようになった。もともと、景気のよい話の好きな人であった。このように空気が変ってくると、新任の綾部副長では押えきれなくなってしまった。

ビルマ方面軍のなかでも、大きな変化が起った。あれほど強烈に反対をつづけていた片倉高級参謀が、作戦の実施に賛成するようになった。方面軍司令部を恐怖させたほどの片倉高級参謀も、急変してしまった。

昭和十八年十二月二十三日から、ビルマのメイミョウの第十五軍司令部で参謀長会同が開かれた。そのあとで、インパール作戦の総仕上げのための兵棋演習が行われた。方面軍からは中参謀長と不破博《ふわひろし》作戦主任参謀が出席した。総軍からは綾部副長、山田作戦主任参謀、今岡兵站主任参謀が列席した。総軍としては、この演習を見て作戦決行をきめる予定であった。

牟田口軍司令官は、わが事なれりといった自信まんまんの態度で主宰者の席にいた。その結果は、牟田口軍司令官が予期した通りになった。

今度の兵棋演習は、第十五軍の構想のままにおこなわれた。その内容は、それまでの牟田口計画と変っていなかった。

しかし、列席したビルマ方面軍の中参謀長も、南方軍の綾部総参謀副長も、反論もしないで承認してしまった。きのうの反対者は、きょうは賛同者となって推進につとめている。さらに、この演習の結果を見て、南方軍はインパール作戦の実施を決意した。

南方軍の寺内総軍司令官は、この計画を決裁して、大本営に正式の意見具申書を提出した。さらに、大本営の認可をうながすために、綾部副長を東京に送った。かつて大本営から計画の禁止を伝えに行った綾部副長が、半年後には、計画の実施をうながす使者となった。

綾部副長は大本営での説明の時に、この計画の実施に確算がある、と答えたという。稲田前副長と計画の阻止を約束したことも、全く反対な結果になった。

各担当者の考えが、いつのまにか、変ってしまった。奇妙なことであった。この間に、終始変らないのは、牟田口軍司令官の計画と自信であった。

大本営がウ号作戦を認可したのは、年の改まった昭和十九年一月七日であった。大本営陸軍部指示により、つぎのように伝えられた。

〈大陸指第一七七六号

南方軍司令官はビルマ防衛のため、適時当面の敵を撃破して、インパール付近、東北部インドの要域を占領確保することを得〉

このようにしてインパール作戦が実施されることにきまった。

牟田口軍司令官は十二月の兵棋演習が終った時は、得意満面であった。インパール攻略のわくはあるにしても、インドのアッサム州に進攻する機会と可能性は、そのなかにじゅうぶんに残されていた。牟田口軍司令官の生涯の念願は、実現させることができるのだ。

演習のあとで、牟田口軍司令官は訓辞をした。そのなかで『皇国の興廃この一戦にあり』と、日露戦争のゼット旗信号の字句を呼号し、さらに次のようにのべたという。

《予は軍職にあること、まさに三十年。この間いろいろの作戦を体験したが、いまだかつて、かかる必勝の信念をもって、作戦準備をしたことはない。インパール作戦の成功は、今や疑いなしである。諸官はいよいよ必勝の信念を堅持し、あらゆる困難を克服して、ひたすらその任務に邁進《まいしん》せよ》

牟田口軍司令官の胸中にあふれた、自信と得意と喜びのほどを知ることができる。これほどにインド進攻を熱望するようになった動機はどのようなものであったろうか。

昭和十八年五月、稲田副長をメイミョウに迎えた牟田口軍司令官は、会談中に、満州にいた当時の話を持ちだした。

「あの時、お前にたのんだことがある」

盧溝橋事件の二年後のことで、関東軍の第四軍の参謀長だった牟田口少将は、大本営から派遣された、北満視察途上の稲田作戦課長にたのんだ。

「結果がよい悪いは別として、おれは盧溝橋で第一発をうった時の連隊長として、責任を感じている。どうしても、だれかを殺さなければならない作戦があれば、おれを使ってくれ、とたのんだのをおぼえているだろう」といってから、態度を改めて、

「おれの気持ちは、あの時と同じだ。ベンガル州にやって、死なせてくれんか」

八期も後輩の稲田副長に、これほどにたのむのは、本心に違いないと思われた。しかし稲田副長は遠慮のない答えをした。

「インドに行って死ねば、牟田口閣下はお気がすむかも知れませんが、日本がひっくりかえってはなんにもなりませんよ」

インパール作戦が実現しても、牟田口軍司令官はインドで死ななかったが、日本は崩壊してしまった。死を口にするはたやすいが、死を実行することはむずかしい。

撤退の決意

一

佐藤幸徳元中将の書いた遺稿のあることを私は最近になって知った。牟田口元中将のパンフレットを読んで憤激した烈師団の生き残りの隊員が、そのことを手紙に書いてきた。

遺稿には、烈第三十一師団をひきいて、抗命撤退を決行した当時の心情や、その後、精神異常者として処分されようとする真相を記述してあるという。

師団長が抗命を承知の上で師団を退却させたのは、世界の戦史に類例のないことである。また、その師団長を処罰するのに、軍法会議(軍の裁判)にかけ、さらに精神病者として葬ろうとしたのは、異常というよりも奇怪な事件である。

インパール作戦の実情は複雑深刻であるが、その最大の焦点は佐藤師団長の行動に集まるといえる。その人の書いた回想録には、どのような真相が記されているかわからない。

佐藤元中将は、敗戦後に開かれた極東軍事裁判で参考人として呼ばれた。そうしたことから覚書を書きはじめ、まとめあげた。その後、防衛庁の戦史室や戦史研究家から資料を求められることが多かったが、回想録を提供したのは小説家の山岡荘八氏その他のわずかの人であった。

佐藤元中将がなくなったのは、昭和三十六年二月二十六日である。病気は肝硬変、六十七歳であった。それからは、その回想録を、遺族が丁重に保管しておいた。

私は牟田口元中将のパンフレットを読んでから、いっそう、その回想録を読みたくなった。牟田口文書に、牟田口元中将の言い分が記されていたように、回想録には佐藤元中将の本心が書かれているに違いない。

私は生き残りの隊員の手を通じて、回想録を借りだした。それは、四百字原稿用紙にして、三百枚近い分量があった。そのなかには、予想したようなインパール作戦の裏面のいきさつも記してあった。佐藤元中将は思ったとおりのことを遠慮なくいう性格なので、露骨なほど率直な記述をしていた。

そのなかで、私が一番意外な感じをうけたのは、牟田口対佐藤の対立抗争は、インパール作戦のときに始まったのではないということであった。かなり以前から、ふたりの感情は対立悪化していた。

昭和十一年の二・二六事件の原因の一つは、陸軍軍人の皇道派と統制派の派閥争いにあった。佐藤回想録には、この派閥についてつぎのように記している。

《皇道派＝荒木貞夫大将（ただしロボット）、真崎甚三郎大将、柳川平助中将、小畑敏四郎中将、山岡重康中将、山下奉文大将、岡村寧次大将。

この連中は真崎大将の子分的存在で、団結は強固なるも、人物は繊細、感情的、独立独行はできない。常に青年将校に秋波を送り、勢力の拡張をはかり、野望を有す。

栄達保身派＝宇垣一成大将、杉山元大将、梅津美治郎大将、河辺正三大将、柴山兼四郎中将、河辺虎四郎中将。

この連中は自己保身と栄達以外は眼中にない。識見なく、愚劣、無能の優等生組なり。大本営を構成し、児戯に類する作戦をおこなった。なお宇垣一成大将はこの派の巨頭で、直系に二宮治重中将がいた。宇垣大将は政治家で、最後には全部からきらわれ、とくに皇道派から敵視された。

粛軍派、いわゆる統制派＝小磯国昭大将、松井石根大将、建川美次中将、永田鉄山中将、東条英機大将、樋口季一郎中将、佐藤幸徳中将。

この連中はいずれも一個人として見識を有し、たがいに信頼し合うも、あくまで大義名分に立脚し、徒党を組まず、極力、青年将校らの策動をおさえ、人材による全軍の団結をはかるを目的とす。

満州組＝板垣征四郎大将、石原莞爾中将。これは全く特異の存在。

革命家＝橋本欣五郎大佐。

利口にして世渡り上手組の筆頭＝阿部信行大将、畑俊六大将。

貴族＝寺内寿一大将。

超然とした学者肌＝下村定大将》

皇道派と統制派については、とくに一章を設けて、そのいきさつを説明している。これはインパール作戦とは関係がないように見えて、実は意外な結びつきがあることを語っている。その要点は次のようである。

《元来、皇道派とか統制派といった区分があったのではない。

昭和五年十一月ごろ、参謀本部ロシア班長の橋本欣五郎中佐が桜会を提唱し、同支那班の全部が共鳴した。橋本中佐はわが輩のもとにも勧誘にきた。当時、わが輩は参謀本部戦史課に勤務中であり、行くところまでいっしょに行こう、もし意見が合わぬようになったならば、男らしく袂《たもと》をわかとうではないかという信念をもっていた。

ところが、たちまちのうちにこの会が盛大になり、陸軍中央部の中佐少佐の間に大きな勢力をもつようになった。加入者はあいついだが、課長はいれなかった。桜会の規約は、わが輩の斡旋《あっせん》で、戦史課の応接間で相談した。わが輩は極力、陸軍の粛正を主唱した。しかし問題のおこることを恐れたので、極めて漠然《ばくぜん》たる憂国同志の会合ということにした。だから、はっきりした統制のある会ではなかった。

会の考えの基本になったのは、日本は、このままに推移すれば、維新以前の日本に逆もどりするほかに途はないから、今のうちになんとかしなければならぬ、ということであった。

昭和六年三月、宇垣陸相を中心としてクーデター（政権拡張のための非常手段）を断行しようとして未遂に終った。

同年九月十八日、満州事変がおこった。

同年十月、いわゆる十月事件が画策され未遂に終った。この事件は橋本欣五郎中佐が主導となり、参謀本部のロシア班と支那班が中心となって策動したもので、桜会を基盤としたものではなかった。

このことを事前に聞いた樋口季一郎中佐とわが輩は、橋本中佐を東京警備司令部に招致して勧告した。

十月事件のあと、予は元老西園寺公の招請をうけ、意見を聴取された。当時、西園寺公より呼ばれた者、陸軍部内においては、小磯軍務局長と予の二名のみであった。

右の直後、予もまた部内の強硬分子として中央を追われ、豊橋駐在、歩兵第十八連隊大隊長に左遷された。

このころより、皇道派的なものの存在が目につくようになった。しかも、その背後には北一輝、西田税などの魔手がのびつつあったのである。

当時、わが輩の論拠は、国を救わんとする国軍は、まず国軍自体の粛正を先決とすること、とくに、軍を踏み台として、政界に野望をとげんとすることの不可なることを力説した。また軍は、外界の分子の指導によって動揺すべきでないという、強硬なる自説を確立していた。

この前後に、予は同郷の先輩、佐藤鉄太郎海軍中将の指導のもとに、非常に啓発され、自分でも大いに勉強し、また修養した。佐藤海軍中将はつねづね「満州事変は決して日本のためにならない」と語っておられた。

昭和七年、五・一五事件がおこった。この結果、大川周明らが失脚したのに乗じ、北一輝、西田税らが急速に勢力を得るようになった。彼らは在京青年将校に呼びかけ、その勢い、ようやく侮《あなど》るべからざるに至った。またこれらの青年将校は、荒木、真崎両大将をはじめ、これと脈絡ある柳川平助中将、山岡重康、山下奉文、小畑敏四郎、岡村寧次らの諸将に接近し、その庇護《ひご》下に立つがごとき形勢を作りだした。青年将校らは昭和維新を絶叫して、全軍に呼びかけるに至った。

中央における佐官級将校らも、自己の栄達を求むる欲望から、陰に陽に迎合的な態度を示した。

この一群の徒党的存在が、いわゆる皇道派といわれたもので、彼ら自身が皇道派と称していたか否かは、わが輩は知らない。

昭和八、九年ごろ、予が広島の歩兵第十一連隊付中佐時代は、右の皇道派の暗躍は猛烈を極め、いわゆる怪文書横行時代であった。とくに広島師団に対しては、宇垣朝鮮総督の上京、または帰鮮の機会に、途中にこれを暗殺すべしというのがあった。

右の情勢に対し、これを皇軍の私党化なりとして反対の態度をとったのは、小磯国昭、東条英機、建川美次、松井石根、永田鉄山、佐藤幸徳らであった。

　皇道派は時とともにますます勢いを得て、ついに陸軍の人事を左右するに至った。昭和十年夏、予は広島の連隊付中佐から陸軍省人事局の課員となることになった。転任の内達があり申し送り事項まで受けていたのに、最後の確定の直前に、熊本の第六師団の作戦参謀に変更された。

　東条英機少将も、同じころに久留米の第十二師団の旅団長に左遷された。いずれも、皇道派から、勢力振張の妨害となると見られて、地方へ飛ばされたのである》

　熊本では奇怪な経験をした。佐藤参謀が着任してまもなく、次級参謀が更迭となって、岩屋中佐が着任した。それから佐藤参謀の身辺に不審なことがおこるようになった。たとえば、用があって熊本駅から列車に乗ると、〝佐藤中佐上京せり〟と、陸軍省に電報で知らせる者がいた。

　このころ佐藤中佐は東条少将と呼応して、皇道派の策謀と対抗しようと考えていた。すると〝東条と佐藤、会談せり〟という電報が陸軍省に送られた。佐藤中佐は、これに気がついて、ひそかに調べると、次級参謀の岩屋中佐のしわざとわかった。

　岩屋中佐は、佐藤中佐を監視するためにつけられた皇道派の回し者だった。熊本の第六師団長、香《か》椎《しい》浩《こう》平《へい》中将も皇道派であった。統制派の佐藤中佐を追いだして、師団の首脳部を皇道派でかためる策謀が動いていたのである。

それから、だんだん調べて行くと、岩屋中佐と連絡をとっていたのが、参謀本部の庶務課長である牟田口廉也大佐であることがわかった。牟田口大佐は皇道派であった。

皇道派と統制派の派閥争いが、のちのインパール作戦間の牟田口対佐藤の抗争につづいていたということができる。

派閥と陸軍の動きについては、なお次のように記している。

《そのころの杉山、東条らの態度は常に首鼠両端を持するものであった。皇道派に対しては、小磯、東条らを政治に関係でもしているように宣伝した。また反皇道派に対しては、極力同調するような態度を示した。結局、自己保身以外の何ものもなかったのである。ことに当時、杉山は参謀次長で、中央の人事に関係していたのであるが、皇道派から責められると、これを教育総監渡辺大将のしわざであると責任を転嫁したのである。林銑十郎大将の意志薄弱のあとをうけて、川島義之大将が陸相になったが、これは全く鵺《ぬえ》的人物であった。

このころの石原莞爾は参謀本部の作戦課長であったが、これがまた野望をかくして、鵺的行動をとっていた。

昭和十一年、二・二六事件がおこった。この日早朝、第六師団長の谷寿夫中将は参謀長および副官一同を帯同して、熊本師管内においては最も長時間を要する高鍋町に出張した。事前に事件を知っていた様子であった。予は高鍋に電話した。

「いやしくも親補の職にある師団長が、宸襟《しんきん》を安んじ奉る方途をみずから講ぜざるようにては、「予は参謀として、谷中将を師団長と認むるあたわず」

　この事件において、当局は鎮圧をおのれの功績と考えて、ほとんど責任をとらなかった。これが敗戦の、そもそもの禍因である。満州事変を契機として、軍はますます急速に腐敗していった。

　寺内陸相、梅津次官の出現によって、反皇道派、即ち統制派と見られる人物は、いよいよ中央より嫌忌され、遠ざけられた。

　やがて近衛内閣となり、杉山が陸相となった。近衛首相は、陸軍から推挙された杉山陸相に対して全く信頼できないことを経験して、板垣と交代させた。しかし、板垣も〝断乎《だんこ》居士《こじ》〟であるだけで、なんら識見をもっていなかった。

　支那事変勃発当時の首相近衛、陸相杉山、参謀本部作戦部長石原、この三者は不拡大、領土的野心なしの声明をだして、逆に初期の行動を誤り、事変を拡大させるに至った。

　板垣が陸相になると、杉山にそそのかされて、小磯大将を予備役にした。これが非常な誤りであって、杉山は自己の競争相手を葬るに、必ず他力をもってしたのである。

　そして、ついに東条陸相の出現となった。東条は派閥と見られることを極力恐れ、用心していたと見え、かつての同志関係の人物をひとりも用いず、愚劣漢杉山および無能漢梅津を相談相手とした》

　このようにして、太平洋戦争に突入したとしている。この見方に個人の主観が強いとしても、天皇の軍隊の名前にかくれて、軍人の派閥がいかに私党私兵化し、勢力争いが激しかったかを伝えている。回想録のこの章の結論として、次のように記している。

《天皇制下の日本の敗亡は、正に歴史的必然の道程であった。維新の元勲と称された連中が道徳の建設を忘れて、派閥的権勢の争奪に終始し、ついに封建時代を脱却することができなかった。

陸海軍また、その首脳が道徳に基づく建軍の基礎の培養確立を等閑にして、ひたすら自己の栄達と権勢の獲得に夢中になった。

戦後に初めて、杉山、梅津ら栄達組の連中の画策を知ったのであるが、全くその愚劣低能ぶりには、ただあきれるばかりである。

大本営から軍司令部に至る、大軍の統帥、作戦指導などは、全く前線の事情を無視した、机上の、こどもの作文、戯画にもひとしいものである。

師団以下の軍隊指揮官として陣頭に立った中少将級のうち、はたして幾人が適切な用兵をしたかも、すこぶる疑問である。その大部分は功名心のもとに、部下を無用に督戦して損害のみをだしたものが多かった》

二

昭和十八年三月二十日、佐藤中将は南方派遣第三十一師団長に親補された。師団の編成はタイ国の首都バンコクでおこなうことになった。四月になって、佐藤師団長はビルマのメイミョウに行き、第十五軍司令官の牟田口中将に着任の申告をした。

ふたりの胸中には、それぞれに釈然としないわだかまりがあった。その原因が派閥の対立にあることを、回想録ではくり返して書いている。

《牟田口中将と予の関係は、予が参謀本部戦史課にいた時に、例の桜会の問題で激論を戦わしたことがある。この時に予と牟田口中将との友好関係は冷却した。

その後、牟田口中将は真崎大将の直系として、皇道派のために大いに人事を左右した。反皇道派の陣頭に立っていた予に対し、スパイの目的をもって、牟田口中将の同郷の佐賀県出身者を予の次級参謀に任命した。その人物が破廉恥行為をしたのに対し、予はこれを粛清、停職させたことがあった。

お互いに釈然たらざるものがあったが、予は牟田口中将など当時、一切、眼中においておらず、牟田口中将は、予が師団長として優秀なる統率力を有する人物であり、大いに佐藤に働いてもらおうという気持ちであったことは確実であろうと思われた》

この辺の記述で、自分は相手を眼中においていないが、相手は自分を優秀な人物と思っているのは確実といっている。こうしたところは、佐藤師団長の直情で自信に満ちた性格のあらわれともいえよう。

また、牟田口中将の気持ちは、当時潜入していたウィンゲートの挺進隊の大胆不敵な行動に《恐れを抱いていたように感じられた》また、今後の作戦については《チンドウィン河を渡り、遠くインドに進撃しようと思うというていどで、的確な決意はなく、さかんに研究中という段階であった》と観察している。

五月十日、第三十一師団の編成は完了した。

七月になって、佐藤師団長が状況報告に行ったときには、牟田口軍司令官はインド進攻を堅く決意していた。それは、佐藤師団長がつれて行った後方参謀小口徳治少佐に対して、しきりに指示を与えていたことでもわかった。

しかし、軍司令官はインド進攻の可否について、佐藤師団長の意見を求めようとはしなかった。このときだけのことでなく、いつの会合でも、佐藤師団長は軍の指示をうけるだけであった。こうしたことについても、佐藤師団長は《誠心誠意、軍司令官を信頼して、その命令に服従することが、部下としての第一の任務である。後日になって考えたような〈軍司令部の人間が、そろいもそろって、ばかばかりだ〉などとは思わなかった》と、服従を強調して書いている。これは抗命問題を意識して書いたと見られないこともない。

そのころから、牟田口軍司令官の構想は、インドのブラマプトラ河まで進出するというように、次第に飛躍して行った。構想の雄大なことに、自己陶酔し、みずから英雄を夢見るようになったのではないかと思われた。

インド進攻の構想は、ウィンゲート挺進隊の侵入におびえた恐怖心が作りだした、と佐藤師団長は考えた。それが次第に発展して、ブラマプトラ河まで進撃するようになるというのは、研究に価すると思った。結局は、臆病卑劣な性格であるために、構想だけをいたずらに雄大にしたがるのだ。佐藤師団長は自分ならば英軍をビルマ領にいれて、マラリアにかかってフラフラしているところを撃滅する方法を選ぶと考えた。そして、次のように判断した。

《九月。軍司令官のインパール進攻は不動の神がかりなものになっていたと思う》

三

昭和十九年一月七日、大本営はインパール作戦の実施を認可した。

牟田口軍司令官は各部隊長をメイミョウの軍司令部に集合させ、軍命令を下達した。このあとで記念の写真を撮影した。しかし全員の空気に《なんとなく、軽快、明朗ならざるものがあった》と、佐藤師団長は感じた。牟田口軍司令官ひとりは、待望のときを迎えて勇躍していたが、幕僚や各部隊長の心には、重く沈みがちなものがあった。

佐藤師団長は中部ビルマのサカンにある師団司令部に帰ると、出動準備命令を発した。一月十五日であった。

烈作命甲第六十四号

一月十五日
サカン

第三十一師団命令

一　師団ハ直チニ進攻態勢ニ転移シ「コヒマ」ニ向フ突進ヲ準備セントス

二　右突進隊ハ「ピンマ」「オンペット」付近ノ間ニオイテ「チ」河ヲ渡河シ「レイシ」――「ラルリ」――「パケケズミ」道ニ沿フ地区ヲ「プリヘマ」(「コヒマ」西北約十

五粁）ニ向ヒ前進ヲ準備スヘシ
但シ「レイシ」――「ラルリ」――「メルリ」道ノ部隊主力前進不可能ノ場合ニオイテハ「クキ」ヨリ「パケケズミ」ニ至ル間中突進隊ノ進路ヲ前進シ得ルコトク準備スヘシ
新ニ右突進隊ニ配属セラルル部隊中現ニ右地区戦闘地域内ニ在ル部隊ハ準備完了ト共ニ歩兵第百三十八連隊長ノ区処ヲ以テ厳ニ企図ヲ秘匿シツツ逐次「ウユ」河以北ニ進出シ新部署ニ入ルヘシ
三　中突進隊ハ「オンペット」「カワンカン」間ノ地区ニオイテ「チ」河ヲ渡河シ「フォートケアリ」――「ソムラ」――「パケケズミ」――「コヒマ」道ニ沿フ地区ヲ「コヒマ」ニ向ヒ前進ヲ準備スヘシ
ソノ主力ノ「ウユ」河右岸地区ヘノ前進ニ関シテハ後命ス
四　左突進隊ハ「ウユ」河合流点付近ヨリ「メザリ」間ノ地区ニオイテ「チ」河ヲ渡河シ「サイヤポウ」――「チャム」――「オンシン」――「ウクルル」――「チャラオ」――「ガジヘマ」――「マオソンサン」道ニ沿フ地区ヲ「マオソンサン」ニ向ヒ前進ヲ準備スヘシ
五　作戦地境及戦闘地境左ノ如シ（略）
六　本隊タル諸隊ハ中突進隊ノ「チ」河渡河点ヨリ渡河シ之ニ続行ス之カ為歩兵第百二十四連隊（速射砲中隊欠）及山砲兵第三十一連隊（第一第二大隊欠）ハ「チャンギー」

河左岸地区ヲ「マインカイン」付近ニ次テ「ウユ」河右岸地区ニ前進シ得ル如ク所要ノ偵察並ニ道路ノ補修ヲ実施スヘシ

細部ニ関シテハ別命ス

七　「ジビュー」山系以東ニ在ル師団本隊タル諸隊ハ一月末マテニ現在地ヲ出発シ得ル如ク準備スヘシ

八　渡河作業隊ハ主力ヲ以テ中突進隊及師団本隊ノ一部ヲ以テ左突進隊ノ「チ」河渡河作業ヲ準備スヘシ

九　師団輜重ハ依然現任務ヲ続行スルト共ニ進攻作戦準備ヲ促進スヘシ

十　各部隊ノ新部署ニ就ク行動ハ夜間ヲ利用シ且小部隊毎ニ前進スルト共ニ集結地宿営等ノ選定ニオイテモ対住民及対空上厳戒ヲ加ヘ企図ノ秘匿ニ徹底スヘシ　マタ住民ニ対シテハ適正ナル宣撫ト欺騙トヲ併用シ以テ作戦初動ニオケル有利ナル態勢保持ニ万遺憾ナキヲ期スヘシ

十一　予ハ当分「サカン」ニ在リ

師団司令部ノ移動時期ニ関シテハ別命ス

師団長　佐藤幸徳

下達法　各隊命令受領者（将校）ヲ集メ印刷交付

配布区分　隷下指揮下各部隊各部

報告（通報）先　林（祭、菊、弓、二輪）

烈作命甲第六十四号別紙

軍隊区分

右突進隊

長　歩兵第百三十八連隊第三大隊長　柴崎大尉

歩兵第百三十八連隊第三大隊

歩兵第百三十八連隊速射砲一分隊

同　無線二分隊（五号）

同　乗馬小隊ノ一部

同　作業隊ノ主力

山砲兵第三十一連隊第一大隊ノ一中隊（大隊段列三分ノ一属）

工兵第三十一連隊ノ一中隊（二小隊欠）

師団無線二分隊（三号甲）

兵器勤務隊ノ一部

経理勤務班ノ一部

衛生隊ノ一部

第一野戦病院ノ半部

患者輸送第五十八小隊ノ一分隊

防疫給水部ノ一部
師団病馬廠ノ一部
輜重兵第三十一連隊第一中隊ノ一部
印度国民軍情報隊ノ一小隊

中突進隊
長　歩兵第百三十八連隊長　鳥飼大佐
歩兵第百三十八連隊（第三大隊、速射砲一分隊、五号無線二分隊、乗馬小隊ノ一部欠）
歩兵第百二十四連隊速射砲中隊
山砲兵第三十一連隊第一大隊（一中隊大隊段列三分ノ一欠）
工兵第三十一連隊ノ一中隊
師団無線一分隊（三号甲）
兵器勤務隊ノ主力
経理勤務班ノ主力
衛生隊ノ三分ノ一
第一野戦病院（半部欠）
師団病馬廠ノ一部

防疫給水部ノ一部
衛生材料勤務班ノ主力
輜重兵第三十一連隊第一中隊（一部欠）

左突進隊
長　第三十一歩兵団長　宮崎少将
第三十一歩兵団司令部
歩兵第五十八連隊
山砲兵第三十一連隊第二大隊
工兵第三十一連隊ノ一中隊
師団無線一分隊（三号甲）
兵器勤務隊ノ一部
経理勤務班ノ一部
衛生隊三分ノ一
第三野戦病院
師団病馬廠ノ一部
患者輸送第五十八小隊ノ一部
独立輜重兵第五十五中隊

衛生材料勤務班ノ一部
印度国民軍情報隊ノ一小隊

本隊

師団司令部
師団通信隊（無線四分隊欠）
歩兵第百二十四連隊（速射砲中隊欠）
山砲兵第三十一連隊（第一第二大隊欠）
独立速射砲第一大隊第三中隊（二小隊欠）
工兵第三十一連隊本部二小隊及器材小隊
経理勤務班ノ一部
衛生隊ノ主力
第二野戦病院
師団病馬廠（一部欠）
防疫給水部（一部欠）
患者輸送第五十八小隊（一部欠）
独立輜重兵第五十二中隊

渡河作業隊

長　第五工兵隊司令官　小林大佐

第五工兵隊司令部

独立工兵第二十連隊（一中隊ト一部欠）

渡河材料第十三中隊

渡河材料第十四中隊

架橋材料第二十二中隊

独立速射砲第一大隊第三中隊ノ二小隊

師団輜重隊

長　輜重兵第三十一連隊長　野中少佐

独立輜重兵第五十四中隊

衛生隊車輛中隊

象輸送隊

師団長　佐藤幸徳

烈師団の総員は定数としては一万五千名であるが、この作戦に参加したのは二万三千百三十九名であった。

最大の問題である補給については、明確な成案をもって、作戦開始に踏み切ったというのではなかった。第十五軍司令部でおこなわれた兵棋演習では、補給の詳細の検討は除かれていた。故意に省略されていたのを、中参謀長らの監督責任者はそのままにしておいた。この演習では、いわば、物をたべない兵隊が戦闘をすることになっていた。

しかし、牟田口軍司令官としては成案をもっていた。それは牛、やぎなどの動物を連行することと、焼き米を用意することであった。

牟田口軍司令官が成吉思汗の戦法を採用したことを、むしろ得意としていると思われる一小話が伝えられている。

十二月の兵棋演習のあとで、出席者から糧食の準備をどうするかという、当然の質問が兵站参謀の薄井誠三郎少佐に向けられた。それに対して薄井参謀が答える前に、牟田口軍司令官が先に声を大きくして答えた。

「我に五十頭の豚あり」

列席していた者の多くは、その答えの意味がわからなかった。やがて、それが成吉思汗の故知に学ぶということと、もう一つには、自分の糧食として、それだけのものを用意したから心配はないという意味だとわかった。そのことは、牟田口軍司令官が自分の食いぶちのことだけを考えているという印象を与えた。

そのあとで、薄井参謀に地図をさし示し、英軍の集積所のある地点を教えた。そして大声で、

「ここに糧秣の敵積あり。糧を敵に求めるに不足はない」

と叫んだ。

成吉思汗戦法により、第三十一師団の歩兵第五十八連隊だけでも約四千頭の牛を連行することになった。このために駄牛隊を各大隊ごとに編成し、下士官兵に飼育訓練させた。多数の牛を集め、それに弾薬糧食を搬送させ、軍隊と行動をともにさせるのは、容易なことではなかった。

このほか、将兵各自に二十日分の糧食を携行させることになった。しかし、それだけの糧食を各自が背嚢《はいのう》にいれ、あるいは部隊ごとに携行するのは容易でなかった。重装備を身につけた兵がつまずいて倒れると、ひとりでは起きあがることができなかった。

これについて佐藤師団長は、つぎのように書いている。

《こんなやり方は日本軍以外にはない。日本軍だから、これを完行し得るのである。とにかく各部隊は非常な努力で、しかも、ひとりといえども不服や不満等をもらさずに、与えられたる任務に向って献身の努力を傾注していた。弱音《よわね》をはく者はなかったと思う。意気盛んなものがあった》

このような見方は、上級将校の書いた記録や報告に多い。独善であり、一方に過ぎて、無反省の印象を与えやすい。

ビルマ人に変装した斥候は、師団の進撃路を偵察してきた。最初の難関とされていたのはチンドウィン河の渡河である。渡河点の河幅は六百メートルあり、流れは早かった。

その西方にはパトカイ山系、ナガ山系、チン高地、パレル山系、ルシャイ山陵などがかさなり合って北から南へつづいていた。ヒマラヤ山脈からわかれたアラカンの山系群である。高さは千メートルから二千メートル前後であるが、ところどころに三千メートル以上の高峰があった。山中には、急な傾斜面や絶壁の難所が多かった。その間を細い山道がつづいていた。

住んでいるのは、わずかなチン族とナガ族であった。

そこを師団は越えて行かなければならなかった。山系の東西の幅は図上で約百キロあり、その中央にインパール盆地があった。ということは、チンドウィン河を越えれば、行軍も戦闘も、すべて嶮難な山岳地帯ですることになる。武器、弾薬、糧食を運ぶ苦労は、なみたいていではないはずだ。師団の将兵は出動の準備に追われていた。

二月のはじめであった。後方主任参謀の野中国男少佐が佐藤師団長の宿舎にきた。元気がなく、うなだれていた。前任の小口徳治少佐が若くて、たよりないので、佐藤師団長が更迭させて、まだまもなかった。野中参謀はいきなり、

「申しわけありません」

と叫んだ。事情をきくと、この作戦の補給に全然自信を持てないので、やめさせてくれというのだった。

佐藤師団長は怒らなかった。弱気とはいえなかった。むりもないことだと思った。

「やれるだけやればよい。あとはおれが考えてやる」

補給を担当する後方主任参謀が、このようなことを師団長に訴えるのは、よくよくの困難のあることが予想された。

師団がチンドウィン河に向って出発する日が迫ってきた。そのさなかに、牟田口軍司令官がサカンの師団司令部にきた。佐藤師団長は、このようなとき、頭をペコペコさせて出迎えたり、ごきげんを伺うようなことはきらいであった。まして、尊敬できない相手である。改まったことは何もしなかった。

それでも会食だけはした。その席上で、牟田口軍司令官は自作の漢詩をひろうした。佐藤師団長は幼稚だと思った。そのうち、牟田口軍司令官が、いつもと違って、元気のないのに気がついた。日ごろの自信が見られなかった。

あれほどインド進攻を呼号し、大本営を動かしたが、いざやれといわれると、当の本人が恐ろしくなっているのかと思われた。いまになって、神がかり状態が冷却して、正気にかえったのかと思われた。このことで、

《牟田口軍司令官は師団長の威厳に押されたのであろうか、元気がなかった》

と手記にも書いている。自分の〝威厳〟ということを書いているのは、牟田口軍司令官をからかう気持ちであるようにも思われるが、やはり、この人の性格で、自信をもって、本気に記しているようだ。

ともあれ、作戦開始のまぎわに、軍司令官に《元気がなかったことは確実》であったという。このことについて、その後、佐藤師団長はいろいろに検討してみた。そして次

のような結論を得た。

牟田口軍司令官がインド進攻を考えるようになった動機は、ビルマに潜入した英国のウィンゲート旅団の傍若無人の勇気に恐れをなしたためである。これは牟田口軍司令官の性格に臆病なものがあるからだ。

また、牟田口軍司令官はシンガポール攻略のときの功績で、感状をもらっている。このために将来の栄達を約束されたように思っている。しかし栄達欲と功名手柄の野心とは、失敗の原因になるということを、佐藤師団長は処世訓としていた。この点で、牟田口軍司令官の野心に危険なものを感じた。

また第十五軍の命令に、疑問を持つことが多かった。命令がみな先走っているか、あるいは見せかけだけの空疎なものにすぎない。

牟田口軍司令官が烈の師団司令部を来訪したのは、作戦発起にあたって激励をするためということであった。ところが軍司令官自身が元気のない様子であるのは、今では自信を失って、後悔しているのではないかと観察した。

結局のところ、牟田口軍司令官はどうかしているとしか思えなかった。しかし、このようなことは佐藤師団長は口外しなかった。

牟田口軍司令官につづいて、第十五軍の兵站主任参謀の薄井少佐が、烈師団の司令部に打合せにきた。重要な補給の責任者なので、佐藤師団長がとくに念を押してきくと、薄井少佐は次の案を約束した。

(一) チンドウィン渡河の一週間後には、一日量一〇トンを後続補給する。
(二) 渡河後、二十五日ごろまでの間に、二〇〇トンの弾薬、糧食をウクルル方面より挺進補給する。
(三) 渡河後、五十日後には、ウクルル方面より常続補給する。

佐藤師団長はこの案を信用しなかった。第一項は、国境の大山系を越える困難を考えると、実現できないと思われた。第二、第三の項は不可能ではないが、インパールを攻略したあとでなければできないと予想された。しかし、もし、これが実行されなければ、烈師団は戦闘が困難になる。これを薄井少佐に問いただすと、いかにも自信のない答え方をした。佐藤師団長は不安に思って念を押した。

「補給の任務は軍司令部の責任だ。師団の仕事ではないのだ。だいじょうぶだな」

さきの牟田口軍司令官の元気のないことや、この薄井少佐の自信のなさは、インパール作戦開始の前に、危険の兆候として、すでにあらわれていた。佐藤師団長は、早くからこれを予測して、将兵を鼓舞激励する必要を感じて、次のような訓辞を師団に与えていた。

《眼中敵なく、豪気すでにアラカンをのむの慨あふるるの秋《とき》、ここに待望久しき進撃の天機を迎え、予は諸子とともに勇躍欣舞《きんぶ》おくあたわざるものあるを覚ゆ。

我等ひとたび印緬《いんめん》（インド、ビルマ）国境の嶮を越えんか、印度四億の民衆は決然として御稜威《みいつ》のもとに馳《は》せ参ずべきは、実にこれ歴史的必然の過程なり。何をか補給の困難を憂えん。進路の嶮難のごときは期ならずして坦々《たんたん》たる兵站路に化せん。

今や幾試練を経たる一億銃後国民の敢闘必勝の信念は、あたかも熱火のほとばしるがごとく、我等の進撃に呼応しつつあるに反し、敵陣営の焦慮苦悶は、いよいよ暴虐非道の本性を露呈し、戦力すでに枯渇《こかつ》し敗色まさにおおいがたきものあるは、諸子のすでに見るところなり。

我等の正面は英軍の最大弱点たるのみならず、全戦線中の要衝たり。印度ひとたび解放せられんか、ここに全戦局に終戦的段階を印すべきは、あえて予の言をまたざらん。

今や我等はただ突進あるのみ。猛進あるのみ。挺進あるのみ。以て上、聖明にそいたてまつるとともに、一億国民の待望にむくいんのみ。

再言す。烈師団の諸子はあくまで勇猛果敢なれ。すべからく英雄の心をとれ。ヒマラヤの霊峰は我等を俯瞰《ふかん》しつつあり。印度四億の民衆は歓呼して皇軍を迎えん。

大東亜戦争完勝の栄光に輝く皇紀二千六百四年紀元の佳節にあたり、うやうやしく宝祚《ほうそ》の無窮を寿《ことほ》ぎ、皇謨《こうぼ》の悠遠《ゆうえん》なるを仰ぎたてまつり、いささか所懐を披瀝《ひれき》して兵団の武運を祝福す。

昭和十九年二月十一日
師団長　佐藤幸徳》

烈師団がチンドウィンの渡河点に向って、サカンを出発するのは、昭和十九年二月十五日の予定であった。その三日前に、ビルマ方面軍の参謀長、中《なか》中将がサカンの師団司令部に来訪した。河辺方面軍司令官の激励のあいさつを伝えるためであった。

中参謀長は一泊して帰還するとき佐藤師団長と握手をして励ました。

「完勝を祈ります」

佐藤師団長は無遠慮にいった。

「牟田口軍司令官はどうかしておるぞ。早くなんとかしなければならないぞ。おれは今度は餓死を覚悟で行くのだ。十五軍が補給してくれなかったら、方面軍が補給してくれるのか。お前も、おれに完勝を祈るなどと、ていさいのいいことをいわずに、自分のなすべき責任をはたして、ひとに笑われないようにしろよ」

佐藤師団長は仙台陸軍幼年学校で、中参謀長の一年先輩であった。少年時代からのつきあいで、中参謀長をお人よしのぼんくらであると思っていた。

佐藤師団長は中参謀長に、宿舎で飼っていたクジャク二羽と、象牙をみやげに与えた。中参謀長の自動車が走り去るのを見送ると、佐藤師団長の胸中にあるものが、はっきりと固まってきた。

《かりにも、戦死する目的で作戦に従事すべきではない。また、餓死するようないくさをすべきものではない》

佐藤師団長は、このように考えて、はっきりと決心した。それは、第十五軍や方面軍で補給をしてくれなければ、戦線を引きあげて帰ってくるだけだということであった。

のちにインパール作戦のさなかに、佐藤師団長は独断撤退したが、その決意は、すでにこのときにきまっていた。

三月十五日は烈、祭の両師団の作戦発起の日であった。その二週間前から、両師団の各部隊はチンドウィンの河岸に身をひそめて渡河準備をした。

そのころ烈師団の司令部に、第十五軍の参謀長久野村中将が来訪した。渡河の状況を見るためであった。軍参謀長はほかに、もう一つ重要な任務を持っていた。それを佐藤師団長に伝えた。

「軍司令官閣下の特別のおことづけを申し上げます。烈師団は機を見て、ディマプールまで進出してもらいたい。それを切望するとのことでした」

ディマプールはアッサム州の大平原の入り口にある。そこに行くことは、はじめは禁止されていたが、いつのまにか、あいまいになった。あいまいのまま、この大作戦が開始された。すべて牟田口軍司令官ひとりの意欲のままに動かされたとしかいえない。すると今度は、牟田口軍司令官の本来の念願であるディマプール進攻を要求してきた。しかも、作戦開始の直前という時である。牟田口軍司令官は認可された作戦の範囲外の行動を、独断で実行しようとしているように思われた。

佐藤師団長は即座に答えた。

「それは受け合いかねる。第一、わしが十五軍からもらった命令はコヒマの占領だ。コヒマにしても、やってみなけりゃわからん。それなのに、ずっとさきのディマプールに行けといわれても、おいそれとはやれんよ。その方面の敵情がどうなっているのか、補給をどうするのか。それを考えないで、ただ行けというのは、ばかげた注文だよ」

佐藤師団長は、このような伝言を、そのまま持ってきた久野村参謀長に対しても怒りを感じた。軍司令官を補佐して誤らせないようにするのが、参謀長の役目である。それなのに、牟田口軍司令官を押えられないどころか、走り使いにひとしいことをしている。これが陸軍中将であり、軍参謀長である人のすることとは思えなかった。

佐藤師団長の耳にも、第十五軍の幕僚の乱脈のうわさが聞こえていた。ことに情なく思われたのは、その年の正月元日のできごとであった。新年の遥拝式のあと、軍司令官官舎に上級将校が集まって祝杯をあげた。年末におこなわれたインパール作戦の兵棋演習の結果、ビルマ方面軍の中参謀長と総軍の綾部総参謀副長が、それまでの態度を一変して、作戦計画に賛同し承認を与えた。その直後の新年宴会であるから、牟田口軍司令官や幕僚にとっては、喜びのあふれた祝宴であった。

その席上へ、突然、着物姿の芸者が十数名あらわれた。メイミョウの清明荘という料亭の芸者たちであった。新年宴会には、くる予定にはなっていなかった。しかし、最もよい時機に、そろって姿を見せたのは、あらかじめ、だれかによって計画されていたからに違いなかった。

官舎のなかは大さわぎとなり、将校たちは大いに酔った。夕方になって、参謀や将校たち十数名が、それぞれ、なじみの芸者と自動車に分乗した。自動車は数台用意され、そのなかには、ほろをはずした無蓋《むがい》の車もあった。運転するのは自動車手の兵である。

懸章を胸にさげた参謀と、着物の芸者が同乗しているだけでも人目についた。その車がつぎつぎとメイミョウの大通りを行進した。

元日のことであるから、兵は外出を許されて町を歩いている者が多かった。将校乗用の旗をつけた自動車がくるので、兵たちは、あわてて、姿勢を正して敬礼した。その前を、酔った芸者の笑い声をふりまいて、車は通過した。

久野村参謀長はこうした事実を知っていたが黙認していた。黙認しなければならないような立場にあった。

前任の参謀長、硬骨の小畑少将が追われたあとの十五軍は、牟田口軍司令官の全くの独裁となった。久野村参謀長のことを、司令部の将兵は、かげでは〝久野村副官〟と呼んでいた。それほど、牟田口軍司令官のいうことを、ただひたすら、かしこまって従うだけの不見識、無能力であった。

また、直言すべき立場にある木下高級参謀にしても、軍司令官に意見をのべても容《い》れられない、といわれていた。参謀のなかで、軍司令官にも信頼され、最も仕事をしていたのは藤原参謀ひとりだけと見られていた。

こうしたことは参謀部だけではなかった。初代の高級副官、島田中佐も小畑参謀長と同じころに、同じく硬骨のために追われた。そのあとにきた青野中佐は、司令部の将兵の間では〝青野曹長〟と呼ばれた。古参の下士官程度の頭だと軽侮されていたのである。

インパール作戦の開始が迫ってからでも、夜ごと酒色にふけっている者が多かった。

久野村参謀長までが下級将校と芸者を争ったこともあった。このような乱脈については、十五軍のなかでも、心ある将校は腹を立てていた。

佐藤師団長が十五軍の作戦計画を信頼しないと同時に、その幕僚を信用しなかったのは、このような事情を知っていたからである。久野村参謀長の伝えたディマプール進撃案を一蹴したのも、こうした不信感が胸中にわだかまっていたためでもあった。

烈師団の主力部隊の渡河作業は、三月十五日の薄暮からはじまった。これにさきだって、佐藤師団長は将兵に激励の訓辞をした。

『補給の困難を恐れるな。全将兵は、餓死する覚悟をもって突進せよ』

アラカン越え

一

烈第三十一師団は右、中、左の三突進隊にわかれ、三縦隊となってコヒマに進撃することになった。左突進隊の基幹となった第五十八連隊は、さらに右、中、左の猛進隊にわかれた。

烈師団主力のチンドウィン渡河は三月十五日の予定であった。その三日前、十二日の夜半に、各猛進隊は先遣中隊を渡河前進させた。先遣中隊の任務は、各縦隊の進路を突破して、主力の前進を容易にさせることであった。実際にも、先遣隊が英軍の河岸監視部隊を、ことごとく撃破して行ったから、各縦隊の突進は非常にはやいものになった。

先遣中隊長のひとりとなった第十一中隊長西田将《すすむ》中尉は、チンドウィン渡河の状況を次のように記している。

≪しっとりと夜露にぬれた木の葉が、うららかな朝日に光り、梢越《こずえ》しに仰ぐ空は抜けるほど青かった。三月の北ビルマは日本の秋のようにさわやかで、きょうも、きのうと同じように静かに、すがすがしい朝が訪れた。

Ｘ－３日（Ｘは渡河予定日。未確定のため、この記号であらわしてあった。－３はその三日前の意味）、この日のために、この河岸のジャングルに進出してきたのは、すでに数日前である。日が沈み、夜が明けるごとに、静かな自然とは全く別に、中隊の緊張は高まり、きょうが最後、Ｘ日に変更がない限り、待ったなしの朝を迎えたわけである。兵器の手入れをする者、背嚢《はいのう》を点検する者、携行食を分配する者、無心に祖国の歌を口ずさむ者……。

私は改めて、渡河進撃計画を念入りに検討した。細部の指示に手落ちがないか、小隊長たちとの打合せも終った。もう何もすることはないはずだ。だが何か忘れているような気もする。長い長い一日であった。

渡河点までは四キロメートルに近い道のりであった。ジャングルを出れば、一面の茅《かや》原《はら》である。もちろん道はない。渡河の予定が夜半の十二時だから、ここを出発するのは十時半でなければならない。Ｘ日の確定は一刻も早く知りたかった。

大きな太陽がアラカンの彼方に沈んで行った。七時をすぎ、八時をすぎ、九時をまわった。発進命令はどうなったのだろうか。緊張が焦躁《しょうそう》となり、そして不安と疑惑が脳裡を去来し始めた。

九時十五分。

北アラカン主要地名

「予定通り本夜半十二時渡河開始！」

　命令を持った伝令がころがるようにかけこむと同時に、ジャングルのなかは〝静〟から〝動〟に一変した。あと二時間半。……ギリギリの時間である。

　時計の針が急に早くまわりだした。闇のなかで黙々と準備が進む。百数十名の隊員が、一切の装備を終えて整列したのは十時三十分であった。小隊長はそれぞれ人員を点検し、装具を確かめている。静かに最後の注意を与えている声も聞こえる。だが、それもやがて終り、中隊の発進準備は全く完了した。

　私はこの期にのぞんで語る何物も持たなかった。すべては終っていたのである。

　ゆっくりとした私の足どりが隊列の中央でピタリととまると、一瞬、息のつまるような静けさが満ちた。低く、力をこめた私の声がその静寂を破った。

「これから祖国にお別れしよう」

サッと鞘《さや》を払った二尺三寸の愛刀は、斜めに走って月明りに一閃《いっせん》し、インド進撃の幕を切っておとすに、じゅうぶんな手ごたえと満足を私に与えた。

「着《つ》け剣《けん》！」

鞘を払う帯剣の音が一瞬ざわめき、白刃が銃口にならんで、またもとの静寂にかえった。

「捧《ささ》げぇ銃《つつ》！」

ピシッと銃腹を握る力強い響きとともに、波頭のような剣のふすまが一線にそろう。隊伍はしばらくの間、微動だにしない。

カッと開いた瞳《ひとみ》がうるむ。あつい血潮が手足までかけめぐる。

山ゆかば草むす屍《かばね》
大君のへにこそ死なめ　かえりみはせじ

純粋に、つわものの心が遥かなる祖国へ死を誓う尊い瞬間であった。

それから一時間後、中隊は渡河点を目ざして、丈余の茅原をいそいでいた。すぐそばの野象のざわめきも、対岸の虎の咆哮《ほうこう》も、間断ない敵機の爆音も、すべては早、感情の外にあった。気持ちはただ一つ、任務の達成だけであった。

やがて茅原を抜けでると、河原の視界が月明りに開けた。音もなく渦巻くチンドウィンは、月影をうつして静かに流れ、征《ゆ》かんとするアラカンの峰々は、薄墨色に浮きあがっていた》

牟田口軍司令官は糧食補給の方法として、成吉思汗の戦法そのままに、動物を連行することを命じた。このために、各大隊は補給中隊を編成した。これは、牛により食糧、弾薬を輸送し、第一線部隊に補給する、駄牛《だぎゅう》輸送隊であった。これがチンドウィンの渡河の最初から、予想外に苦労が多かった。第五十八連隊第三大隊の補給中隊長の寒河江《さがえ》恒雄《つねお》中尉は次のように書いている。

《作戦開始までわずか二カ月。牛は訓練時の損傷、渡河の損耗、行動中の死傷などを十分に考慮し、約七百頭を準備し、兵員の不足は各中隊より十五名あての増援を得て補充し、わが十二中隊を基幹とする、約二百五十名の補給中隊が編成された。

私ばかりでなく、兵のほとんどは全く牛にさわったことすらない者で占められ、従って牛に馴れることに全力を傾注した。はじめはこわごわ扱っていたが、日がたつにつれ、牛も兵の取り扱いの真剣さに打たれてすっかりなつき、前一後二の三頭ひきの行動も半ば意のままになるほどの上達ぶりだった。

三月十五日夜、工兵隊による歩兵部隊の一斉渡河が始まり、つづいて、いよいよ駄牛隊の渡河である。成功を神に念じつつ、舷側誘導による第一回、約三百頭の渡河を開始した。河を見ておののき、逃げまどうもの、泳ぎはじめて中途より引き返すもの、力つきて泣き叫びながら水中に没するもの、浮きつ沈みつして流されて行くもの、岸にたどりつき息をひきとるものなど、その凄惨《せいさん》さは目をおおうほどで、兵、牛ともに死力をつくしての奮闘には、胸をひきさかれる思いだった。

夜半の三時ごろ、第二回の追いこみ渡河もやっと完了したが、無事に渡河したのは約三百頭であった。このうち百頭ぐらいは疲労のため全く動けず、予想以上の損耗であった》

三月十六日から十七日にかけて、各隊はビルマ・インドの国境を越えた。師団の中突進隊にはインド国民軍が配属になっていた。日本軍に投降または捕虜となったインド兵を主として編成した部隊で、チャンドラ・ボース首席の指揮下にあった。インド兵たちは国境をこえて、故国の土を踏んだ時、感激のあまり、声をあげて泣いた。そして高らかに〝ジャイ・ヒンド（インド万歳）〟を叫んだ。

中間目標とするウクルルは、国境から三十二キロの所にあった。そこに近づくに従って、山は急にけわしさを増し、道は困難を加えた。佐藤師団長は回想録のなかで、次のように記している。

《アラカンの大山岳地帯中においても、ビルマ側の山岳は、実に想像を絶する天嶮であった。もし事前にこれらの天嶮の実態を知っていたとしたならば、何物をも恐れざる勇猛心を持つ烈兵団長も、あるいは軍司令部や部下部隊にしても、ある程度の弱音《よわね》をはいていたかも知れない。しかし、くわしく知らなかったことと、師団編成当初より、やるという前提のもとに立たされていたこと、かつまた、予が上官の命令に絶対服従することが、部下たるものの任務であるという、至誠一貫の態度を堅持してきたため、絶体絶命的環境をよく切り抜けて、とにかくも朗らかに、嶮難を一歩一歩と切り開いてきたの

である》

剛毅な師団長に、これほどのことをいわせるのだから、その嶮難さは予想を遥かに超えていた。しかも、この行軍は夜に限られていた。昼間は連合軍の飛行機が警戒しているので、姿をかくしていなければならなかった。夜間の行軍であることは、困難を数倍にした。

二、三日すると、道は、しばしば谷の断崖に突きあたった。牛馬を通すために、工兵隊は道路を作った。それでも急傾斜のために、停止しなければならなかった。迂回路はないし、後方に退くこともできない。道路のできるのを待っていると、それだけ食料が余計になくなってくる。

山が深くなると、牛の行動はいよいよ困難を増した。牛の鞍《くら》につんである荷物は、斜面をくだる時には、その首の根元までさがって、牛を動けなくしてしまった。また、斜面をのぼる時は、荷物は牛の尻の方から、ずるずると抜けおちてしまった。

ある時は二、三百メートルの断崖の上に露営をした。谷の底を見おろすと、目がくらむばかりであった。四方は山また山がかさなりあって、雄大壮厳な景観であった。しかし、兵は飯をたくために、急な坂を千メートルもくだって行かないと、水を得ることができなかった。露営の天幕のまわりには、たぬきに似た動物が出没した。

山岳の中腹にさしかかると、じゅうたんをしいたような一面の芝草の地帯が開けた。そのなかに真赤な花が点々と咲きつづいていた。道が谷におりると、日本の桜と同じ花が咲いていた。近よって見ると、日本の桜よりも大輪であった。兵はなつかしげに見上げ、〝インド桜〟と呼びかわした。

谷底の標高は千五百メートルでも、のぼる斜面の頂きは三千メートルを越えるのである。斜面をよじのぼると、そのさきに、また谷と山があった。図上では一センチの距離でも、実際には歩くことも困難な山と谷がつづいていた。アラカン山系は、その山ふところに数条の山脈をかくしていた。師団の各隊は、一歩一歩、横断して行った。将兵の疲労は激しいものがあった。

三月十八日朝、左猛進隊となった第三大隊の先頭は、ウクルル東南方十キロの七三七八高地に進出して、英軍の陣地にぶつかった。九中隊の福原清八軍曹、小柳新一少尉、十中隊松永芳男少尉、大隊本部の小海敏夫伍長などの手記を総合すると、次のような状況であった。

《午前八時ごろ七三七八高地に到着した。敵は馬に迫撃砲を積んで、これから陣地につくところである。絶好の戦機である。分隊長の福原軍曹は軽機に射撃を命じた。射手は軽機を小脇にかかえて猛射をあびせる。その間に第九中隊長久保大尉は第一小隊に攻撃を命じた。

豆をいるような、めちゃくちゃな猛射をくぐって、じりじりと進む。敵前十メートルぐらいの所に鉄条網がある。福原軍曹の右を進んでいた小隊連絡係下士官の佐藤軍曹は、突撃するつもりか、福原軍曹の方をチラッと見て、わずかにからだを持ちあげた瞬間、頭をうちぬかれて即死した。あちらでもこちらでも「うむ！」「うーむ！」と倒れる。余りにも至近弾のため、みな急所に命中してしまうのだ。手榴弾など投げるのではなく、点火してころがしてよこすだけである。

福原軍曹は突然、右足に丸太ん棒でなぐられたような衝撃をうけ、ものすごい激痛を感じた。無我夢中で敵の壕にはい進み、なかの敵兵を銃剣で刺し殺し、その上にころがりおち、足を見たら骨折していた。

九中隊の第三小隊長小柳少尉は尖兵長《せんぺいちょう》となって先頭を進んでいた。そこを狙撃されたので、左にまわって道の上に出た。目の前の山頂に敵がいることは確実だった。まもなく十中隊の八島少尉がやってきた。小柳少尉は、「ふたりだけでも突っ込もう」といったが、八島少尉は、「あせるな、すぐに中隊主力がくるから、いっしょにやろう」と、とめた。

態勢をととのえていると、桝谷《ますや》中隊長以下、本山敏和少尉ら十中隊の主力が登ってきた。いよいよ突撃だ。久保中隊長、本山少尉、それに小柳少尉の三人が、ほとんど一線にならんで軍刀を抜いた。

敵はじっとして壕のなかにひそんでいるらしい。

「突っ込め！」

立ち上がって走りだしたとたんに、ドカンドカンと手榴弾の一斉攻撃である。もうもうたる煙と、ものすごい爆風のため、小柳少尉は意識を失って倒れた。その瞬間、十中隊の尾身軍曹が「天皇陛下バンザイ！」と叫びながら、飛びこむようにして前に倒れて行った姿をはっきり見た。

小柳少尉が意識を感じた時は、両眼はいっぱいの血で何も見えなかった。からだには異状がなかった。だれかが血をふいてくれたので、次第に見えるようになった。すぐ目の前の木のかげに敵の姿が見えるので、「この野郎！」と叫んで立ち上がった瞬間、左の脚を熱い固いものでたたかれたような衝撃を感じて再び倒れた。狙撃されたらしかった。血が軍袴《ぐんこ》（ズボン）の上ににじみでてくると同時に、猛烈な痛みを感じた。

当番兵だった佐渡出身の渡辺上等兵が右足を引っぱって、ズルズルと小柳少尉を死角へさげた。ちょっと物音をさせると、バリバリと頭上すれすれに撃ってくる。敵は健在である。突撃は不成功に終ってしまったのだ。

第三大隊長の島之江又次郎少佐は、夜襲を決意した。ただちに夜襲のための偵察を、十中隊の松永芳男少尉に命じた。松永少尉は敵陣の背後から突入するより方法はないと判断した。そこで隠密のうちに山腹を迂回し、英軍の糧秣集積所らしい背面陣地を見つけ、これを突入の目標と定めた。帰ってくる時には、夜襲のための道路標識をつけながら、中隊にもどった。

夜襲は、十中隊の残存の全員で決行することにきまった。背嚢その他は残置し、必要な弾薬だけを持った軽装である。突入は夜半十二時、合図には曳光弾《えいこうだん》を射撃する。その時、偽喊声《にせかんせい》によって敵をひきつける、などの手はずもきまった。

薄暮とともに、中隊は行動をおこした。けわしい崖をよじのぼり、一列縦隊から突撃の隊形に変るころには、とうとう所定の時刻はきてしまった。

ダダダダ……と友軍の曳光弾射撃が始まり、偽喊声が勇ましく聞こえてくる。しかし、崖は一気にかけあがれるような、なまやさしいものではない。どうしたものかと、華中以来千軍万馬の経験者小林軍曹に意見をきいた。今の状態では全滅するだけ、このまま静かに前進し、もっと肉薄してから突入することに一決した。

匍匐《ほふく》前進、さらに一時間。やっと山頂の肩に迫る。陣内の掩蓋《えんがい》が目の前に見える。分隊長に分隊を掌握させ、小林軍曹に障害物の有無を偵察させる。ところが、小隊の一メートル前に細い針金が張りめぐらされてあり、それに手榴弾や地雷がしかけてある。小林軍曹は手なれた動作でこれを処理し、突入口五メートルばかりを開く。さらに進んで先を確かめたが、背面のせいか、障害はこの一線しかない。

「よし！　今だ！」

中隊は一斉に突入した。敵はあわてて逃げて行く。突然、打ちあげられた照明弾が陣内を昼のように明るくした。猛烈な集中砲火がきた。中隊は馬蹄型に陣取ってがんばった。逆襲また逆襲。中隊の兵力は次第に減り、手榴弾もなくなってきた。

松永少尉は大隊長が、「敵の弾薬を使え」と教えたのを思いだした。すぐに敵の掩蓋のなかの手榴弾を押収して使うことを全員に指示した。そして自分も掩蓋にはいって手榴弾を集めようとした。はいって行くと、なかから爆音とともに強烈な打撃をうけた。

右大腿部が骨折で動けない。

桝谷中隊長も右大腿部貫通銃創をうけて倒れ、小柳少尉と同じところに寝ていた。桝谷中尉は、

「おれたちは死んでも、神州は不滅である」

と、力強く語っていた。だが、第三野戦病院の病室に収容された時は、傷が悪化してガスエソをおこしていた。胴の方まで、ひどくふくれあがり、苦しそうにうなりつづけた。隣に寝ている大隊本部の小海伍長に水を求めては困らせた。

病室といっても、路傍のほったて小屋にすぎなかった。桝谷中尉の病状は悪化するばかりだった。苦しくて、いきばると、患部が呼吸をしているかのように、ブッブッと悪臭を吹きだした。うめき声だけが、深山の夜の静寂のなかに、ぶきみに聞こえた。それでも、青年士官らしく、戦況や部隊のことを、うわごとに小海伍長にたずねた。

そのうちに後続部隊が通りかかった。小海伍長がその部隊の軍医に桝谷中尉の治療をたのんだ。しかし、すでに手のほどこしようがなく、薬もなかった。軍医は「時間の問題だ」と耳打ちして行ってしまった。

翌日、桝谷中尉は突然、郷里山形に残した両親、兄弟のひとりひとりの名を呼びあげた。魂はすでに遠く祖国に飛んでいたのであろう、と小海伍長は思った。桝谷中尉はさらにうわごとで世界情勢を語り、今後の日本の教育方針を説明し、家庭教育のあり方を説き終ると、今度は子供のころの唱歌をうたいだした。最後は日本陸軍の歌、士官学校

校歌にまでおよんだ。歌い終ると、小海伍長に水を求めた。小海伍長は手ぬぐいに水をふくませて、桝谷中尉の口にいれた。それが末期《まつご》の水となった》

二

駄牛隊の困難は加わるばかりだった。七中隊の秦信之兵長と、四中隊の渡辺喜一軍曹は次のように書いている。
《大体、ビルマの牛は荷物をつけることになれていないし、内地の牛と違って弱い。畜生のくせに、一日山坂を登りくだりすると、すっかり参ってしまう。この点、われわれ兵隊の方が遥かに強い。もっとも軍隊では、兵隊は軍馬以下に扱われていたから仕方がない。

この牛をひいて七日七夜、文字通り不眠不休の強行軍である。落伍《らくご》した牛は処分し、荷物は元気な牛に分配する。場所によっては、前から引っぱって、うしろから押しあげてやる。一頭にふたりがかりのこともある。むちでたたかれて、牛の尻は血が流れている。そして毎日、牛は落伍して行った。

早く、早くと前からはせかされる。だが元来、牛は動作のおそい動物である。これを人間なみに歩かせようとすることが、土台むりな話である。駄牛部隊を企画した十五軍は、牛の習性やビルマ牛の特徴を知っていたのだろうか。さすがの兵隊もすっかり疲れ果てて、ほおはこけ、眼は落ちくぼんで見るかげもなくなった。

ちょうど、けわしい登り坂にさしかかったころ、雨が降りだし、それがみぞれに変ってきた。牛はだんだん歩みがのろくなり、山の中腹にさしかかるころには、ついにすわりこんでしまった。

渡辺軍曹らは牛を立たせようとして、懸命になって、引っぱったり尻をたたいたりして、むりやりにおこした。しかし牛は二、三歩あるくと、またすわってしまった。中隊主力からはおくれてしまうし、日は暮れてくる。気が気でないので、つい牛にあたり散らす。しまいには、尻に火をつけようということになり、たき火をして、つぎからつぎと牛の尻に火をつけた。牛はヒョロヒョロと立ちあがるが、そのまま倒れてしまう。一頭倒れれば、その分の荷物が他の牛の負担になり、さらに倒れる牛が多くなる、それを倒すまいとして、兵隊はなん度となく尻に火をつけた。

このままではおくれるばかりだ。そこで元気な牛だけを先行させることにした。渡辺軍曹は二、三の分隊員とともに、疲れのひどい牛をしばらく休ませてから追及することにした。そのために、山頂についたのは真夜中となり、みぞれは雪に変っていた。寒くて歯の根が合わない。ほかに人影は全くない。あたりは猛獣の住むアラカン山中のジャングルだ。心細くなって、牛に寄りそい、手や顔を牛の体温で温めた。牛は、「勝手な兵隊だ」というような目つきで、にらんでいるように思われた。遥か下の方で雷が鳴り、眠ることはできなかった。

夜が明けた。昨夜の雪は晴れて、眼下は見渡す限りの雲海である。すばらしい眺めだ。

だが、雨と雪で道はすべって歩けない。下り坂にきて、状況はさらに悲惨となった。つぎつぎと牛が谷間に転落して動けなくなって行く。そのたびに、兵隊の背に荷物がうつされる。きのうから牛も兵隊も、まだ何もたべていない。全く気力だけで山をおりて行った。

とにかくウクルル付近まできた。敵機が頭上をかすめる。遥かに銃砲声がする。戦場いよいよ近しの感が強くなった。その時、命令がきた。

『第二大隊はサンシャーク高地において激戦中。第七中隊は牛を捨てて直ちに追及すべし』

駄牛隊は解散、勇躍、戦場へ急進した》

作戦発起して一週間で、早くも食糧としてつれてきた牛を捨てなければならなくなった。佐藤師団長も牛の放棄を決心し、各部隊ごとに適当な場所を見つけて放牧させることを命じた。牟田口軍司令官の得意の構想は、部下将兵に大きな労苦を与えたばかりでなく、作戦行動の障害となってきた。

三月二十一日、中猛進隊（第二大隊）はウクルルに突入した。要衝と見られたウクルルには、約一個大隊の英軍がいたが、一戦もまじえずにサンシャークの既設陣地に撤退した。第二大隊とともにウクルルに進出した左突進隊長の宮崎歩兵団長は、諸情報の総合から、サンシャークに砲十数門を持つ約一個旅団の英軍が布陣していることを知っていた。しかし第二大隊の旺盛な士気と戦いの勢いから見て、これのサンシャーク独力攻撃を認可した。

二十二日、第二大隊はサンシャークを夜襲したが、成功しなかった。そこへ第一、第三の各大隊が前後して進出してきた。

サンシャークはインパールの東北方約五十キロメートルにある部落である。インパール盆地を擂鉢《すりばち》に見たてるならば、その縁上にあたり、ここをすぎれば、インパールまではダラダラのくだり坂である。しかも、ウクルル方面とフミネ方面との分岐点になっていて、戦術上は北アラカンに対するインパール防衛の要衛であった。ここの前衛としておかれたのが七三七八高地の陣地であったのだ。


ウクルル・サンシャーク・7378関係位置

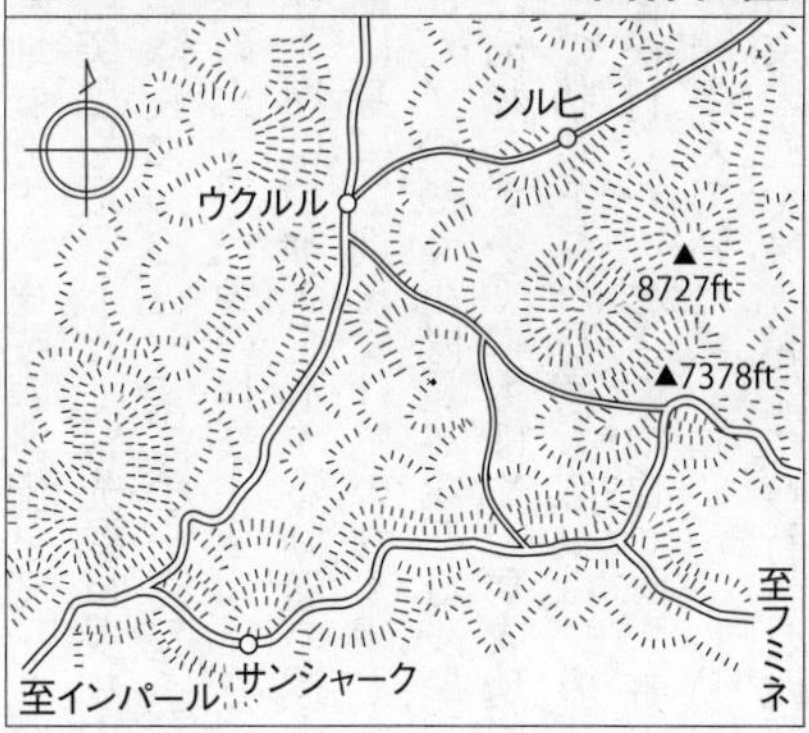

サンシャークには英軍の一個旅団以上の大部隊がいて、インパール防衛のために真剣な抵抗をおこなった。それだけに、ここの戦闘は、のちのコヒマにつぐ激戦となった。
サンシャークの戦闘について、歩兵第五十八連隊の記録『ビルマ戦線』には、次のように記してある。
《第二大隊（中猛進隊）の長家大隊長は、第八中隊を第一線、第五、第六中隊を第二線として、教会陣地に対する夜襲の準備を完了した。三月二十三日午前三時、第一線たる八中隊は猛然と突撃を敢行した。最先頭は愛用の日本刀をかざして突進する伴中隊長である。

「中隊長につづけ」「中隊長を殺すな」と、中隊は一団となって突入した。俄然、猛烈な銃砲火、手榴弾の炸裂、全山まさに火を噴くかと思われた。

伴中尉は精練証を有する剣道の達人である。手練の早わざで敵兵数人を斬っておとし、すでに身に数創を受けていたが少しも屈せず、さらに敵陣深く突入して、壮烈な戦死をとげた。つづく小隊長馬場正雄少尉以下も、よく中隊長とともに勇戦したが、激烈な敵弾に倒れる者多く、もはや突撃成功の見込みは絶えた。

この状態を見た長家大隊長は、みずから敢然と第二線部隊をひっさげて殴り込みの夜襲を決行した。まさに阿鼻叫喚《あびきようかん》、耳をつんざく銃砲声の間に、「天皇陛下バンザイ」の声が聞こえていた。

戦友の屍《しかばね》を乗り越えて敢行された猛烈な突撃も、一気に敵陣を奪取することができないままに払暁を迎えた。現態勢で夜が明ければ、大隊の苦戦は明らかである。大隊長は機関銃に援護射撃を命じ、大隊本部および各中隊を辛うじて敵方斜面から収容した。この時、部下思いの大隊長は、左頸部の負傷個所から鮮血を流しながら、「部下の骨を拾えないのが残念だ」と、男泣きに泣いた。

二十三日は終日、彼我至近の距離に対抗して戦闘がくり返された。この日の戦闘におけるわが損害は少なくなかった。ことに五中隊長斎藤一夫中尉の負傷と、六中隊長渡辺中尉の戦死は、伴中隊長亡き大隊にとって、すこぶる大きな痛手であった。

二十四日の夜明け、長家大隊長は大隊本部と六中隊をひっさげて、みずから先頭に立ち斜面陣地に突撃を敢行、壮絶な手榴弾戦の末これを奪取した。しかし、敵後方火点からの射撃が猛烈で、戦果の拡張はできず、一日中その線での撃ち合いに終った。

一方、敵はこの日から幾編隊もの輸送機でさかんに空中補給を始めた。糧食は青色、弾薬は赤色、飲料水は白色と色分けされた幾百の落下傘《らっかさん》が輸送機から投下されると、敵陣地の山は〝満山これ花〟のような美しさだった。彼我の第一線があまりに接近していたので、風向きによって半数以上がわが方に落下して将兵を喜ばせたこともあった。

左猛進隊となった第三大隊は、二十四日朝、サンシャークの戦場に到着した。第三大隊長の島之江少佐は先頭中隊の第十中隊をもって教会北側陣地に対し、右正面から白昼堂々の攻撃を開始させた。だがこの正面は陣地の地形が急坂錯雑で、攻撃は陣地直前で膠着してしまった。

二十五日午前四時、第二大隊の第五中隊は教会陣地を西側から夜襲した。中隊の一部は鹿砦《ろくさい》（さかもぎ）を突破して陣内に突入したが、主力は陣前で集中火を受け、中隊長代理中村栄助中尉（戦死）以下死傷続出し、せっかく陣内に突入した一部も全滅して、夜襲は不成功に終った。

この日、戦車三、四輌を先頭にした五、六十台の車輌部隊が、インパール方向から前進してきた。右側背援護の任にあった第一中隊（竹田正信中尉）は、これを至近距離にひきつけて、一度にどっと猛射をあびせた。敵はあわててインパール方向へ退却した。

この朝、歩兵砲中隊長村井誠中尉は連隊砲一門(弾薬十六発)とともに、司令部の高地にかけつけてきた。いずれも全行程を人力搬送してきたのである。山砲大隊の砲一門も、午後に戦場に到着したので、連隊はその日の午後を期して、砲撃支援のもとに統一攻撃を実施することに決した。その中心は十一中隊であった。

十一中隊長西田将中尉は六中隊を合せて掌握していた。十一中隊百名、六中隊五十名であった。連隊の切り札攻撃部隊と自負する両隊員の士気は極めて旺盛であった。突撃態勢を整え、満を持して薄暮の支援射撃を待ったが、友軍の集中射撃のないままに日は暮れた。いや、支援射撃は終ってしまったのである。発射弾数七、八発という余りのすくなさに、中隊長は試射と誤認したのである。おどろき怒った中隊長は、ただちに独力夜襲隊形に切りかえを始めた。

これがかえって幸いだったかも知れない。切りかえた夜襲が、見事な隠密突入の成功となった。二十六日午前四時、十一中隊と六中隊は敵陣内に突入した。十一中隊は教会北側陣地を占領し、六中隊は教会陣地の背面を占領した。だがその前面には、中隊長の全く予期しなかった別の陣地(東側陣地)があった。夜明けとともに、敵の猛火は中隊の戦果拡張を阻止し、彼我対立のまま激烈な陣内戦となった。

東側陣地に対する数次の攻撃は、そのつど封止され、戦闘員は次第に減少して行く。敵の豊富な銃砲火にひきかえ、わが方は手榴弾はおろか、小銃弾すら枯渇してきた。大隊本部は教会西側凹地に進出していたが、雨のような迫撃砲の弾幕に覆われて、大隊副官宮地保延中尉は戦死し、第一線との連絡はとだえている。それでも九中隊の一部と速射砲一門が、増援のため弾幕をくぐって山上にかけ上がって行った。

激闘数時間、傷ついた者がまた傷つき、さらに傷ついて死んで行く。十一中隊は西田中隊長すでに数創を受けて重傷、桑原栄吉少尉、浅野清少尉、鳥羽熊五郎曹長の各小隊長はことごとく戦死、隊中無傷の者は一名もいない。六中隊は中隊長代理金子啓太郎少尉以下戦死続出、十一中隊と同じ惨状にある。もはや戦える者は二十名に満たず、敵陣内に孤立した突入部隊は、時間とともに殲滅《せんめつ》されて行った。

二十六日も暮れた。福永連隊長は最後の総突撃を決意し、軍旗を先頭に陣前近く進んで行った。敵の銃砲火はあいも変らず、むやみと撃ちまくり、隊内には異様な緊張がみなぎっていた》

五十八連隊は、ついに最後の事態に立ち至った。これについて連隊本部の山上博少尉は次のように書いている。

《『今夜半、歩兵第五十八連隊は軍旗を奉じ、サンシャーク陣地を夜襲をもって総攻撃を敢行する』という命令が下達された。

連隊旗手だった私は、馬島兵長、上村、伊藤、斎藤各上等兵の四名の旗護兵と伝令を呼び、最後に残ったジャワのたばこ〝マスコット〟を取りだし、六人で分けあって吸った。だれもが、もうすっかりたばこをなくしてしまっているのだ。

兵隊たちのうまそうな回したばこ、私も一服胸の底まで吸いこんで、もうこれでよしと、さっぱりした気持ちになった。

連隊本部付佐藤大尉より、旗手の私が戦死した場合は情報主任の阿部少尉、阿部少尉戦死の場合は軍旗小隊長芳泉中尉が守護することなど、こまごま指示を受け、手はずをきめる。

私は旗護兵に、万一の場合、軍旗はガソリンで焼却し奉ること、ご紋章は手榴弾で爆破することなど、最悪の時に対処する指示をしておいた。旗護兵の水筒のうち、一本には常にガソリンがつめてあるのだ。

夜半行動開始、突撃準備位置まで前進する。サンシャーク高地は澄んだ空に黒々と浮かびあがっていた。一週間の激戦に、折りかさなっている彼我の戦死体をかきわけ、かきわけ前進した。

突如、敵のあらゆる火器による一斉射撃が開始された。時に午後十時。機関銃、自動小銃の曳光弾《えいこうだん》が火花を散らして頭上を無数にかすめて行く。照明弾の光が昼のように、あたりを照らしだす。迫撃砲弾が前後左右に炸裂《さくれつ》し始めた。旗護兵がやっとの思いで掘ってくれた壕にうつ伏せに、はいつくばう。岩山なのだろうか、一尺ぐらい掘るのが精いっぱいだ。

「山上少尉、大丈夫か」

隣から芳泉中尉が声をかけてくれる。約二時間後、この集中射撃がピタリとやんだ。

旗護兵、軍旗小隊とも全員無事。しばらくして、「敵は退却した」との伝令がきた。すかさず敵陣に突入。「地雷に注意」と前方から伝言がくる。敵の抵抗はほとんどなかった。英印軍の主力はすでに退却していたのだ。

さっきの集中射撃は退却援護射撃だったのか。あちこちの壕から、逃げおくれたまっ黒いパンジャップやグルカ兵がニヤニヤしながら、両手をあげて投降してきた。

夜が明けた。サンシャーク陣地は悲惨なものであった。砲兵陣地にあおむけにひっくり返って死んでいるまっ白なイギリス兵。折りかさなったインド兵の死体。その間に鉄帽を撃ちぬかれ、あるいは胸から背に大穴をあけられて倒れている戦友の死体。死闘の壮絶さをそのまま物語っていた。

われわれも苦しかった。しかし敵もそれ以上に苦しかったろう。最後の勝利を得たものは、紙一重の精神力の差だった。

その朝のことを、通信中隊の田村二郎伍長は次のように書いている。

《固い地面にやっと頭だけかくせる穴を掘って、大地にしがみついていたけれど、地上四、五十センチの所を、文字通り掃射されていた時の、長い長い時間がうそのように思われて仕方がなかった。

「生き延びたのかな」

ふと、私はそう思って、隣の戦友を呼んでみた。

「終ったね、これは」

岩田伍長がほっとした口ぶりで答えた。

すこし歩いたら尾根であった。その尾根を右にだらだらと登りきった所が敵陣であった。

静かである。敵兵はひとりも姿がない。ただ、きなくさいにおいと、なんとなく無気味さだけが漂っていた。と、銃を腰だめに持って、壕のなかで両足をふんばり、きっと敵をにらみつけている戦友が、折からボーッと燃えあがった炎の明りに浮きあがって見えた。

いや、にらみつけているのではない。頭の右半分が無いではないか。

死んでいる。

愕然《がくぜん》とした。腰のあたりの衣服から、煙が出ている。袴《はかま》（ズボン）はすでに燃えおちて、足がまる見えになっている。手から銃へ、銃から剣先へ伝わった血が、どす黒くこびりついている。

壮烈な戦死である。

私どもは言葉もなく、永い黙禱をささげた。

間もなく夜があけた。生き残った戦友が、くしゃくしゃの手ぬぐいに赤チンキで染めた日の丸を、顔の半分ない英霊の手にしっかりと持たせ、その手をいっしょに高くあげて〝万歳〟をしている。

私も泣いた。隊長も泣いた。歴戦の勇士も皆、どろまみれの顔で思い切り泣いた》

コヒマ戦線

一

目ざすコヒマの部落に、烈第三十一師団の左突進隊の一部が突入した。昭和十九年四月五日午前五時であった。そこはナガ種族の粗末な家が点在している旧部落であった。

 夜が明けると、部落のまわりの山腹には英軍の陣地が散見された。ことに東側の高地にある陣地は、部落の頭上を押える要害であった。コヒマを占領するためには、これをつぶしておかなければならなかった。

コヒマに突入したのは歩兵第五十八連隊第三大隊の第十一中隊であった。サンシャークで負傷した西田中隊長の後任となった寒河江《さがえ》恒雄中尉は中隊の一部をひきいて攻撃に向った。

第三大隊の主力は、昼すぎに部落に到着した。大隊長の島之江又次郎少佐は、すぐに南に向って三叉路《さんさろ》高地に進出しようとした。ディマプールからインパールに行く道は、そこを通っていた。その街道がインパールへの動脈ともいうべき補給路であった。それを遮断することが、烈師団の目的であった。

翌日、四月六日、佐藤師団長は左突進隊長の宮崎繁三郎少将から〝コヒマ占領〟の報告を受け取った。これほど早くコヒマを占領できようとは思っていなかったので、佐藤師団長は喜んだ。すぐに第十五軍司令部に報告を送った。

コヒマ三叉路の北側には、英軍の兵舎、倉庫、病院、家屋などが集まっていた。アッサム兵団の駐屯《ちゆうとん》施設であった。日本軍は、そこを新コヒマ部落と名づけた。英軍の倉庫からは、たくさんの食塩を押収した。これは貴重な戦利品であった。そのほかに、数十台の自動車を押えた。

佐藤師団長は自動車の件を、第十五軍に報告するのを禁じた。それは牟田口軍司令官を警戒したためであった。佐藤師団長は、次のように見ていた。

《一体、牟田口という人は、あせる人である。自分の欲望を達するためには、部下を酷使することを辞さない人物である。また自分自身の失策を、部下に転嫁する性癖がある。このような相手に、自動車のことを知らせたら、何を命じてくるかわからない》

しかし、コヒマの占領を喜んでばかりはいられなかった。師団の将兵が携行してきた二十日分の糧食は、この日で、まったくなくなってしまった。動く糧食であるはずの牛は、ほとんど残っていなかった。アラカン越えの途中で、牛は谷におち、あるいは置き捨てにされて、山中で死んだ。佐藤師団長の恐れていた危険な事態が始まったのだ。

四月七日、烈の司令部はコヒマの東方のチャカバマの渓谷にいた。佐藤師団長も絶壁の下に天幕を張って露営していた。そこへ宮崎少将の派遣した連絡将校がきて報告した。

「五日、左突進隊の第五十八連隊の第三大隊がコヒマにはいるときに、三叉路高地のふもとを通りましたが、その上に敵がいるのに気がつかなかったのです。左突進隊では、すぐにこの敵を処置します」

佐藤師団長は、この報告を気にとめなかった。それよりも、今後の補給を心配して、経理部長や兵器部長を督促して、早く見通しをつけさせようとしていた。

それから二、三日しても、三叉路高地についての報告がこないので連絡させると、

「ご心配無用、こんなものは一中隊ぐらいで夜襲をすれば、わけなくとれます」

と、返事がきた。佐藤師団長は、このような場合には督促をしないことにしていた。督促すれば、第一線はあせり立って損害を多くするだけである。気がかりなことのあるときは、部下の前に出ないで、ひとりで瞑想《めいそう》にふけるのが常であった。だがこの日は瞑想していると、すこし不安になった。軍からの補給の見込みはない。インパール

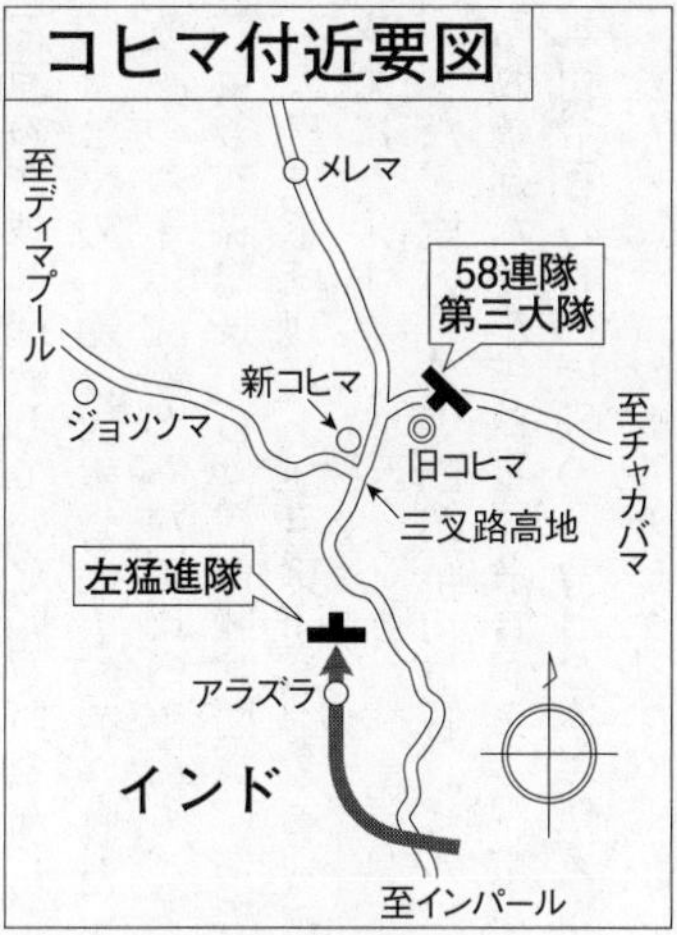

正面の作戦は進展していない。何となく、敵のわなにかかったように感じた。

コヒマの占領は大本営にも報告された。内地の新聞・ラジオには大きく報道された。敗戦つづきで沈みがちな国民の感情も、久しぶりで活気づけられた。

東条参謀総長からは、佐藤師団長にあてて次のような電報がきた。

『天皇陛下は烈および弓兵団がよく勇戦奮闘したることに対し嘉賞のお言葉を賜わり、感激にたえず』

また、南方軍の寺内総軍司令官、ビルマ方面軍の河辺軍司令官からも長文の祝電が送られてきた。牟田口軍司令官からも祝電がきたが、簡単な文面だった。しかし、牟田口軍司令官の喜びは別の命令となって伝えられてきた。

『ただちにディマプールに突進すべし』

牟田口軍司令官はコヒマ占領を聞くと、アッサム平地進攻の好機到来と判断したのだ。

この命令が発せられたのは、四月八日であった。これが実行されなかったことを、牟田口軍司令官は終生の恨事とした。牟田口軍司令官が、後年、そのパンフレットにバーカー中佐の《ディマプール進撃は可能であった》の言葉を引いて、《私が決心した通りにやっていたら、勝てたのだ！》といっているのは、この時のことである。そして、その失敗の責任は、河辺軍司令官の優柔不断と、佐藤師団長の怠慢にあるとしている。

しかし、コヒマの戦況が牟田口軍司令官の考えている通りであったかどうかは、改めて検討しなければならない。コヒマで死闘した五十八連隊の生き残りの編集した記録

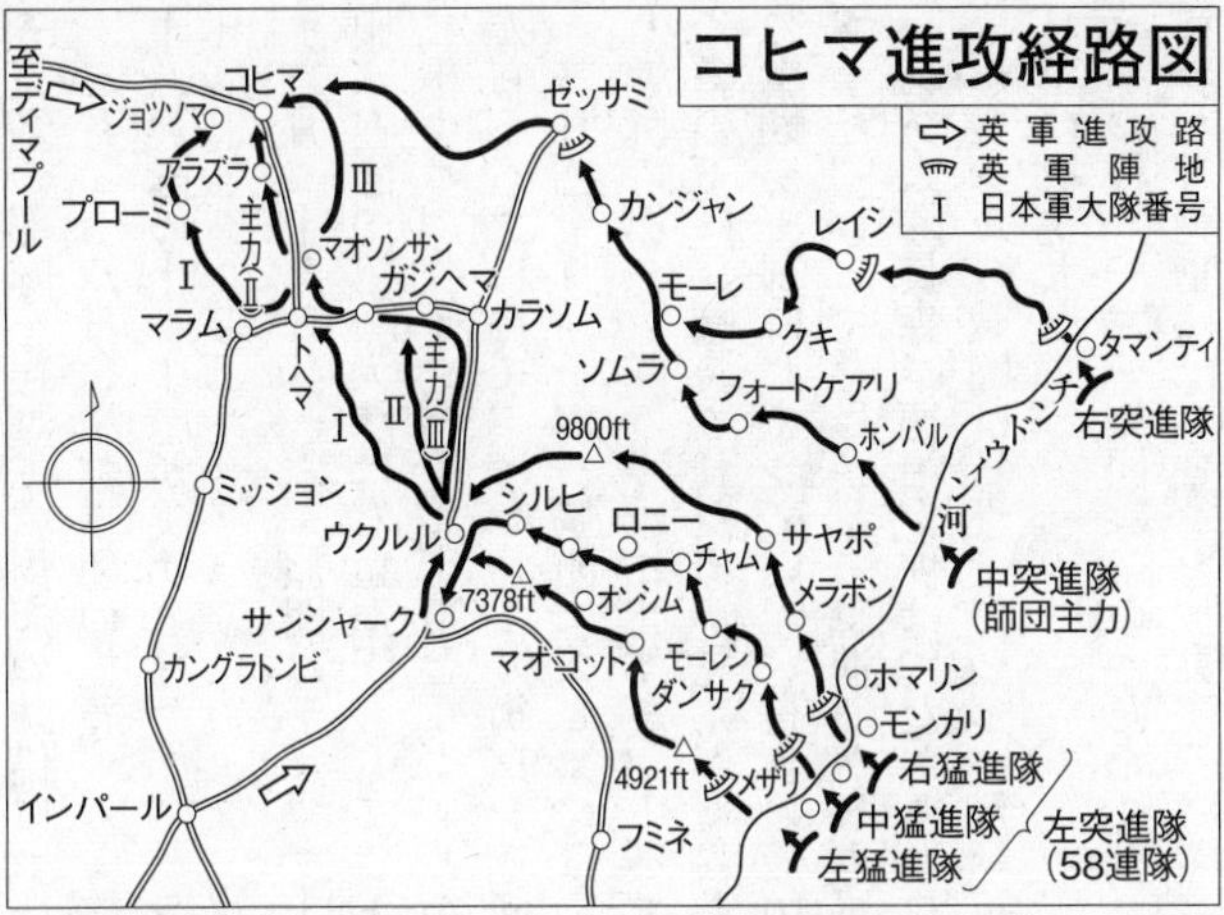

『ビルマ戦線』には、英軍と日本軍の動きをくわしく対照している。それによれば、英軍は日本軍の大部隊がコヒマに進撃することは不可能なことと考えていたという。

当時コヒマには、インパールに対する補給路上の中継点として、多くの兵站部隊はいたが、戦闘部隊はほとんど配備されていなかった。ディマプールでさえも、小銃を持って戦える兵力は、わずか五百名にすぎなかったのである。

ところが、日本軍の有力な一個師団がコヒマ方面に進攻している企図が明らかになった。英軍はこの対策に非常に苦慮したようである。三月十四日、三十三軍団（一六一旅団、二三旅団、二師団、七師団、二六八旅団、二五五戦車旅団）の急派を決定したが、これがコヒマの防衛に間に合うかどうかは、非常に疑問であった。コヒマでは、療養所の患者を集め、五百名の部隊を作って、周辺の防備についた。

三月二十八日。増強軍団の先頭一六一旅団はディマプールに到着した。この日は、五十八連隊の十一中隊が尖兵となって、サンシャークの激戦場をあとに、コヒマに向って出発した。

三月二十九日。一六一旅団はディマプールからコヒマに向って出発した。この日、五十八連隊の第一大隊は右猛進隊として、トヘマに向っていた。トヘマはコヒマの南、約三十キロの、インパール街道とウクルル街道の分岐点である。第一大隊はウクルル街道からトヘマに出て、インパール街道を遮断しようとして急進した。

三月三十日。一六一旅団はコヒマにはいり、その一個大隊はトヘマに進出した。五十八連隊の第一大隊は、十二時すぎ、トヘマ三叉路の手前一キロの地点に達した。薄れ行く霧の下に、舗装された道が見えがくれした。インパール街道であった。そこに数十台の車輛が一列にとまっていた。昼食の最中であった。これが英軍の一六一旅団の大隊であった。コヒマを目ざして急進した日本軍と英軍は、トヘマで遭遇した。

第一大隊長森本徳治少佐は、ただちに攻撃態勢をととのえ、山の斜面をかけおりて襲いかかった。戦闘は日没までつづいた。英軍は軽戦車四、自動車約三十輛を捨てて、コヒマに敗走した。

その後、一六一旅団は、いったんニチュガード峠に後退し、ディマプール防衛態勢に移った。英軍にはコヒマを放棄する考えもあったようだ。しかし、後続軍団が逐次到着する見通しがたつにおよんで、一六一旅団は再びコヒマに進出した。それが四月五日の夜であった。

この日の昼すぎ、五十八連隊の第三大隊の主力が旧コヒマ部落に到着した。そのころ、遥か南方の第二大隊正面では、激しい銃砲声が響き、激戦中と思われた。島之江大隊長はただちに主力をもって南進し、三叉路高地に進出しようとした。途中、英軍宿舎群のある新コヒマ部落で、英軍を攻撃して撃退しながら、日没後、ついに三叉路高地の北端に達した。その突端稜線上には英軍がいたが、それを駆逐して占領した。

このようなコヒマ攻防の経過をたどると、勝敗の予測はできないかのようであった。バーカー中佐が〝ディマプール進撃は可能〟と見たのは、このような状況であった。しかしこれはコヒマだけではなかった。インパールに向って南から突進しようとした弓第三十三師団の戦場でも、わずか一日か二日の行動の差が、勝敗を決定している例がいくつかある。

このことから推論すれば、英軍と日本軍の進出の遅速は、両軍の行動能力の差であった。日本軍はアラカン山系の嶮難を、足で歩いた。しかも、牛部隊をつれていた。英軍はアッサム州の平野から、平坦な軍用路を自動車で突破した。しかも、糧食は飛行機で輸送した。

この点、牟田口文書の主旨のように、コヒマだけの局面をとりあげて、《私が決心した通りにやっていたら、勝てたのだ！》と断ずるには、まだ早いといえよう。さらには、戦闘の経過も見なければならない。

　師団がコヒマ占領の報告を発した四月六日のうちに、戦況は急変した。三叉路高地の英軍の兵力は、急速に増強された。また西方のディマプール道方面の英軍の火砲は、にわかに増加された。

　南方から三叉路高地に迫った第二大隊は、すでに五日夜には大隊長の長家義照大尉以下、多くの戦死者をだして苦戦していた。四月七日の戦況について、第二大隊副官の亀山正作中尉は、次のように記している。

《第六中隊を主力とする第二大隊は、背嚢をヤギの高地山麓に残して、銃剣と手榴弾だけ携行の軽武装になった。夜陰に乗じ、ウマの高地の西側谷間に潜行し、次いで同高地西側斜面を隠密裡にはい登って、敵の側背に出ることに成功した。唾液を呑み込む音にも神経をとがらせながら、大隊長以下、尺取虫の歩みよろしく、粛々と敵のふところ内に潜入した。敵陣内の話声が手に取るように聞こえる所まで前進した所で、かねて打合せの通り、第六中隊は佐藤吉雄中隊長を先頭にして、被服倉庫前陣地に飛燕の如く突っ込んで行った。連隊随一の剣の達人佐藤中尉の下には、もちろん弱兵はいなかった。敵が気のついた時には、その胸元にわが銃剣が突きつけられていた。ほとんどの敵兵は、両手を上げてのいわゆるバンザイ降伏であった。

　新しく大隊長となった佐藤四郎大尉は第六中隊の戦果に乗じ、機を失せず第五、第二中隊、および連隊兵器委員斎藤少尉の率いる連隊本部の一個小隊を戦場に投入して、糧秣庫、弾薬庫、自動車駐車場を強襲し、同地一帯を一挙に奪取した。敵の守兵は逸早く逃げる者と、バンザイ降伏組のいずれかであった。奇襲戦法は見事に奏功したのである。しかし、このころから敵もわが企図を察知し、ウマの高地稜線の全陣地から激しい火力がわれに向けられてきた。第六中隊始めわが第一線各隊は、夜明け前にウマの高地の全陣地を奪取すべく、あたえられた各目標に向って戦果の拡張を急いだ。もちろん強襲戦法に切りかえての肉攻に次ぐ肉攻であり、じりじりと敵を山頂に追い上げていった。

福永連隊長は、原副官以下を従えて大隊本部の位置に前進して来た。佐藤大隊長から戦況の経過を聞いている連隊長の頭上には、敵陣から撃ちこんでくる曳光弾が無気味な尾をひいて、鋭い飛行音の中に飛び散っていた。急に激しくなってきた山上方面の手榴弾の炸裂音は、彼我攻防の激しさを切々と訴えている。私は夜明けの近いことに無性のあせりを感じてきた。天明前に全陣地を奪取出来ないと、敵の内懐深く突入している現状は、敵の包囲下にさらされる結果になってしまう。もはや夜明けまでは一時間ぐらいしかなかった。この際、彼我対立の態勢で天明を迎えた場合の対策を、こうじておかなければならない。佐藤大隊長も、時計の針の進行に気をもみながら、各隊の状況把握に必死になっていた。私はこの目で第一線の戦況を把握してきたいことと、天明後の処置を各隊に連絡してきたい旨を大隊長に意見を具申した。大隊長はもとより、そばの連隊長も喜んで私の具申を聞き入れてくれた。私は両上司の各隊長への細部注意を反芻《はんすう》しながら鉄帽のひもをしめなおして単身第一線に向った。

山頂陣地の敵は窮鼠の勢いで猛射していた。わが第一線各隊は匍匐《ほふく》前進の隙さえもなかなか見出すことが出来ず、戦線は逐次膠着《こうちゃく》状態になりつつあった。私は遮蔽物の間を縫って走りながら、糧秣庫前に陣地を占領して、ウシの高地方面の敵に対していた橋口機関銃小隊の陣地に飛び込んで行った。ここには十数名のインド兵の捕虜が、放心状態で監視兵の前にうずくまっていた。私は橋口准尉に、この捕虜を逃がさないことと、殺してはならないことを厳命した。しらじらと夜が明け初めてくるに従い、彼我の撃ち合いはますます激しくなってきた。機関銃小隊陣地に対しても、ウシの高地からの敵火力が次第に苛烈さを増し、敵はその援護下に谷間からはい登ってきて、手榴弾を乱投しながら逆襲に転じてきた。

ここを敵手に奪回されると、わが第一線中隊と大隊本部との連絡が分断されるばかりでなく、第一線中隊は敵の完全包囲に陥ってしまう。いかに敵の逆襲が激しくとも、この陣地は守り抜かねばならない。それにしては機関銃小隊だけの守兵では余りに手薄だ。私は橋口小隊長以下の守兵に現在地の死守を命ずると共に、私も行をともにすることを誓った。大隊本部を飛び出した私の使命は別のものであったが、この戦況は私の好むと好まざるとにかかわりなく、私の身体をこの陣地にとどめなければならなくしてしまった。

橋口小隊長、河瀬、木村の両分隊長以下百戦の兵達は、沈着よくこの急に処し、たのもしい限りであった。敵を至近に近寄せては、一発必中の射撃と手榴弾戦を反復し、衆

コヒマ三叉路高地の戦闘

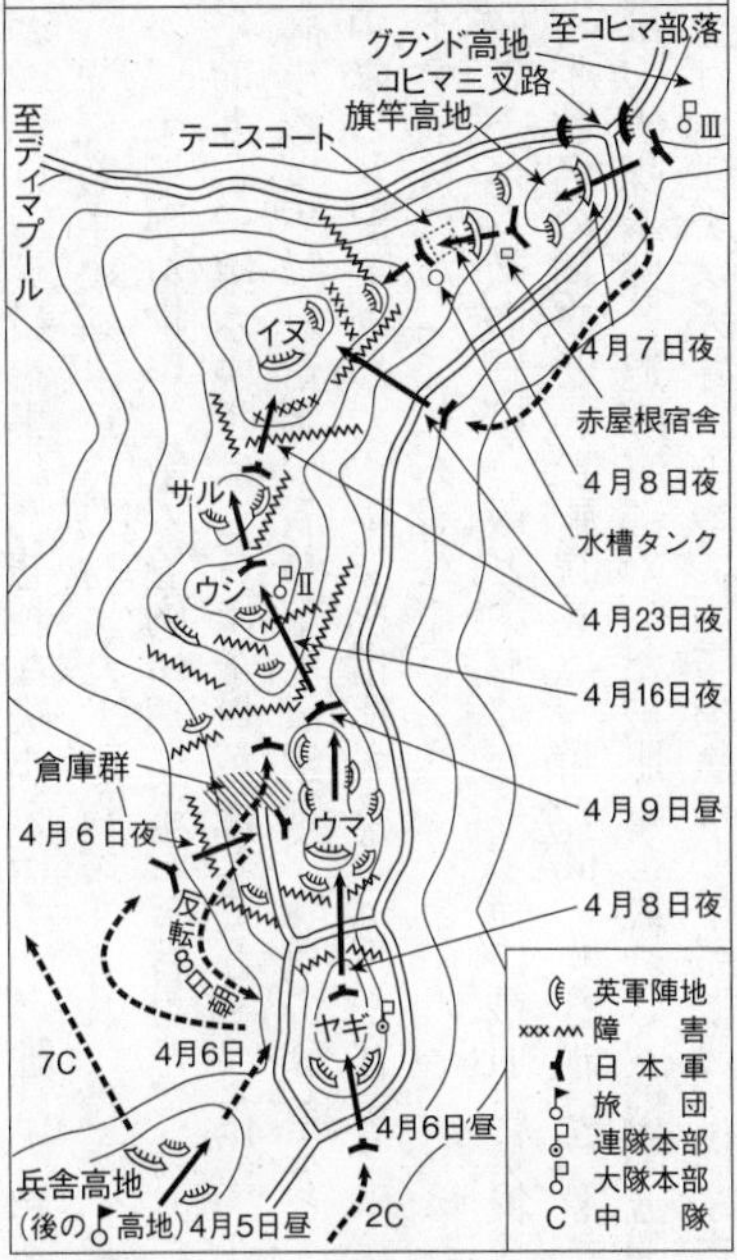

敵に致命的損害を与えつつ、その企図を破砕し続けた。陣前の斜面は、敵の死屍の上に更に死体が重なっていったが、わが方も、勇戦よく最陣頭に立っていた河瀬分隊長が、頭部に穿透性貫通銃創を受けて壮烈な戦死を遂げ、木村分隊長もまた右大腿部に砲弾破片創を受けて倒れてしまった。しかし一歩も退く弱兵はいなかった。

各隊は敵の全陣地を攻略出来ないままに天明を迎えてしまった。彼我至近の距離に対《たい》峙《じ》して手榴弾戦を繰り返していたが、ウマの高地の山腹はウシの高地からの側背射をまともに受け、前と側背からの猛火にさらされて苦戦に陥ってしまった。昨夜から中隊の先頭を切って突撃を敢行し、中隊長と共に奮闘していた第六中隊の阿部弥一小隊長は、七時ごろ頭部に敵弾を受けて斃れた。同隊は兵員の損害も甚だしかった。中隊長佐藤中尉は、このまま推移すれば全滅は必至と考え、死ぬ前に一人でも多くの敵を倒して友軍の危急を救おうと、動ける兵員を集めて悲壮な決心を伝えた。誰にも異議はなかった。佐藤中隊長は真っ先に敵中に斬り込んで行った。隊員悉くこれに続き、身体の自由を失った負傷者までが、手榴弾を抱いて敵の壕内に飛び込んで行った。そして誰も帰らなかった。時に七日午前九時、第六中隊はここに全員戦死してしまった。

斎藤小隊は小隊長斎藤少尉が重傷に倒れ、隊員のほとんども死傷してしまった。第五、第二中隊の状況も同じで、中隊を指揮する者は下士官または兵長となり、兵力はおのおの二十名前後になってしまった。

十時ごろから敵砲撃は一段と激しくなり、特に被服庫と糧秣庫に集中砲火を浴びせてきた。十数名の捕虜とわが監視兵は一瞬の間に吹き飛ばされてしまった。火弾をまぜた砲撃は、大隊本部と連隊本部のいた被服庫を燃やし、機関銃陣地のある西棟糧秣庫にも火をつけた。炎は天井を破って天空を焦がし、屋根裏を横に走っては、全倉庫を紅蓮の猛火に包んでしまった》

第二大隊の機関銃中隊は、この猛火にあぶられていた。その時の状況を田中正平兵長は次のように書いている。

《布陣したすぐそばの弾薬庫は、敵の火弾に焼かれて猛烈な爆発を起し危険極まりない。その火がアンペラ作りの大糧秣倉庫に燃え移り、倉庫は火焔すさまじく燃え上る。出ればば敵のねらい撃ちが待っており、いれば火焔に焼き殺される。進退極まった我々は、戦友の背中にくすぶる火の粉を消し合いながら戦った。脂汗は全身を流れ、熱い熱いの叫び声が連続した。

　小川上等兵がミルクの罐を切って頭からザンブリ、誰も彼もミルクの洗礼で体中ベトベト、機関銃もミルクがクリーム状にねばりつき湯気を立てる。あれでもよく射撃が出来たと今でも感心する。

　火はますます燃え拡がり、駐車場の自動車群が燃えだした。山と積んだドラム罐が、大爆発音とともに数条の火柱を立て、黒煙は天に冲する。土嚢代りの麦粉袋がシューシューと音を立てて青い炎を吹き上げる。

　余りの熱さに耐えかねて飛び出す友は、スクリーンに浮かび出た戦場の凄惨そのままに、十字火の洗礼を浴びて、のけぞり、または前膝ついて倒れて行く。

　その時、リンと響く一声、

「逃げる者は軍法会議、残る者は殊勲甲」

　亀山副官の一喝に飛び出す者はピタリと止った》

　同じ状況を亀山中尉は、次のように記している。

《糧秣庫の炎はますます手が延びて、動かずにいれば焼け死ぬばかりであった。しかしウシの高地の敵は、我々の飛び出すのを待ち構えている。余程巧みにやらないと、ねらい撃ちにされてしまうのだ。私は橋口小隊長に私の決心を伝え、直ちに実行するように命じた。さすがに戦場慣れした兵達である。分隊長が倒れれば次の先任者が分隊の指揮をとり、患者の搬出も銃の移動も、実に敏捷、整然と実行された。

負傷者や戦死者は一人残らず私の指示した位置に収容したが、これらを背負って広場を横切ることは決死中の決死行動であった。そのために健兵を失うこともあったが、戦友愛は見事にこれをやってのけた。

倉庫の火の手は遂に弾薬庫へも移った。弾薬の誘発が火災を更に大きくし、被服庫、糧秣庫、弾薬庫一帯は紅蓮の炎が渦を巻き、酷熱と誘発弾の爆裂に一時は頭を上げることも出来なかった。この火事現場めがけて敵の集中砲撃は一層激しくなってきた。橋口勲小隊長も十二時ごろ、頭部を貫通されて散華してしまった。

苦しまぎれに飛び出す者は、ウシ、ウマの高地からねらい撃ちされる。現在地が今後どうなるかは計り知れないが、ここから飛び出せば必ず敵の狙撃にやられることは歴然としていた。しかし苦しい戦況になると、誰しもが自分の所が一番苦しいようにみえてくるものだ。この戦場心理は目前の現実を無視して、飛び出して行きたい衝動に駆り立てる。もはやここを守り得るものは人々の団結以外何ものもない。――いかに苦しくとも、生命の続く限りこの苦痛に耐えて、戦死者の骨と負傷した戦友を守り続けながら、死ぬ時は一緒に死んでいこうという背水の構えの中にのみ、現在地は死守し得られるのである。

この期に及んでまず必要とするものは指揮官であった。私は夢中で軍刀を引き抜いて、

「今後現在地の指揮は、大隊副官亀山中尉がとる」

「各隊の生存者はまず負傷者をつれて、俺の附近に集まってこい」

「いま現在地を飛び出せば、飛んで火にいる夏の虫だ。敵はねらっておるのだ。苦しくても、ここでがんばるんだ」

と、どなりあげた。私の周囲には田中兵長以下の機関銃小隊員のほかに、第六中隊および斎藤小隊の負傷者などが寄ってきた。全員で三十名前後の健兵と、同数ぐらいの負傷者であった。

私はただちに東棟糧秣庫の軒下に円陣を作り、機関銃はウシ高地とウマ高地山頂に向けて、それぞれ陣地を占領させた。負傷者は円陣の中心に収容し、その外輪に健兵を配して、ともかく交互に穴を掘らせた。また土嚢代りに、糧秣庫から袋入りの砂糖と大豆を搬出してきて積みかさねさせた。土がかたいので銃剣のさきでコツコツと掘っては、飯盒《はんごう》のふたで土をかきだして、砂糖袋の上にかけていった。姿勢が高いと、すぐ狙撃される。伏せたままでの作業は至難を極めた。

大隊本部と連隊本部が位置していた被服庫が焼かれ、両本部の損害は甚大だった。集中砲火はここも同じことで、一時は全滅寸前に追いこまれてしまった。大隊長は既設の壕をさらに強化させ、がんとして、そこを動かなかった。

連隊長福永転《うたた》大佐は、もはやこれまでと、拳銃《けんじゅう》の安全装置をはずして、覚悟のほぞを固めた。佐藤大隊長は、まだ自決には早い旨を具申し、すばやく周囲の兵隊とともに、連隊長を散兵壕のなかへ押し倒し、その上に折りかぶさって拳銃を取り上げた》

五十八連隊長は燃えさかる炎に包まれながら、自決しようとした。これはコヒマの戦闘が、どれほど激戦苦闘であったかを示すものといえよう。当時、連隊長の当番兵であった岩田国太郎兵長は、その時の状況について次のように語った。

《四月六日夜、連隊本部がウマ高地へ左回りして出た時、私は連隊長の飯を心配しなければならないので、一足おくれた。夜があけてみたら、連隊本部は包囲されたようになっていた。連隊長の壕は、敵からはまる見えなんだ。それでも本部に行こうとする下士官などは、つぎつぎと狙撃されて、壕に行く前に死んだ。倉庫が焼けだして、火が連隊長の壕の方へ流れるのだ。いても立っても、いられなかった。

「当番！　当番！」

と、だれかに呼ばれて、夢中で前へ出て、連隊長の壕へ飛びこんだ。その時、壕のなかに佐藤大隊長、原副官がいた。連隊長が血相かえて、これらの人々に組み伏せられていた。手に拳銃を持っていた。連隊長が自決しようとしたな、と直感でわかった》

この時の第二大隊の状況は全滅寸前というにひとしかった。長家大隊長は前夜に戦死した。大隊の主力とする六中隊は全員戦死、五中隊も半減し、支離滅裂になっている。二中隊、斎藤小隊も同様の状態にある。七中隊は宮崎歩兵団長の直轄にだしてあった。連隊本部も至近距離に敵を迎えて、必死の防戦をしていた。

二大隊は、コヒマ攻撃には連隊の主力となり、連隊本部、歩兵団司令部が同行していた。それだけに連隊長としては責任も感じていた。また二大隊の全滅の惨状を目の前に見て、もはやこれまでという覚悟をしたのは、当然とも見られた。

福永連隊長は華中で着任以来、きびしい態度で連隊の統率指導にあたった。そこには、越後の兵隊はすこしのろまだから、教育しなおしてやろうといった意気ごみが感じられた。そのために、兵隊にとっては、恐ろしい隊長という印象が強かった。それほど、強気の人が、コヒマの戦場の二日目にして、自決をしようとした。それほど戦況は絶望の状況にあった。

福永連隊長は、この時には無事であったが、数日後には、銃弾をうけて、くちびると前歯を飛ばされる負傷をした。

亀山中尉は、七日の激戦をさらに次のように書きつづけている。

《苦闘の一日がようやく過ぎた。夜に入って点検したら、健兵の数は十八名になっていた。私は今日一日の戦闘経過をしたためて、大隊長宛に伝令を走らせた。守兵には、大隊長が必ず救援隊をさし向けてくれるであろうことを説きながら、最後の一兵まで現在地を守り抜くことを誓い合った。焼け落ちた倉庫の跡では、とろとろと燃え残りがくすぶっていた。山頂の敵からは我が夜襲を警戒する乱射が激しくなった。少し大きな声を出すとすぐに手榴弾を投げこんできた。ウシの高地も乱射が続けられていた。

焼け落ちた弾薬庫の方で、だれか私の名を呼んだような気がした。ハッとして耳を傾けたが、敵の乱射音にかき消されてよく聞きとれない。気のせいかと思ったら、今度は間違いなく、

「亀山中尉、亀山中尉」

しかも佐藤大隊長の声だ。私は敵前も忘れて、「大隊長殿！」と大声で怒鳴り返した。「大隊長殿！」と山彦がはね返ってくると同時に、手榴弾が屋根の上に数発ワンバウンドで飛んで来た。「危い！　手榴弾だ！」私は夢中で大隊長の声に向って怒鳴った。間髪を入れず、田中兵長の投げた手榴弾が糧秣庫東側の敵陣内で炸裂した。田中兵長と打合せて、私が「大隊長殿」と叫び上げると同時に、彼は手榴弾を投げこんでいった。

「大隊長殿！」

ドカーン……

「大隊長殿！」

ドカーン……

「亀山中尉！」

大隊長の声も近づいてきた。

大隊長は単身匍匐前進で近づいてきた。片手に軍刀を、片手に手榴弾を握って……。私は思わず中腰に立ち上って手を振った。私の姿を見付けた大隊長は、突如飛び起きて私達の円陣めがけて走り出した。田中兵長、中村軍曹が一斉に敵陣めがけて手榴弾を投げ込んだ。円陣の中に飛び込んできた大隊長は、開口一番私達に向って、

「御苦労、よく頑張ってくれた……」

後は声にならなかった。激しい呼吸とこみ上げてくる感激で……。

汗と泥と黒煙で真っ黒になった守兵の顔々にも、涙がキラキラと光っていた。

大隊長は私の報告を聴取し、負傷者の多いことと、僅か十数名になっている事実に、深く決心するところがあった。連隊本部及び大隊本部も二分の一以上の兵員を失い、もちろん予備隊を全く使い果たしていた。大隊では第五中隊の健兵十名たらずと、私の手もとの兵力しか、大隊長が直ちに使い得る兵力はなかった。残念ながら体制を整え直しての再挙以外に方法はない。大隊長は涙を呑んで私に指示を与えて本部に帰って行った。大隊本部からの援助を受けて、まず負傷者を後方にさげ、次いで戦死者の大半をさげた。最後に私達健兵は二挺の機関銃に四人の兵をさいたほか、残りの全員で各人が一名の戦死者を背にし、足音を忍ばせて敵前から離脱した。柔軟性を全く失って、すでに硬直した戦友の五体は、私の背中にピッタリと重心をつけてくれなかった。ガクンガクンと前後左右に揺れさがる頭の重みは意外に重く、私の頸筋にピッタリ付いた時の、亡き戦友の顔の冷たさは、たまらなく悲しかった。

大隊長は私の戻るまで、本部の位置で伝令とたった二人で待っていてくれた。

四月八日の朝が、そこまでやって来ている。谷間の風は、身にしみて冷たかった》

二大隊の主力は、大蔵少尉以下二十名たらずの五中隊と、大隊砲小隊および機関銃一個小隊だけになってしまった。しかし、佐藤大隊長はウマ高地の攻略をあきらめなかった。このために、連隊長は通信中隊を佐藤大隊長の指揮下にいれて、敵陣地に突撃させることにした。通信中隊の田村二郎伍長は、四月八日の夜の攻撃を、次のように回想する。

《通信は、各大隊に配属されていた者を除いても百名近くはいたと思う。中隊の本隊と二大隊配属班はおそらく合流してしまっていたろう。通信中隊長は渡辺良郎大尉。この人は元八中隊長を長くやった人で、経験はあった。しかし、中隊そのものには、通信器材はあっても攻撃兵器は小銃しかなかった。突撃の訓練も充分とは言えなかった。しかも、歩兵団には通信隊というのはなかったのだから、コヒマ正面の指揮連絡は、この通信中隊をつぶしてしまえば不可能になることはわかっていたはずだ。にもかかわらず、兵員がいる、ただそれだけのことで、これを突撃させることにした。第一、本職の六中隊が全滅したウマ高地の正面に、通信中隊を突撃させても成算はなかったのではないだろうか。

二大隊長は申告に行った渡辺中隊長に、その場でウマ高地の突撃を命じた。実質的に使用できなかった通信器材を一カ所に集めて、身軽になり、六個班の肉薄攻撃班を編成した。一個班十名くらいずつであった》

その夜の情景について、通信中隊の園部栄二上等兵は次のように書いている。

《南国とはいえ、海抜二千メートルのコヒマの夜は寒い。我々六十名は、敵の残した毛布にくるまって木立のなかに身をひそめ、息を殺して出撃命令を待った。

「お前さん、さっきから震えているねェか」

「なあに武者震いさ。月がきれいだなあ。いまごろ故郷の親たちゃあ、まさか、せがれがいま突撃しるとってしているとは思っちゃいめえ」

見上げると、月は流れる薄雲に時どきさえぎられながらも、十三夜の光を投げていた。敵の一線はすぐ目の前にあった。銃眼がぶきみにこちらをにらみ、そこからは思いだしたように機関銃が火を吹いていた。敵砲弾がヒューヒューと我々の頭上を越えて後方に落下していた。

攻撃目標のウマ高地にあるパン工場の敵陣地から、低木に覆われたくぼ地まで、戦友の死体が累々《るいるい》とつづき、戸田、野田、早津、中川……等々、敵弾をあびて散り果てた戦友たちを目前にしながら、どうすることもできなかった》

田村伍長は、さらに回想する。

《私は攻撃班には入っていなかった。指揮班に残されていた。ヤギ高地の敵に面したところは急ではあったが崖ではなく斜面だった。そこに三重か四重に鉄条網があったが、草にかくれて気がつかなかった。「突っ込め！」の号令で飛び出したが、先ず自分の陣地から出るまでに、この鉄条網に引っかかってみんな転んだ。そこをねらいうちされて、ウマ高地の崖下に行くまでに半数近くは傷つき死んだ。

運よくウマ高地の崖下にたどりついた者は、あくまで個人としての兵隊だけで、急編成の班では、だれの班なのか、兵隊同士でもわからなくなった。

この辺の様子は、残った我々にもちゃんと見えた。

二次攻撃班は、ヤギ高地右側から迂回してウマの崖下にたどりつくことになったが、何しろ、この切り通しは、三メートルから四メートルはあった。そこで、手ごろの生木と捕縄で人ひとりぶら下がればクニャクニャするようなはしごを四つほど作って、崖下に運んで、これをよじ登ることになった。

私は、はしごを運んで崖下に行ったけれども、暗いし、戦友の死体が邪魔になって、どこへ掛ければよいかわからなかった。はしごが四つしかなければ、どんなに意気込んでも四人ずつしか台上に登れない。

マゴマゴしているうちに夜が明けてしまうという心配もあった。

だれかが抜刀して「突っ込め！」といって登って行った。佐藤第二大隊長であった。次々と登っては転げ落ちて、あるいは息がたえ、うなって転げ回った。登れば、そこは敵の銃眼の前だった。

そのうち数知れない手榴弾が転がってきて崖下で次々と爆発した。だれかが「危い、退れ！」といったので、私は手榴弾の危険のない所まで退った。

速射砲が二十発撃ったというが、気がつかなかった。ただ、しばらくして彼我の銃砲声がやんだ時、すぐ崖下で、これは不成功だな、と思った。とにかく、崖下は死傷者の山であった。いま考えてみると、前日の六中隊の戦友の上に、我が通信中隊が重なり合ったのであった。

大声の日本語がした。「登れ！」「来い」といっているようにきこえた。

月が出ていた。崖のふちで人が動いていた。

私は柏谷兵長とはしごを登った。上には何人かの死体の間に、同年兵の大海克三伍長、大竹虎一上等兵、園部栄二上等兵などが生きていた。銃眼の中には敵兵はいなくなったことがわかった。しかし、すぐ前の倉庫は無気味であった》

コヒマがこのような惨烈な状況にあった時に、牟田口軍司令官の考えは別のところにあった。四月六日、コヒマ占領の報告をうけた時、牟田口軍司令官は好機到来と喜んだ。かねて念願としてきたディマプール進撃の構想を実現できると判断した。

四月八日、牟田口軍司令官は烈師団長に対して『ただちにディマプールに突進せよ』と命じた。同時に、その旨をビルマ方面軍に報告した。河辺軍司令官としては、この命令の本当の意図を察知していた。牟田口軍司令官はアッサム平地に戦局を発展させるための手を打ったのだ。これはインパール作戦の計画から逸脱することであり、同時に危険でもある。河辺軍司令官は禁止しなければならないと考えた。師団に対して、軍がいったんだした命令を撤回させるのは、統帥上、のぞましいことではなかった。しかし、何をおいても禁止しなければならない。河辺軍司令官はディマプール進撃命令を撤回させた。

コヒマの戦況から見れば、ディマプールに突進するなどとは、困難という以上のことであった。通信中隊が突撃したのは、歩兵団としての最後の戦力を投入したことだ。また、烈師団が突進したとしても、牟田口軍司令官の夢にえがいているようなアッサム州への進撃は不可能であった。それは、コヒマの四月七日、八日の戦況のために生じたのではなかった。烈師団がサンシャークの英軍陣地にはばまれて、一週間前進できなかった。この間に、ディマプール進撃を不可能にする態勢が作られて行ったともいえる。

いずれにしても、牟田口軍司令官の構想は夢想にひとしかった。それが実現しても、また、できなくても、結果は〝インパールの悲劇〟に終ることに変りはなかった。

コヒマの占領は、コヒマの戦闘の終りではなく、始まりであった。これから六十日間にわたって惨烈な攻防戦がつづいた。それはインパール作戦中の第一の激烈さであった。

二

コヒマ戦線に対し、その後、英軍の兵力は急速に増加された。飛行機による爆撃は連日、激しく加えられた。そのあとには、太鼓を連打するように砲撃がつづいた。英軍はコヒマの西のズブサと、南のジョツソマ高地の斜面とに、各百門を超える大砲を、展示でもするかのようにならべて砲撃していた。英軍は日本の空軍に攻撃に出るだけの戦力のないことを知っていた。また、ジョツソマの南には五十八連隊の第一大隊が進出したが、すでに大きな損害をうけていた。

四月中旬になると、コヒマ三叉路高地に英軍の戦車が出現した。第三大隊はこれを予期していた。だが、対戦車火器を持たないので、肉薄攻撃のほかに対応の手段はなかった。兵は爆雷を抱いて戦車に突進した。多くの兵がそのために死んだが、戦車を破壊することはできなかった。英軍の戦車は大きく堅牢なM3型であった。

そのころの英軍の最大の拠点はネコと名づけた高地にあると見られていた。宮崎歩兵団長はこれを攻略しようと決意した。折から駄牛中隊の第四中隊が追及してきたので、これに攻撃を命じた。第一大隊長森本徳治少佐は、この攻撃の事情を次のように記している。

《四月十八日午前十一時ごろ、歩兵団長から、山村中尉の指揮する第四中隊をもって、ネコの高地を夜襲で奪取しようとする企図ある旨、連絡を受けた。当時第四中隊は、歩兵団長の直轄になっていた。

私は、たとえ夜襲が成功しても、該高地が敵陣内の瞰下地点にあるため、天明後の確保は不可能である、と考えた。出来ることなら中止して頂きたいと思い、急ぎその旨を打電すると共に、大隊本部の小笠原軍曹以下五名を司令部に報告に出した。

しかし無電は通ぜず、小笠原軍曹の一隊は途中で敵と遭遇し、重傷を受けて帰隊して来た。夜襲は予定通り決行され、同夜、高地は占領出来たが、翌払暁後の砲兵集中射撃で中隊長以下ほとんどは戦死した》

この戦闘の惨烈な状況について、第一大隊の星野武夫軍医は次のように告白している。

《第四中隊は、敵砲弾の集中火を浴びて、一夜のうちに全滅した。ただ一人生き残って帰ってきた兵も、頭をやられており、私は急いで治療してやった。

それから数日後であったか、山岸准尉が私の壕へ来て、第四中隊の戦死者全員に、傷名をつけるにはどうするかと相談した。何しろ、一人も収容出来なかったのだから、傷名のつけようがない。仕方なく頭部砲弾破片創、腹部砲弾破片創等々、色々に分けてつけたことを、今告白する。

御遺族には申しわけのないことだったが、それほどに戦闘は苛烈を極めていたのである》

第二大隊機関銃中隊の上村喜代治軍曹の書いた記録のなかには、次のような状況もあった。

《コヒマ三叉路への道。それは目と鼻のさきにありながら、余りにも堅く、余りにも遠い道だった。日本軍の得意とする突撃も、ここでは通用しなかった。

連日繰り返された突撃はそのつど頓挫し、死体は累々として斜面を埋め、腐った死体に大型のハエが群がっていた。その屍を越えて、なおも続けられる突撃は、もはや戦力を急速度に消耗する以外の何物でもなくなってしまったのだ。連隊は二、三名ずつの肉薄攻撃班を編成し、薄暮から深夜にかけて敵陣地に肉薄し、地雷を投げこんで一山ずつ占領する、という戦法に切り換えた。いわば陸軍の特攻隊である。戦果は大きかったが、ほとんどの者は二度と再び帰って来ることはなかった。

この任務に当った兵隊は、自分の目標に対しての攻撃経路を昼間のうちに十分調査して、薄暮を待って出発する。腰に二発のアンパン型地雷と多数の手榴弾をさげ、戦友と水盃で出て行く姿は、余りにも悲壮であった。真夜中に地軸をゆるがす轟音が成功の報せではあったが、それはまた、魂の砕け散る音でもあったのだ。

ガッチリと腕組みをしている兵隊を見ると、顔色《がんしょく》がない。「今晩出るのか」と尋ねると、「そうだ」と答えてニッコリ笑う。だがこの笑いは、むしろ悲壮感をそそる。私は励ます言葉に詰ったものである。

こうした肉攻班を幾組も幾組も見送ったが、この戦法で名を上げたのは、第五中隊の関根伍長であった。

連隊長福永大佐は、余りにも激しい兵力の損耗と、これに比較して進展の遅いこの戦闘に、深く沈んでいた。どの山も我々に無気味な銃眼を向け、猛火を吹いたが、その中で一つ、絶壁の上の銃眼だけは、いかなる方法でも、今の我々の力では撲滅困難であり、これを撲滅しないと前進は困難であった。連隊長は、最も信頼している第五中隊の関根伍長を呼んだ。間もなくそこへ、小柄だが精悍な関根伍長が到着した。

「連隊長殿、関根伍長参りました」

「おお、関根か。連隊長はお前の到着を待っていたぞ。是が非でもあの陣地をたたきつぶしてくれ」

血のにじむような連隊長の悲痛な叫びであった。

「見よ！ 関根」という声に、まわりの者が一斉に連隊長の指差す方向を見ると、敵陣地から、のっそり這い上ったクロンボが、大胆にも銃眼前に倒れている日本兵を長い足で蹴落そうとしているのだ。腐った死体の臭気に耐えかねたためだろう。「畜生！」とばかりまわりからパンパンと小銃を撃ち込むと、死体を落しきれず、緩慢な動作で元の

穴へもぐりこんだ。これを見た連隊長が、

「よくもわしの部下を足蹴に……」と言ったが、のどがグッとつまって言葉が切れた。見ると、うつむいた連隊長のやせこけた頰に、涙が流れていた。ここへ来てからめっきり白髪のふえた連隊長である。かつては、支那で鬼連隊長と噂された人だったが、やはり情にもろい人間だったのである。

「連隊長殿、御安心下さい。あの銃眼は関根が必ず占領致します」というと、キッと顔を上げた連隊長は「頼む」と一言、また唇を強くかみしめて敵陣を睨み続けた。

それから関根伍長は、分隊で最も信頼する部下一名をともなって幾時間も敵情を偵察し、これから移ろうとする二人の行動を繰り返し説明していた。まだ薄暮には間があったが、二人は行動を開始した。さて、あの絶壁をどうして登るだろうか。第一、あの銃眼の前を、無傷でふもとまで行けるだろうか。

間もなく二間ほどのはしごが運ばれて来た。二人はむっくり立ち上ってはしごを持った。我々は壕の中で二人の横顔をじっとみつめた。死を直前にして何と落ちついた崇高な顔であろう。敵はまだ気がついていない。この時とばかり二人は飛鳥のように敵前に躍り出た。

敵の鉄条網をくぐり抜けると同時に、敵の銃眼が火を吹いた。二人のまわりに土煙が上る。反射的に二挺の我が機関銃がその銃眼に向って猛火をあびせた。二人はなおも懸命に走り続け、ついに絶壁に到着した。思わず「ワーッ」とあたりから歓声が上る。二人ははしごを立てて駈け登る。敵銃眼を目前にして手榴弾の栓《せん》を抜く。二発、三発、その落着いた動作はまるで鬼神だ。

敵がしきりに手榴弾で防戦する。しかし、ついに絶壁の銃眼は沈黙した。成功したのだ。だが関根らは、なおも附近の銃眼に続けて手榴弾を投げつづけている。まわりの者が一斉に、「関根、銃眼はつぶれた。早くさがれ！」と必死に叫んだ。その時、側面から投げた敵手榴弾の一発が、無念やはしごの中間で轟然炸裂した。折れた所からはしごは左にグッと傾き、二人はついに転落した。落ちた二人はなかなか動かない。そこへ手榴弾がしきりと炸裂している。

そのころ日はようやく西に暮れて、前面は急速に闇に包まれてきた。二人の姿もついに闇の中に没したが、あの弾丸の中では生きておれまい。惜しい男達を殺した、と一同の顔は暗かった》

佐藤師団長は全般の戦況から見て、やむなく、攻勢から防御態勢に移って、戦線を維持しようと決心した。そのため四月十八日、戦線を整理、後退させた。その結果、百三十八連隊主力は、コヒマ北方山稜に配陣して右地区隊となり、白石山砲連隊長は中地区隊長（百三十八、百二十四連隊各一コ大隊）となって五一二〇高地の守備を固め、宮崎歩兵団長の指揮する五十八連隊は左地区隊となって、三叉路高地の現在地を固守することになった。

その前日十七日、烈師団としては、非常に深刻な事態に立ち至った。意外な内容であった。烈師団は第十五軍の命令を受けとった。意外な内容であった。

『一、軍は天長節までの間にインパールを攻略せんとす。
二、烈師団長は宮崎少将の指揮する歩兵三個大隊および山砲一個大隊をインパール正面に転進せしむべし。
三、兵力の移動は捕獲自動車によるべし』
佐藤師団長はおどろいた。実行できる要求ではなかったが、軍命令なので、一応は検討してみなければならなかった。

宮崎少将の派遣を要求している理由は明らかであった。宮崎少将は、まれに見る名将であり、闘志さかんないくさじょうずである。第十五軍がインパール正面に起用したいというのは当然である。しかし、コヒマでは、三叉路高地を攻略するために強襲をつづけている。このようなときに、宮崎少将をほかに移すことはできない。

また、この命令の要求している兵力は、現在、三叉路高地で激戦中の、第五十八連隊を主力とした宮崎少将の指揮する左地区隊の全部にひとしい。しかし、それも名目上のことで、三叉路にいる実数は、すでに半分以下に減っている。従って、これだけの兵力をだすとすれば、一三八か一二四のどちらかの一個連隊をさかねばならない。

また、部隊を派遣するとして、その糧食をどうするかについて、なんの指示もない。部隊が自分で糧食をさがしながら、移動したり戦闘したり、できるだろうか。それよりも、弾薬はどこから補給をうけるのか。インパール方面では、その補給は困難なはずだ。さらにまた、納得できないのは天長節までに攻略するということだ。四月二十九日の天長節までは、あと十日間である。その間に、どのようにしてインパールを攻略するのか。戦場は、あくまでも現実であるのだ。天長節などという目標をおけば、兵の犠牲を多くするだけのことだ。

牟田口軍司令官が四月二十九日の天長節までに、インパールを攻略しようと念願したのには理由があった。

昭和十七年、第十八師団をひきいてビルマに進攻した牟田口師団長は、天長節にマンダレー入城を企図して実現できず、五月一日になってしまった。またその前には、二月十一日の紀元節にシンガポール攻略をめざして果たさなかった。

インパールは三度目の佳節入城の機会であった。牟田口軍司令官は今度こそ、それを実現させたかった。こうした一将の全くの功名野心のために、むりな戦闘を強行しようとしているのだ。

佐藤師団長は、このように考えると、この命令に従う気持ちになれなかった。はじめは命令を黙殺した。後には督促をうけると、はっきりと『兵力の転用は不可能なり』と拒否した。

第十五軍では、佐藤師団長の頑強な態度に手を焼いて、四月二十九日、ついに命令を中止した。師団長に押し切られて、中止するあたりに、作戦指揮の混乱が感じられた。

第十五軍司令部は、さすがに色を失っていた。各戦線が敗退することは、全く考えられていなかった。作戦の開始前までは、第十五軍の各部長の会議が毎週一、二回ずつ開かれていた。牟田口軍司令官は、その席にきては「今度の作戦は、あらゆる条件を一つ一つ、仔細に検討した上、全部解決した。よって作戦の成功は、火を見るより明らかである」と、胸を張って断言した。

それから、ひと月余りにして、全く違った結果があらわれた。部長が集まった時、法務部長の相内禎介《あいないていすけ》大佐は皮肉なことをいった。

「軍司令官閣下の検討したという条件のなかには、敵の抵抗ということが、もれていたんだな」

三叉路高地を中心として、烈師団は態勢を変えたが、五十八連隊の将兵はイヌ高地をそのままに残しておく気持ちになれなかった。九中隊の坂井良孝兵長は次のような逸話を記している。

《グランド高地の前面、通称イヌの高地は、コヒマ作戦中最高の激戦地として、彼我共に最後までしのぎをけずり、第三大隊は日夜血みどろの攻撃を繰り返し、多くの戦友が帰らぬ人となった所です。

この戦闘中のことです。第九中隊の会田軍曹は、部下数名を引きつれて、闇に乗じ敵の第一線を突破し、旗ざお高地台上のユニオンジャックの英軍旗を引きずり降ろし、ゆうゆうと引き揚げて来ました。この大胆不敵さには島之江大隊長も啞然《あぜん》とされました。

また遠藤上等兵は、単身弾雨の中を猛然とトーチカに突進し、敵弾数発を受けながらも屈せず、銃眼に手榴弾を投げ込み、銃座もろともこれを破壊、壕内のインド兵を皆殺しにして次のトーチカに向う途中、敵の十字火を浴び、壮烈無比な戦死を遂げました。生前、中隊一の暴れ者と自他共に許していた男でしたが、その戦死はまことに彼らしい立派な最後でした》

また、七中隊の秦信之兵長は、次のような戦闘をした。

《ある日、我が第七中隊に、イヌの陣地の攻撃が命令された。三人を一組として四組を編成し、敵の正面から攻撃することとなった。昼間のうちから地形、地物をよく見て頭に入れておき、闇夜でも誤ることなく突撃が出来るように、各人で研究しあった。

突撃要員は十二名、それぞれ七発ずつの手榴弾をポケットや腰にさげ、薄暮を待ってそこを出発した。我が人生も今宵限りと覚悟をきめて。

日本軍の攻撃を予期した敵は、日暮れと共に陣前を盲射し始めた。我々もこれを予期していたので、昼間見ておいた地形を利用して逐次敵に接近して行った。

敵陣前二十メートル、「投げろ！」の合図で全員が手榴弾の栓を投いて投げ込んだ。一斉にガンガンガンと炸裂する。更に次々と投げる。これに応えて敵も手榴弾を投げてきた。しばらく彼我の攻防戦は続く。一瞬敵の怯《ひる》んだ機を逸せず、更に一歩前進した。ところが敵は山頂の守備軍と一団となって反撃に転じて来た。彼我の間隔は至近。彼等の号令が手にとるように聞こえる。前後左右で手榴弾が炸裂する。まだだれもやられていないらしい。なおも続けて手榴弾を投げる。その時、投げた拍子に上げた右手に、ガーンと衝撃があった。やられたのだ。

無念、私はその後戦友と別れて、後送された》
宮崎歩兵団長は、全力を投入して、今一度イヌの陣地の総攻撃を実施することを電請し、いよいよ四月二十三日に決行がきまった。イヌの高地はコヒマ最強の堅塁であった。
《百三十八連隊の一部の応援を得た五十八連隊は、三叉路高地攻撃の総決算をこの一戦にかけて、最後の力を振りしぼって戦いに臨んだ。二大隊は南正面より、三大隊はテニスコート正面の左断崖の死角より、時を同じくして突入は一斉に敢行された。
一瞬、イヌの高地は全山火を噴き、銃火に誘発したドラム罐のガソリンは天空に火柱を立て、火焔の明りは昼を欺《あざ》むくかのようであった。各隊は鉄条網を乗り越え鹿砦を破り、屍を踏んで突進した。阿修羅のように突き進む戦友の姿と、狂人のように喚いて撃ちまくる敵兵の姿が、焰の明暗の中に浮き上っては消えた。
しかし、決死の突撃も山頂を奪うことは出来なかった。三大隊の突撃部隊は悉く敵陣内に斃れ、九中隊長奈良中尉、十中隊長長浜中尉以下が全員戦死した》
坂井兵長は、この戦闘を次のように書いている。
《四月二十三日、奈良中尉指揮の九中隊と、長浜中尉指揮の十中隊全員が、死を決して日没後行動を開始しました。敵の意表を衝くため、イヌの高地側面の断崖にはしごをかけてよじ登り、一挙に突撃を敢行すべく、中隊長を先頭に次から次へと崖を登ったのでした。しかし僅かなはしごで二個中隊全員が登り切るには、予定よりかなり長い時間がかかりました。全員登り切ったころには夜がしらじらと明けていたのです。早くも敵の発見するところとなり、十字砲火を浴び、戦友はバタバタと倒れていきました。奈良、長浜両中隊長は、軍刀をかざして鬼神の如く敵陣に斬り込み、壮烈な戦死を遂げられたのです。両中隊員も中隊長に遅れじと突撃し、敵の砲火の中に全員戦死しました。戦後、英軍の資料を見ると、コヒマの戦闘で一番苦しかったのはイヌの高地の防衛戦闘であり、その中でも三大隊の戦った弁務官宿舎附近の戦闘を、最大の激戦としております。これも、今は亡き勇敢なる戦友の武勲が、そうさせたのにほかならないのです》

イヌ高地の総攻撃に失敗して、五十八連隊の戦力は大きく失われた。

中隊長以下全員が死傷したのが、四個中隊もあった。その他の中隊でも、中隊長以下、数名または十数名になっていた。

また、戦闘中の工兵中隊の報告に『軍曹が中隊の指揮をとり、全員二名となるも、目下、攻撃続行中』というのがあった。

五十八連隊とともに突入した百二十四連隊の行動については、『郷土部隊戦記』に次の記述がある。

《北崎中尉らの玉砕によって、それまでわからなかったイヌの高地に二軒家があって二十の掩蓋壕《えんがいごう》が築かれているのが初めてわかった。総攻撃をあすに控えて第十中隊全員が髪をつみ、ツメをきって遺品を作り、遺言を書く。狭い防空壕の中でロウソクの灯をたよりに板ぎれを台代りにしてそれぞれ肉親知己への別れをつづった。

「お父さんお母さん、内地の暮しはいかがですか。わたしはこれから遠いところへ出発します。当分お便りをさしあげられぬでしょうが、ご心配いりません」

別離をさえあからさまにいわずにゆく子の心。手紙のうえにひたいをよせ合い、それでももどかしくて奪い合いながら読むであろう両親に、これから死にゆきますとは書けなかった。どうせわかることなのだが、せめてその日が一日でも遠いように——。将兵はみなそう念じた。また愛する妻へ。いとしい幼き者へ。背を曲げ、紙におおいかぶさるようにして自分の最期の言葉を書く将兵の後姿は、だれをもよせつけぬきびしさがあり、それぞれに孤独がにじんでいた。

「遺書、遺品は大隊本部へ届ける。終ったら集めろ。それから死んだあとで敵にめめしいヤツだといわれぬよう、家族からきた写真や手紙は全部焼け」

命令した吉福大尉は、自分でも長男の写真をとりだした。

「とうちゃん、ボクこんど級長になったよ」

小学一年生の顔がさも誇らしげに笑い、級長の記章をつけた腕をぐっと前に突き出すようにして写っている長男の近影。

「級長になったのか。そうか、えらいぞ坊主。父さんがいなくなってもその意気でやれ」

写真に話しかけて火にくべた。あたりをみると神門勇伍長（福岡県田川郡方城町出身）も同じように写真をもう一度ながめかえしてから火にくべ、手紙を読みなおしていた。視線が合って二人とも笑った。

四月二十三日午前零時、烈兵団総攻撃の日。先頭をゆくのは吉福中隊。中隊長は両ダスキ、小隊長は片ダスキ、班長は腕章、兵は着剣してサヤはみな捨てた。イヌの高地を落さずば、再びかえらじの決意を示した。この戦いこそ、本当にコヒマがわが手ににぎれるかどうかのせとぎわだからである。着剣した剣はみな真っ黒くすみをぬって月明りに反射するのを防いだ。

午前五時を合図に、友軍の砲兵隊が弾丸をイヌの高地にたたき込むのと同時に、七メートルのハシゴをイヌの高地下の崖にかけて一斉に登る作戦だ。そして——五時！

「突撃ッ」

第二小隊長梅田陽三郎中尉（現国鉄西部支社営業管理課）が一番乗りにハシゴを登った。目の前の掩蓋壕の死角に飛び込んでその一つに手榴弾をたたきこんだ。と、梅田小隊長は胸が急に燃えるように感じた。

はッとして胸をなでた手にべっとりと血がついた。つぎの瞬間、キーンと全身を貫く痛みを感じてインパール街道へころげ落ちた。

初年兵に中央インド進撃を語った片山曹長戦死。小西計喜軍曹（八幡市折尾町出身）戦死。武石三郎伍長（福岡県筑紫郡筑紫野町出身）築地淳美兵長（福岡市那珂川町出身）戦死。そして別離の写真に見入っていた神門伍長、銃剣術の上手な井上正人伍長（福岡県田川郡赤池町出身）後藤秀彦伍長（同郡添田町出身）江藤健春伍長（同県嘉穂郡嘉穂町出身）福島忠義伍長（大牟田市手鎌出身）多田勇兵長（小倉市合馬出身）吉村政雄兵長

（福岡県糸島郡志摩村出身）甲斐倉雄上等兵（福岡市姪浜出身）戦死……。

さらに幾百の将兵はすべてこのわずか夜半から翌日午前八時ごろまでの戦闘で戦死した。吉福中隊長も十一カ所を負傷、全身血にまみれて倒れながら、なおも、

「オレにかまうな、二軒家へ行けえーッ」

と部下を指揮していたとき、突然飛び出した敵兵が吉福大尉めがけて手榴弾を投げつけようと構えた。一瞬早く、

「こんがきいーッ」

横から男知合《おちあい》上等兵（福岡県京都郡苅田町出身）が着剣のツカも通れよと体当りで敵兵にぶつかった。

「ぎえーッ」

悲鳴をあげてのけぞる敵兵の手から手榴弾が転げ落ちた。

「危ないッ」

とっさに身を伏せた男知合上等兵の腰を手榴弾の破片がえぐりとった。重傷の吉福大尉を救ってさがる余裕さえもない兵たちは、やむなく大尉を崖ぶちまでひきずり、そこからインパール街道に投げ落した。

それでなくても血だるまの大尉の体は、ふき出る鮮血を崖のあちこちになすりつけながら、七メートル下の道にぐしゃりとつぶれたように落ちた。

こうしてイヌの高地の掩蓋壕十余を奪取しながらも、ついに全部を沈黙させ得ず、全

軍総退却に移った》

コヒマはこのような状況にあり、弓、祭の戦線も前進を阻止されていた。四月二十九日の天長節までにインパールを攻略しようとする牟田口軍司令官の念願は、ついにむなしい夢となった。

佐藤師団長はチャカバマ渓谷の師団司令部で、こうした報告を聞いた。感情を顔にあらわさなかったが、胸中には悲痛きわまりないものがあった。さまざまの思いが去来した。

二十四日の夕方であった。さすがに、じっとしていられなかった。貨物自動車を用意させてコヒマに向った。副官の世古中尉と、数名の衛兵が同乗していた。

コヒマに近づくと、砲声や爆発音が激しくなった。日本軍が行動していないのに、めったうちにうちまくっているらしかった。

佐藤師団長はコヒマの戦場を望む場所に立った。激戦の三叉路高地は、わずか一握りの小山に見えた。山をおおう密林は、激しい砲撃のために、裸となり、山肌はあらあらしく掘り返されていた。焼けこげて枯れた林に、色さまざまの布がかかっていた。内地の村祭りののぼりのようにも見えた。それが英軍の空中補給の落下傘であった。糧食弾薬を飛行機で補給している英軍と、どうなるかわからない補給を待っている日本軍と、その大きな差を、まざまざと知った。

すでに二十日にわたって死闘がつづいた山岳地帯である。濃い密林におおわれて、山また山がかさなり合っている。南にひときわ高く、壁のように視界をさえぎっているのはアラズラ山稜である。高い山頂は二千メートルもある。その山のかなたにマニプール盆地がひらけ、そこにインパールがあった。約百キロの距離である。その向うの空の下に、西の方にも、次第に高く山の稜線がかさなっていた。その向うの空の下に、アッサム州の大平原がひろがっている。その入り口ともいうべきところに、牟田口軍司令官の熱望してやまないディマプールがある。四十五キロの距離である。

三叉路高地の密林の間に、道路が白く見えかくれしていた。舗装された自動車道路である。ディマプールからインパールに通じている英軍の軍用道路である。三叉路高地は峠《とうげ》の頂上になっていた。ここを押えれば、軍用道路の死命を制することができる。日本軍と英軍が激戦をつづけているのは、このためであった。

佐藤師団長は、砲弾さえあれば、ことに重砲がきていれば、これほどの死傷をださなくてすんだと思った。師団が持っているのは山砲だけである。砲撃はできないでいた。砲弾の数がすくないだけではなかった。数発を発射しただけで、数百発を撃ちかえされた。わずかに確実な射程にはいった戦車をねらうだけであった。

英軍は重砲をうちこんできた。コヒマの東北のズブサには英軍の大きな砲兵陣地があった。そこから一日に五千発以上を発射してきた。多数の砲から連打するので、発射音は個々には聞こえないで、遠雷のように鳴り響いた。しかも、日ましに砲の数が多くなっていった。

コヒマ三叉路高地の英軍の陣地も、堅固なものに変った。このころは、英軍は日本軍の戦法を研究しつくしていた。日本軍の常法とするのは夜襲と肉弾突撃である。英軍はこの対策を考えて新戦術を展開した。このために日本軍の夜襲も突撃も成功しないようになっていた。

佐藤師団長はこのことに気がついていた。これ以上コヒマで積極の攻撃をしても、犠牲を多くするばかりであった。防衛態勢に切り替えたのも、そのためである。わが陣地に英軍が攻撃してくるのを待って撃破すれば、損害は味方に少なく、敵に多く与えることができる。こうして敵を引きつけて目に物見せて、憤死した戦友のかたきを討つことだ。

だが、コヒマの戦場を遠望しているうちに、佐藤師団長は新たな決意を固めた。それは十五軍から補給のこない場合である。そのときは、かねての決心に従って、自分の信ずるところを断行しよう。《自分が軍司令官のつもりで思う存分やる》と決意した。

佐藤師団長は一夜をコヒマ付近ですごし、四月二十五日の日没ごろ、チャカバマの師団司令部に帰った。すぐに参謀長加藤国治大佐以下の幕僚を集め、持久態勢に関する命令を下達した。このときの心境について、回想録には次のように記している。

《一切の部署を終るとともに、予の気分は明るく勇気にみちてきた。軍司令部に対する腹も、もう完全にきまっている。不動の信念は微動もしないようになっている。師団長の悠然たる指揮ぶりは、兵団の全部に溌剌《はつらつ》、明朗の気分を取りもどしたことは確実であ

る。予はいかなる問題も笑って即座に断案をくだし得た。幕僚もきびきびと活躍した。補給がこなくても、気分に余裕がある》

佐藤師団長の自信は強かったが、師団としては大きく後退した形になった。

三

五月にはいると、非常な危険な状態になった。森本第一大隊長は次のように記している。

《五月に入り、五十八連隊の戦線は持ちこたえられなくなり、四十八マイル地点東西のアラズラ高地線に後退の余儀ない状況に立ち至った。

私は歩兵団長の膝下に帰ってから、歩兵団長のお手伝いもさしてもらっていたので、大乗的見地から、一歩後退してしばらく持久を策することが師団の任務ではなかろうか、と具申して御諒承を得、師団司令部に電話で上申した。これに対して師団参謀長は、

「天皇陛下からコヒマ占領に対して御嘉賞の電報をいただいているので、現在の線から後退は出来ない」

との返答であった。しかし、一日おいて浜島作戦主任参謀が宮崎閣下を来訪し、当面の状況が容易ならざる事態にあることを目撃して帰るにおよび、第一線の後退は決定された》

五月十一日、英軍は三叉路高地の西側の急斜面に戦車の進入路を完成した。そして、

激しい砲撃、爆撃、戦車の火焔放射によって、三叉路高地を攻撃した。第五十八連隊本部、第二大隊は各高地で個々に包囲分断された。勇強として知られた越後高田の連隊が、ついに絶望の状態に追い込まれた。宮崎少将の歩兵団司令部も包囲された。

「敵兵は宮崎少将の身辺二十メートルに迫っている。一体、師団はどうするつもりか」

歩兵団司令部からの電話を、加藤参謀長が佐藤師団長に報告した。この電話の本心は、撤退してもよいかという問合せである。佐藤師団長は考えた。《一兵の死も、将軍の死も差別はない。将軍だから、戦死しないようにせよというべきではない。しかし……》

佐藤師団長は参謀長に次の返事を命じた。

「歩兵団司令部は、だれの命令で現在の位置を選定したのか。師団長は決して歩兵団司令部の位置などを指定したことはない」

歩兵団の副官は、これを聞くと叫んだ。

「あっ！　わかりました」

歩兵団司令部は撤退せよという意味であった。宮崎少将は、十二日夜、指揮下の各部隊を三叉路高地から撤退、南のアラズラ高地に移動させた。

撤退は困難であった。十三日の朝までには、左地区隊は百二十四連隊があらかじめ構築しておいたアラズラの陣地についた。だが、第三大隊の撤退がおくれてしまった。敵を目の前にしている第一線が白昼に撤退するのは、到底できないことであった。日没までは石に齧《かじ》りついてもがんばり通さなければならない。敵中に孤立した第三大隊の死闘は正午過ぎまでつづいていた。

この危急の状況のなかにいた第三大隊の機関銃中隊の元井圭二中尉は次のように書いている。

《「ああ、きょうも命があったのか」

敵機が去り、戦車がディマプール街道の奥深く引き揚げ、砲撃がこやみになった夕暮れに、ふと、いなずまのように脳裡をかすめた実感は、ただ、この一語につきた。ここ、三叉路真上の旗ざお高地に陣取って三十余日、毎日毎日がこのくり返しであった。今や三叉路高地は、日本軍の断末魔の場と化している。

五月十三日、早朝から敵の観測機が頭上を離れず、砲撃は常の日にも増して激しかった。

やがて戦車群が現われ、一群は第二大隊方面へ、一群はグランド高地方面へ進撃して行った。と、その時、

「戦車が来る！」左後方の壕から誰かが叫んだ。

見ると、たった今、いつものように二大隊方面へ進撃して行った戦車群の後尾二輌が、我が陣地の背後に残って崖の登攀《とうはん》を試みている。距離僅かに十数メートル、崖の小路に対し、しきりに前進後退をくり返す。エンジンをふかす音、キャタピラのずれる音。

もう肉攻の資材はない。登って来ればお手上げだ。全員息を殺してただ見守る。幸いかな！　一メートルたらずの崖路は、ついに戦車を受けつけなかった。

午後一時過ぎ、いつになく白昼の煙弾射撃が集中し不吉な予感がする。突然、「前方に戦車！」と右の壕から絶叫が聞こえる。煙の中に、前面のテニスコートを隔てた山上に、戦車砲がニョキッと頭を出した。随伴歩兵の声も入り交っている。遂にイヌの台上に戦車が登った。豆を煎《い》るような機銃掃射、戦車砲の直撃。味方は手榴弾もなくなった。無我夢中、何を呼んでも聞こえない。

間もなく、後方の警戒兵からも「戦車三台！」の報告。いよいよ挟み打ちか。しばらくして、前面の戦車二輛はテニスコートに進出し、グルグル廻りながら火焔放射を始めた。掩蓋は一つ一つ焼かれて行く。

いよいよ最後の時が来たか？　残っている者に声をかける。十名余りの応答があった。いずれもテニスコートべりの死角の掩蓋にしがみついている。

「大丈夫だ、慌てないことだ。混戦のうちにも必ずチャンスはあるはずだ」

自分で自分に言い聞かせる。

突然、後方でドカーンと音がした。見ると、背後から崖を登ろうとしていた戦車の一輛が、友軍山砲の一弾で擱坐《かくざ》したらしい。敵兵が飛び出したのが見える。間もなく一輛が引き返して行く。残った二輛に敵はいるのかいないのか？　全くわからない。しかし、とっさに攻撃を命じた。二、三人が転がるように道路に飛び降りて行った。戦車は撃たない。

前方の戦車は相変らず、テニスコートの中をグルグルと廻りながら乱射をくり返す。

歩兵はまだ出て来ない。

そのうち再び煙弾射撃が始まった。擱坐戦車の救出のためらしい。視界は全くさえぎられた。

よし！　今だ。

「全員道路下まで退れ！」

バラバラバラ、みな、力を振り絞ってアスファルト道に駆け下り、擱坐戦車の前後を駆け抜けて谷間に集結した。

誰も無言、ただ放心したように、その場に坐り込んでしまった》

コヒマ三叉路高地から、ついに日本軍は撤退した。

それから数日後、第五野戦輸送司令官の高田少将がチャカバマの師団司令部にたずねてきた。十五軍の橋本後方参謀が同行していた。

高田少将は十五軍の計画に従って、烈師団に糧食弾薬を補給するはずであった。それが全然できなかった事情を、佐藤師団長に次の要旨で説明した。
一、小型自動車の不足に加えて、雨季にはいって道路の状態が悪くなり、後方からの補給は全く不可能となった。
二、補給に関する十五軍の命令は、全くでたらめである。どれも、実行不可能な命令ばかりである。
三、補給に使う自動車を、軍司令部は兵力の移動に使ってしまって、雨季の前までに、高田少将の手もとにもどらなかった。

佐藤師団長は高田少将が連絡にきてくれたことを感謝した。これで、十五軍の補給についての実態が明らかになった。

このときまで、師団では十五軍のいうことを一応は信じて、補給を待っていた。五月上旬、佐藤師団長は十五軍司令部に、

『補給がなければ、五月末日以後は現在地にとどまることはできない』

と報告した。これに対して『五月二十日ごろには補給が軌道に乗るから、攻撃を続行せよ』との返電があった。

また、その前に補給を督促したときには『烈師団に向け弾薬、軍靴《ぐんか》、糧食、衛生材料を発送するように命じた』との電報がきた。しかし、現物は何もこなかった。十五軍から輸送を命令された高田少将の方では、輸送自動車を全部とりあげられているから、どうすることもできなかった。

十五軍としては、それを承知で、命令だけをどしどしと出していたともいえる。命令を出しておけば、実行しない責任を部下に押しつけることができるからだ。

五月二十日ごろまでという十五軍の返電も、単なるいいのがれであることがわかった。高田少将の説明で、糧食弾薬の補給は、これからも、全くないことが明らかになった。

すでに烈師団は、うつに弾丸なく、食もまた尽きはてた状態にあった。これに対して補給をしようとしないで、ただ戦闘の続行を命ずる牟田口軍司令官は、正常な判断力を

失って、混迷狂乱しているにひとしかった。

それを裏書きするような、思いがけない電報が、十五軍から佐藤師団長に送られてきた。その一つは雨季に対する訓示であった。

『雨季の到来は皇軍に味方するものなり。雨季に入るも、あくまで敢闘せよ』

インパール作戦を計画した当初から、雨季が大きな問題であった。牟田口軍司令官自身が作戦の開始を急いだのも、雨季を恐れたためであった。また、この計画が認可されたのも、雨季のくる前に作戦を終る条件であったからだ。牟田口軍司令官は三週間で攻略を終り、四月二十九日の天長節には、インパールで遥拝式を挙行すると豪語していた。

その夢がむなしくなったばかりでない。ビルマ、インドの山野に、恐ろしい雨季の雨が降りはじめた。ことにインパール周辺からアッサム州一帯は、雨量の多いこと世界第一である。そこに補給もしないで、三個師団の将兵をさらせば、敵弾を受けなくとも、自滅するのは明らかであった。

インパール作戦は、最初の計画どおりに中止すべき時期にきていた。それなのに牟田口軍司令官は強行する決心をした。また、ビルマ方面軍の河辺軍司令官も、南方軍の寺内総軍司令官も、大本営の東条参謀総長も、中止させようとしなかった。

この間の事情について、大本営の戦争指導班長、種村佐孝参謀の著書『大本営機密日誌』には、次の項がある。

《十九年五月十五日。

約十日間にわたり、南方特にビルマ戦線を視察して帰任した秦参謀次長の報告が、参謀本部作戦室で、東条参謀総長以下省首脳部の前で行われた。三笠宮も同席しておられた。インパール作戦は作戦開始の初期は順調だったが、四月上旬インパール市を目前に見ながら、戦線は膠着《こうちゃく》、早くも行き詰っていた。この作戦を現地で見て来た次長の判決は、『インパール作戦成功の公算低下しあり』というのであった。実際のところ、次長に随行した杉田一次大佐の見て来た実感は、もう、とてもだめだという判決だったが、突然ここであまり衝撃を与えては、というので『成功の公算低下しつつあり』と報告したのであった。

これを聞いた東条参謀総長は「どこが不成功なのか、何か悲観すべきことがあるのか」と、威たけだかになって秦次長に詰めよった。総長としては、もうインパールはだめだという判決が、この作戦の成功にかけていた期待が政治的にも大きかっただけに、気に入らなかったのであろうか。このすごい剣幕に、次長も大勢おる前であるし、あきれた顔つきで黙ってしまった。総長はすぐ前の席の三笠宮に対していっているようでもあった。一座はすっかり白け切って解散した。どんな含みで総長は言ったか知れぬが、みんなの前で次長を叱り飛ばす総長の態度は軽率である。もし私が秦さんの立場であったら、懸章を捨てて取っくみ合っていたであろう。怒りを顔にも出さず、ヌーボーと黙ってしまった秦次長は、みんなの前でますます男を上げた》

この結果、東条大将がインパール作戦続行を訓令した。このために、作戦中止の時機を誤り、損害を大きくしたとすれば、その最高責任者は東条大将ということになる。このような無謀を押し通すことのできたのも、東条大将が首相、陸相、参謀総長の最高の要職を兼ねていたためである。当時、秩父宮は東条独裁によって〝東条天皇〟となることを恐れたというが、その弊害のあらわれたのがインパール作戦であった。

作戦続行の訓電を見て、佐藤師団長は怒った。一軍の軍司令官である人の、恐るべき非常識である。佐藤師団長はこの訓示を部下に伝達することを禁じた。

これと前後して、弓第三十三師団長の柳田中将が免職されたという通報をうけた。柳田中将は〝利敵行為をした〟という汚辱の理由をあげられてあった。

激戦二カ月におよび、危急となった最中に師団長を免職にするのは、非常識どころでなく、血迷っているとしか思えなかった。牟田口軍司令官は、最も重大な補給の責任を考えないで、作戦の失敗を、すべて部下に押しつけようとしている。師団長を更迭したのは、是が非でもインパールをとりたいためである。それは、自分一個の面目を立てるためにすぎない。だからこそ、三個師団の将兵を豪雨のなかにさらそうとするのだ。

このころ、師団では、糧食を自給するために経理部長以下、経理部員が付近の部落に行って、原住民から、もみを徴集していた。もともと人口もすくない山奥のことであるから、もみの貯蔵も乏しかった。それに原住民も、日本軍が負けていることを知っていた。

経理部では軍票を支払って、もみを買い入れていた。原住民は、その十円紙幣でたばこをまいて吸うようになった。それが最近では軍票を受け取らないで、もみをくれるようになった。それは好意ではなかった。原住民は日本軍の行動を、英軍に通報していた。日本軍は価値のない軍票で、もみを持って行くが、英軍は反対に、何もとらないばかりか、珍しい菓子や飲み物をわけてくれた。民心は日本軍から離反した。

英軍の攻撃は、いよいよ激しくなった。ズブサの重砲陣地は、一日に七、八時間も砲撃を続けた。英軍は雨季のさかんにならないうちに、日本軍を撃退して、インパール街道を打通しようとしているらしかった。

烈の師団司令部の近くにも英軍が迫ってきて、師団の衛兵に多くの損害を与えた。原住民が道を案内したのだ。

チャカバマ渓谷の流れは、豪雨のために水量を増し奔流と変った。それは雨季のすさまじさを示すものであった。佐藤師団長は激しく変化した河の流れを見て決意を固めた。

《よし、五月三十一日いっぱいで撤退だ。さもないと、師団の将兵をむだに全滅させることになる》

独断命令

佐藤師団長はコヒマ撤退の準備を始めた。互いに肉薄攻撃をしている戦場だから、全員を撤退させるのは困難な仕事であった。

そのなかでも、師団長が最も頭を痛めたのは、傷病患者の処置であった。五月下旬までに収容された患者の数は、重軽傷を合せて約千八百名に達した。そのうちの動くことのできる者は、全部それぞれの部隊に帰して戦闘に参加させた。

作戦の始まる前の計画では、戦線の後方に兵站病院を開設することになっていた。しかし、それがどこにできたかは、なんの連絡もなかった。補給がない状態だから、兵站病院が進出しているとは考えられなかった。そのために、患者を後送することができず、兵団内においてあった。これが撤退にあたって、困難を加えることになった。

独歩できる患者は、さきに移動を開始させた。重傷患者は、その部隊の全員で担架にかついで、いっしょに撤退するよりほかに方法はなかった。重傷者をさきに後送するには、担架をかつぐ人員を、第一線から引き抜かねばならない。その余裕はなかった。

撤退中の糧食も、重大な問題であった。撤退用として、十日分の糧食を持たせることにした。しかし、すでに原住民が日本軍から離反して、もみの入手がむずかしくなってきている。第一線はかろうじて、飢えをしのいでいるにひとしい。その上に十日分を調達するのは困難に違いなかった。また、十日分もの糧食を全員に行き渡らせることができるとは思えなかった。

コヒマにきた当初に占領した塩の倉庫は、その後、英軍にとり返されてしまった。この塩を手に入れる見こみはなかった。

こうして撤退の準備を、五月末日を目標にして進めた。撤退の期日については、十五軍にも知らせなければならなかった。しかし、これは慎重にする必要があった。コヒマの撤退を通告することは、牟田口軍司令官に対し、インパール作戦の不成功を宣言するのと同じであったからだ。

牟田口軍司令官は作戦の当初には、コヒマを重要視していた。そのために上級司令部の反対を押し切ってまで、烈師団の全力をコヒマにあてることにした。

作戦が始まって、インパール攻略が予定どおりに進まなくなると、烈師団から三分の一の兵力を引き抜いて、インパールに転用しようとした。これは、はじめはディマプール進撃の野望のために、のちにはインパール占領の面目をたてるためにだけ計画したことだ。

しかしコヒマは、インパールに対して重要な意味を持っている。烈師団がコヒマをあけ渡せば、烈の正面にいる英軍の四個師団は、舗装された軍用道路を通ってインパールに殺到する。烈がコヒマを押えている現在でもインパールを攻略できないのに、コヒマをあけ渡してしまえば、日本軍はインパールから敗退のほかはない。

コヒマがこれほど重大なことを、牟田口軍司令官やその幕僚は理解しなかった。だから、糧食や弾薬をただの一度も送ってはこなかった。しかし、コヒマ撤退を通告すれば、牟田口軍司令官は慌てふためくだろう。

東条参謀総長も慌てるに違いない。議会で、インド解放を宣言して得意になっている時だ。東京でも大きな反響を呼ぶだろうと思われた。

佐藤師団長は撤退の通告を五日前にすることにきめた。こうして準備はできあがった。佐藤師団長は戦線を撤退することを、電報で第十五軍の牟田口軍司令官に報告した。

『烈兵団は今や糧絶え、山砲および歩兵重火器の弾薬もことごとく消耗するに至れるをもって、兵団は遅くも六月一日までにはコヒマを撤収、補給を受け得る地点に向い移動せんとす』

これといれ違いに、十五軍からもコヒマ撤退予告命令がとどいた。

『烈兵団は、状況やむを得ざるに至れば、ケクリマの線に撤退すべし。ただし、その時期は軍命令によるべし』

十五軍がこのような予告をしたのは、烈師団の自活できる期限が五月いっぱいであることを、了解しているものと思われた。佐藤師団長の撤退の決意は、第十五軍によって一応の認可が与えられたことでもあった。しかし、ケクリマはコヒマの東南約三十二キロメートルの距離にすぎない。そこに後方からの補給があるとは思えなかった。

また、撤退の時期を、軍の命令のあるまで待てというのは、牟田口軍司令官の性格のあらわれであると、佐藤師団長は感じた。このような待機命令は《部下の血の最後の一滴までしぼりとろうとするため》のものだ。

また、牟田口軍司令官の日ごろの考え方には、部下に棒ほどの大きさに命じておけば、針ぐらいには実行するだろうから、やれるだけやらせなければ損だ、という信条がある。

このような人物が、戦況の悪くなった場合に、どんなことを要求してくるか、じゅうぶんに警戒しなければならない、と佐藤師団長は考えていた。

そのころの第一線の戦闘について、機関銃中隊の上村喜代治軍曹は、次のように書いている。

《敵は例によって、猛烈な集中砲火をあびせてきた。全山が土煙りのなかに包まれてしまった。まもなく、砲身を前に突き出した一台の戦車が、砲火を吹きながら高地に登って行った。頂上に登り切ると同時に、真赤な焔《ほのお》を断続的に五十メートルもさきに吹きだして行く。そのつど、ボーッと黒煙があがる。まるで地獄の鬼が真赤に焼けた金棒をめちゃめちゃにふりまわしているような、にくにくしいあばれ方である。あの烈火のなかで、あの勇士たちは一体どうしているだろう。気の毒だが、みすみす見殺しにしなければならない。おそらく全員が戦死したことだろう。

戦車は急角度にグルッ、グルッとまわりながら火を飛ばしている。山頂をくまなく焼きつくして、静かに元の道におりて行った。

その晩、わが第二機関銃中隊に山頂確保の命令がくだった。二個分隊と、通信中隊で編成した肉薄攻撃班、それに小銃中隊の一部、合せて四十名ばかりが登って行った。

地獄の底を行くようなぶきみな静けさ、生存者のいない冷気が身に迫る。山の中腹あたりから、異様な死臭がただよう。焼けただれた砂。悪魔の踏みにじった道。

昼間焼かれた壕の底に、点々とうずくまる無残な死体から、青火がとろとろと燃えあがっている。これがあの勇敢な兵士の姿だろうか。やはり、どこにも生存者はいなかった。

「ただちに死体を壕の外に出して、土をかけよ」

どろどろの、正体を見分けられない黒い物体を、夢中で外へだして土をかけ、すばやく銃座を作って機関銃をすえた》

佐藤師団長はインパールの主力方面の戦況の推移をこまかに検討した。そして、道義心からも、軍の面目をたてるために、コヒマを持ちこたえてやりたいと思った。しかし、コヒマの右、および中地区隊が現陣地を確保していられるこの数日間に、主力方面の戦況の好転は望むことはできないと判断した。

佐藤師団長は六月一日には命令をくだそうと決心した。すでに右、および中地区隊をチェデマの線に撤退させるため、そこには収容の準備をさせてあった。佐藤師団長の独断で、コヒマを放棄するのだ。

五月二十九日から、五一二〇高地の中地区隊に対する英軍の攻撃が激烈になった。そのなかで、日本軍将兵が待望した新兵器、三十サンチ臼砲《きゅうほう》が到着、すえつけを終った。

佐藤師団長はこのことを次のように書いている。

《五月三十日、臼砲を発射して敵の心胆を寒からしめた。ただし、臼砲は一門にして、弾丸は五発にすぎず》

この日、五十八連隊の第三大隊の左翼は、英軍の強兵グルカの部隊に突破され、大混戦となった。百二十四連隊の有吉中隊の生存者は、中隊長以下七名となった。

夜になって、中地区隊長の白石山砲兵連隊長は、全員戦死の時がきたと覚悟をきめて、訣別の電報を送った。

佐藤師団長は、いよいよ撤退の時機到来と考え、各部隊に対し、退却のための戦線整理の命令を下達した。

コヒマ放棄の時が迫った五月三十一日、十五軍の久野村参謀長から次の電報がきた。

『烈師団は補給困難を理由として、コヒマを放棄するとは何事であるか。さらに十日間現態勢を確保せよ。そのときは軍はインパールを攻略し、軍主力をもって貴兵団に増援し、今日までの戦功に報いる考えである。一体、師団長は英霊に対してなんと思うか。

以上、命に依り』

佐藤師団長はその非礼を憎み、無知を笑った。そして、これが単なるおどかしにすぎないと見てとった。佐藤師団長は加藤参謀長に次の返電を口述筆記させ、すぐに発信させた。

『軍参謀長の電報、確かに了承した。その内容は、わが烈兵団に自滅せよとの意味なりとは解しない。コヒマの重要方面に軍参謀の派遣もないので、状況の変化に応じて、師団長みずから独断処理することあるべきを承知せられたい』

佐藤師団長は重大な決意を伝えた。その時の気持ちを次のように記している。

《右の電報を口述し終りたる瞬間、牟田口軍司令官および第十五軍司令部の姿は、予の脳裏から消え去った。烈兵団はすでに、勇戦敢闘の極度に達している。われらは上下ともに遺憾なく戦い、遺憾なく敵を撃滅し、遺憾なく大戦果を収め、遺憾なく勝利を収めたのだ。予に残された問題は、ただ今後の勝利の道のみである。予はいかなる者の命令であっても、断じて敗戦などというものを甘受し得るものではない。予の使命は、ただ常勝あるのみである》

佐藤師団長はコヒマ撤退の命令を発した。独断命令だった。

『右および中地区隊をコヒマよりチェデマの線に撤退せしむ』

この時、宮崎少将の左地区隊は、佐藤師団長の隷下を離れ、十五軍の直轄となり、宮崎支隊となっていた。そして、コヒマの防衛を命ぜられていた。佐藤師団長はこれにも

烈31師団撤退要図

撤退を命じた。

　このコヒマ放棄を、十五軍司令部に次のように報告した。

『コヒマ占領以来、六旬になんなんとし、今や刀折れ、矢尽き、糧絶え、コヒマを放棄せざるべからざるは、真に断腸の思いにたえず。いずれの時か、再びきて、英霊を慰めんことを期す』

　佐藤師団長はこの電報を自分で書いて、加藤参謀長に渡すときにいった。

「この電報を見て泣かないものは人にあらずだ」

　あとで幕僚は、これを読んで泣いたということであった。

　師団長は、この独断専行が将来、問題になるだろうと思った。そのときに参謀長以下幕僚に累《るい》をおよぼさないように方法を考えた。そして、師団長が直接くだした命令には、しるしをつけて区別がつくように指示した。

　六月二日の夜半、十五軍から命令がとどいた。

その要旨は次のようであった。

『十五軍は今後、主攻方面をウクルル＝インパール道に沿う地区に指向す。第三十一師団は宮崎歩兵団長の指揮する歩兵四個大隊、砲兵一個大隊基幹をもって、アラズラ高地及びカラソム付近を確保して、インパールに向う敵の前進を阻止せしめるとともに、師団主力はすみやかにウクルルに転進し、所要の補給を実施したのち、第十五師団の左翼に連繫し、インパールに向う攻撃を準備すべし。攻撃準備完了の時機は六月十日とす』

加藤参謀長以下、幕僚は当惑するよりも、またか、と思うばかりだった。師団の全力をあげても、コヒマ三叉路高地を維持することさえできなかった。宮崎歩兵団長がいかに統率にすぐれ戦術に巧みでも、師団に代って英軍を阻止できるはずはなかった。また、ウクルルに移動して攻撃準備を完了するのに、一週間余の日時では不可能であった。

佐藤師団長はこの命令を、軍事常識から全くかけ離れていると思った。この上は、撤退行動をやりとげるばかりだ、と決意を新たにした。また、自分が十五軍の最先任の師団長であるから、十五軍の幕僚に警告して、牟田口軍司令官に対する補佐を誤らないようにさせるべきだと考えた。

しかし、加藤参謀長ら幕僚は、内心で胸をなでおろした。この転進命令は、十五軍が佐藤師団長の独断撤退を認めただけでなく、命令をだして、烈の行動を正当なものにしている。師団長の命令違反は違反でなくなった。師団は安心して、ウクルルに後退することができるようになった。

激闘五十五日にわたったコヒマを撤退するにあたって、さすがに胸に迫る感慨がわきあがった。この戦場には、二千名をこえる陣没の戦友を残して行くことになった。追懐の情もつきないものがあった。

六月二日の午後は、英軍はいつもと変りない激しさで、五一二〇高地とアラズラ高地を砲撃した。飛行機がきて、爆撃もした。戦車も出てきたことだろう。そこは、もう、日本軍の撤退したあとであった。それを望見した日本兵は手をたたいて喜んだ。佐藤回想録には、

《烈師団の将兵は、師団長以下、全く眼中敵なく、心から戦い尽くせりの満足感をもって悠々《ゆうゆう》堂々と、新任務に移った》

この撤退の情景を第五十八連隊第三大隊本部の古沢義雄軍曹は次のように書いている。

《コヒマから撤退した第三大隊は、夕刻、師団司令部位置に到着した。雨霧の濃い谷間から、われわれとあまり変らない、ひげづらのジャングル男が出てきた。なんと、佐藤師団長である。

島之江大隊長は、から元気をふりしぼって、

「部隊はそのまま気を付け……」

抜刀して近くまで駆け寄り敬礼する。兵は不動の姿勢をとったものの、敗残兵そっくり。発熱で青ざめて天幕をかぶる者、負傷した腕をつっている者、片足びっこの者、種々様々。

敬礼が終ると、閣下、やおら大声で、

「烈兵団は大勝利じゃ。前線の兵隊はご苦労であった。元気に行軍してくれ」

閣下は乗馬にまたがり、衛生隊のかつぐ担架を先頭に、雨と暗夜の泥道を、一歩一歩、行軍が始まった》

豪雨と飢えと

第三十一師団はコヒマ戦線から撤退した。師団には、約千八百名の戦傷病者がいた。そのうち辛うじて独歩し得る患者約千名は、すでに先発させてあったが、残る八百名は担送しなければならない重傷者であった。一人の患者を担送するには、八名の健康な兵を要した。従って各部隊はほとんど患者護送隊の観を呈した。しかも行軍は敵機の襲撃を避けるため、終始、夜間行軍によらなければならなかった。

また撤退にあたって、途中で糧食を得られないことを予想した。そのために各兵に対し、予備の糧食十日分を用意して、それに手をつけないように命令した。しかし撤退の前に激戦がつづいたので、大部分は準備ができなかった。将兵は各自の持っているわずかの米を、くいのばすほかはなかった。

撤退の状況について、師団司令部の田元顕治中尉はその著作『インパール戦記』のなかに、次のように書いている。

《私たちがコヒマを後にした翌早朝、先行した第三野戦病院の患者輸送隊に追いついた。ずらりと道の両側に並んで小休止している担架の列に、胸のふさがる思いだった。薄暗くて、はっきり見えないのが、せめてもの救いであった。

百に近い担架、そりを馬にひかせた寝担架。佐藤師団長は、その担架の一人一人に、

「気を落すでないぞ、もう少しの辛抱だ。インパールは陥落した。われわれは任務を達して、今マレーへ転進して行くのだ。今度は、ゆっくり楽しい目が見られるぞ」

たばこを与え、容態をきき、勇気づけている。

インパール陥落、マレー転進――それは私たちの夢であった。現実は、軍令違反の汚名にあまんじての、打ちひしがれた転進であった。死ぬより辛い心境の佐藤中将が、微笑すら浮かべていう嘘であった。

岩壁にもたれて休む私の耳に、兵器部長河原少佐のつぶやく声がきこえた。

「なんといっても、これは牟田口中将の責任だ。こんな無茶な、無計画な――一体、なんのための作戦だったのだ。ばかな！　こんな作戦に喜んで死ねるものか。一将功成らず、しかも万骨枯る。死んだ者がかわいそうだ」

雨が激しくなって来た。頭から天幕をかぶっているのだが、水滴が洩れて、身体に伝わり出した。悪寒が全身を走る。また熱が出たようだった。

「大休止」の声に、あたりを見廻したが、土地も草も濡れて、適当なところが見当らな

い。大きな切株があったので、倒れるように腰かけた。毛布で身体を包み、頭から天幕をかぶった。じっとしていると、次第に熱が高くなって行くのが感じられた。いつの間にか、気が遠くなるように眠り込んでいた。

はッ、と気がついた時は、温かい日差しが私を包んでいた。あたりには兵隊の姿が見えなかった。向うの森の中から、竹を割る音が聞こえている。

森の中をあちこち探して、参謀部の仲間を見つけた。清嶋好高中尉が私を見つけ、

「どうしたんや。何処へ行っとんたんかい」

「発熱で、切株に腰をおろしたまま眠りこんでいました。……設営ですか」

「うん、一二四のガダルカナルの生き残りがいってたが、濡れた地面にそのまま寝るとな、それが続くと身体がすぐ参ってしまうんだそうだ。これから先は、身体だけはできるだけ保つようにせんとな」

竹を割って座を作った。熱い粥を煮てたべた。マラリアのため、うまくはないが、熱いものが喉を通るとき、生き返るような思いであった。

竹の座は、薄い毛布を通して背中が痛かったが、夜行軍の疲労で、ぐっすり眠った》

退却の前途に容易ならぬもののあるのを思わせる出発であった。

英軍は日本軍の撤退を知って追撃してきた。これを待ちうけて反撃し、約千五百名に達する損害を与えると、英軍は出てこなくなった。

英軍から全く離脱したのは、六月十二日ごろであった。師団の主力は四梯団《ていだん》となって

進んだ。師団の兵力は、作戦開始当時の三分の一になっていた。

戦場一帯は、すでに雨季にはいっていたが、六月十日ごろまでは快晴の日もあった。夜は月明にめぐまれた。このために退却の困難は幾分でも軽減された。佐藤師団長は回想録に次のように書いている。

《烈師団将兵の士気は、すでに遥かに極限を超えた肉体の疲労と衰弱を超越して、正に意気軒昂たるものがあった》

ところが、にわかに雨季のすさまじい様相に変った。雨は連日休みなく降るようになった。その間には恐しい勢いの豪雨となることもあった。軽四輪車の通れる程度の道がつづいていたが、ひざまでつかるぬかるみとなり、がけくずれもしきりにおこった。川には橋のあるところはすくなかったが、乾季には水が枯れて、たやすく渡ることができた。それが今では急流のさかまく大河と変っていた。

激しい雨足は将兵の服にしみとおった。雨よけの外被も役に立たなかったが、その外被さえ持たない兵が多かった。大部分の将兵の靴は破損していた。素足で歩いている者も多かった。布をまきつけている者もいた。このために、非常な苦痛と困難が加わった。めしは各自が飯盒でたいたが、火をたくのに、ぬれていない木の枝をさがすのが大変な苦労であった。

日がたつにつれて、将兵の疲労はますます激しくなった。担架に乗せられている傷病兵は、つぎつぎに死亡した。担架をかついでいた兵も倒れた。独歩患者は次第に足がおそくなって、落伍していった。豪雨の山中に落伍をすると、助かることがすくなかった。健康とされている者でも、栄養不足と疲労のために、ほとんどが下痢や発熱に苦しんでいた。今では師団の将兵の大部分が傷病患者であるといってもよかった。

雨季の様相が激しくなると、将兵の士気は急に衰えた。携行していた食糧もなくなろうとしていた。ただ、わずかに希望をつないだのは、カラソムに行きつくことであった。そこには、軍命令で四日分の糧食を集積してあるはずだった。

そのカラソムに、ついに行きついた。まっさきに糧食を管理している兵站部隊に行った。だが、烈師団のための糧食は輸送されていなかった。それればかりでない。兵站部隊の糧食さえもなかった。そのために飢えて自決した兵もいた。

師団では意外な事態におどろいたが、すぐに手分けして、近隣の部落に徴発に行った。しかし、そこは兵站部隊がすでに徴発してしまって、何も残っていなかった。師団は今や飢えという強敵に直面することになった。

力ない行軍がはじまった。カラソムの患者集合所付近の道路には、多くの死体がおき捨てにされ、雨水につかっていた。途中の路傍には、衣服をはがれた裸の死体が点在した。それは、烈師団の明日の運命を予告するものであった。

佐藤師団長は退却を急がねばならないと思い、諸隊に激励の言葉を伝えた。また、第三梯団以後に加わっている二個連隊に命じて、患者捜索隊と道路清掃隊を編成させた。これらの部隊は、行き倒れ患者の捜索や、鉄帽、防毒面、その他の遺棄された武器の収容などに当った。これは、あくまでも日本軍の体面を汚さないためであった。

十五軍からは、つぎのウクルルで糧食弾薬を必ず補給する、と連絡があった。ウクルルはインパール作戦のための大きな兵站基地である。そこはまた、祭第十五師団の戦闘司令所に近い要地である。

十五軍は今、ウクルル、サンシャークを主作戦地として、祭と烈の両師団を合せて、この方面からインパールを攻撃しようとしている。牟田口軍司令官の最後の望みは、ここにかけられていた。

それだけに、ウクルルには糧食弾薬の集積があると信じられた。ウクルルはカラソムから約五十キロメートルの南にある。行軍は夜間に限られていた。一夜に歩ける距離は、四キロから八キロ、むりをしても十二、三キロであった。

師団司令部の田元中尉は次のように著作に書いている。

《五升の糧秣は、次第に減って行った。ウクルルまで二週間、それまで食い延ばさねばならぬ食糧である。三合弱の米と塩だけで、雨の山坂を上り下りするのはつらかった。

夜が明けると露営地を定めて、幕舎の下で、湿った木を燃やして、一合にたらぬ米を、野草とともに粥にして食べる——その粥を、私たちは蛍飯《ほたるめし》と呼んだ。青々とした野草の中に、点々と白い飯粒は、まことに夏草に光る蛍であった》

たべられそうな草はなんでもたべた。兵たちはジャングル野菜と呼んだ。赤や黄のあざやかな色のきのこもたべた。飢えて動けなくなった兵は、きのこをたべながら「あした、おれが生きていたら、お前らも食え」と戦友に注意をした。南下するに従って竹やぶが多くなり、おりから、たけのこが出ていた。口がきけなくなるほどアクが強かったが、兵たちの主要な食料となった。

それでも、食物をあさることのできる部隊は、まだよかった。多数の患者を同行した衛生隊などは、四日間もまったく何もたべることができなかった。

最も貴重な糧食は馬であった。山砲その他の重い物をひかせた馬も、けわしい山道に苦しんで倒れた。馬が死ぬと、それを内臓までたべ尽くした。こうして、ひき馬の九割を失った。そのために山砲や重機関銃は、かついで運ばねばならなくなった。これが非常な苦労となって、多くの人命を失わせた。

だが、山砲などの馬部隊の将兵だけは、馬をたべなかった。他部隊の歩兵は、馬が歩いているのを見かけると、そのあとについて離れなかった。馬の倒れるのを待っているのだ。なかには、

「早う、ほかしなされ」

と催促する兵もあった。砲兵たちは馬をたべられるのにしのびなかった。馬が倒れると、歩兵にとられないように監視して、死体を埋めたりした。また、馬が山道からすべりおちて動けなくなると、死ぬまで、そのそばにつきそっていた。そして、かたみに馬のたてがみを切りとってきた。また、馬を世話する兵が死ぬと、馬も死んだ。馬が死ぬと、兵も力つきて死んだ。

コヒマから担架にのせてきた重症患者はつぎつぎに死んだ。手榴弾で自決する患者もあった。こうした死亡者の数は四百名に達した。かろうじて独歩している傷病兵も、行軍の途中で消えて行った。小休止していると、そのまま動かなくなる兵も多かった。担送患者を、そのままおきざりにする兵が続出した。

部隊の連絡に必要な無線は、電池がなくて使えなかった。砲弾は使いはたしていた。小銃弾がわずかに残っているだけだった。

雨は日ましに激しく、山道は深いぬかるみとなり、あるいは急流と変っていた。

烈師団はコヒマ＝ウクルル道に延々と、また点々とつづきながら、ウクルルに近づいた。

昭和十九年六月十四日の朝、ウクルルの北方で大休止をしていたときであった。若い将校が当番兵をつれただけで、師団司令部をたずねてきた。十五軍の参謀部の能勢《のせ》中尉である。十五軍の命令を持って、歩いて伝達にきたのであった。

その命令は、烈師団にインパール攻撃を命じたものであった。しかしそれは、コヒマを撤退する直前、六月二日夜半にチャカバマの戦闘司令所で受け取った命令と同じものであった。十五軍では、無線の連絡がつかない場合を考えて、同文の命令を能勢中尉に携行させた。

チャカバマで幕僚をあきれさせたように、実行に困難な命令であった。ウクルルに集結できないうちに、すでに命令の六月十日をすぎてしまった。佐藤師団長もはじめから無視していた。

烈師団は退却をつづけた。六月十九日には、ウクルル部落の北方に近づいていた。このとき、前方から三、四名の将兵が師団司令部をさがし求めてきた。師団の経理部の高級部員、牛島主計少佐の一行であった。

牛島少佐は十日ほど前から、糧食の収集のためにウクルルに派遣されていた。佐藤師団長はその結果を待っていた。牛島少佐は師団司令部にもどって報告した。それによれば、

『ウクルルと、その南北一帯の地区には、糧食は皆無である。十五軍は一粒の米をも集積していない』というおどろくべき事実が明らかになった。さらに牛島少佐は報告した。『祭兵団では、各部隊ごとに地域を分配して糧食を徴発している。それでも六月末までの約十日分を獲得し得るにすぎない。またサンシャークにある祭の野戦倉庫には現在、一トンのモミを持っているだけである』

補給の不可能なことはわかっていた。しかし、ウクルルは今、インパールの主攻正面であり、十五軍はここに最後の望みをかけている。烈師団に対しても、ここからインパールの攻撃に出ることを命じている。

それならば、烈師団のためにも、ある程度の糧食と弾薬をここに準備しておくのが当然といえる。それなのに一粒の米も、一発の弾丸も用意されてはいないのだ。

牛島少佐の情報によれば、祭兵団も、また弓第三十三師団も、実情は烈師団と変りが

なかった。弓の田中信男師団長からも、相当に激しい抗議電報が十五軍に送られたということであった。

剛毅な佐藤師団長も、全身に寒けに似たものの走るのを感じた。烈の先頭はウクルルに達しても、第四梯団の殿軍《しんがり》となっている第百三十八連隊は、ようやくカラソムから動きだしたところだ。師団が恐しい危険にさらされているばかりでない。全軍がまさに覆滅の寸前に立っているのだ。

牛島主計少佐はもう一つ、おどろくべき報告をした。それは、十五軍の命令では、烈師団はサンシャークに集結すべしとのことであったが、それが不可能であるというのであった。

その理由の第一は、サンシャーク付近の森林がきり開かれて、飛行機に対して防ぎようがないことである。

第二は、祭兵団の司令部はサンシャークの東におり、その第一線陣地は西にある。その中間にはいるのは戦術上、よくない。

第三には、ウクルルから南のルンションにかけて、祭兵団の部隊と、そのほか兵站部隊が相当にきている。その間にまじって烈兵団が宿営するのは、空襲の危険があるので避けなければならない。

牛島少佐の、こうした報告に、佐藤師団長は激怒し、加藤参謀長以下の幕僚は困惑してしまった。このような地点に集結を命ずる十五軍の戦術眼のないことや無責任などを、いまさら責め立てても、どうにもならなかった。対策は急を要することであった。

何より糧食の補給をいそがねばならなかった。それにはフミネの糧食を手にいれることだ。情報によれば、フミネには百二十トン程度の糧食と、烈師団のために四千足の靴を集積しているとのことであった。

フミネからウクルルの現在地に糧食を運ぶことも考えられた。それをするのは輜重隊《しちょう》の仕事である。しかし今、輜重隊は重症患者の輸送に全力をあげており、その位置もかなり後方におくれていた。こうした輜重隊を使って糧食を運ばせるのでは、この急場にまにあわなかった。

それならば、師団の先頭部隊をフミネに前進させて、糧食を手にいれるほかはない。しかし後尾の部隊も、フミネに自力で取りに行くことも考えておかねばならない。

いずれにしても、ウクルルで補給ができないのを知った各部隊が落胆しないよう、じゅうぶんに気合いをかけて南進をさせねばならない。師団長はフミネで糧食を得たら、できれば、北方にもどって祭兵団の近くに集結することを考えた。

問題となるのは、サンシャーク集結の軍命令に従わないで、フミネに南下してしまうことだ。佐藤師団長はこれについて、次のように回想録に書いている。

《兵団はフミネに行こうというのでなく、フミネの糧食を自力をもって、もらいうけて、補給の許す限り、なるべく北方に位置して、戦闘加入準備を遺憾なからしめんとした》

六月十九日午後、佐藤師団長は命令を参謀に口述筆記させた。それによれば、師団がウクルル、サンシャーク間に進出すれば、祭兵団との混雑により損害を生ずることを予想し、さらに南進するというのであった。

こうして、フミネをめざす佐藤師団長の決意が、命令となって各部隊に伝えられた。六月二十日、日没を待って、佐藤師団長は司令部の先頭に立ってウクルルを出発した。その時の心境を次のように書いている。

《烈師団長佐藤中将は、このときには、すでに聖人のごとき清明と、神のごとき大道念に立っていた。彼は何ものをも恐れざる凛烈《りんれつ》の正気を満身にたたえ、磐石《ばんじゃく》の決意をもって、第十五軍全員の覆滅を救わんとしていたのである》

今こそ抗命をするときであるが、それを恐れてはいなかった。強気と自信にあふれていた。

患者護送隊は先行するために、薄暮に野戦病院を出発した。病院といっても、ただの民家で、施設も薬もあるわけではなかった。担送患者の数もすくなくなっていた。七、八人が担架の上で、雨にうたれていた。前方の薄やみのなかから、将校らしい大きな男が近づいてきて、

「ご苦労。ご苦労。フミネは近いぞ。フミネまで、がんばれよ」

と大声で患者を励ました。佐藤師団長だった。

「がんばれよ。命を大事にせいよ」

と、くり返して、薄やみのなかに去って行った。

夜になって、雨が激しくなった。佐藤師団長のふとった、大きなからだは、ぬかるみの山道では難渋しがちだった。時どき、副官や当番兵が、うしろから押しあげた。ウクルルを出発して、しばらく行くと、道が左右にわかれていた。そこを右に行けばインパール、左に行けばルンション、フミネであった。佐藤師団長は道のわきに立って、左に進むように、大声をあげて督励した。烈師団の将兵は、集結を命ぜられたサンシャークに背を向けて、一歩一歩、インパールの戦場から遠ざかって行った。

ルンションの部落には、祭兵団の輜重の一部が露営していた。佐藤師団長は、祭の師団司令部がルンション部落の西方約二千メートルの近距離にあることを聞いていた。祭の師団長、山内正文中将は病気のため、師団司令部で寝ていた。佐藤師団長は山内中将と陸軍士官学校同期生であった。しかし、祭の司令部には連絡をとらせないようにした。それは、山内中将が佐藤師団長の決意を知れば、同じ軍令違反の行動をおこすかも知れなかったからだ。佐藤師団長は不本意であり非礼と思ったが、わざと速度を早めて通過した。

また烈師団の司令部の所在を、さとられないようにした。もし祭の参謀にでも知られると、十五軍に連絡される恐れがあった。司令部の位置を知られると、十五軍から、どんな難題を持ちかけられるかもわからなかった。これ以上、烈師団の実情を無視した《おどろくべき複雑怪奇なる命令のごときもの》をうけたくなかった。

佐藤師団長はいま、栄辱を超えた行動をもって、全軍を救おうと考えていた。祭兵団にしても、烈がどんどん南下をすれば、その左翼方面が危険になる。祭は、やむなく、烈の後退を理由にして、その左翼を撤退させるだろう。あとは全戦線を防衛態勢に変えて、チンドウィン河にさがればよい、と考えるのだ。

こうして佐藤師団長は、ひたすら糧食のある所に向って急いだ。一刻も早く、糧食に接近して行く以外に、餓死と自滅とから、まぬかれる方法はなかった。

六月二十一日の朝になった。行軍は夜の間つづいて、夜明けとともに終った。ルンションからは幾らもきていなかった。露営の場所をさがして眠ることになった。

佐藤師団長は、この辺でけじめをつけておくことが必要であると思った。前進目標がフミネではなく、フミネの糧食にあることを明らかにしておかねばならなかった。佐藤師団長は第十五軍司令部とビルマ方面軍司令部に次の電報をおくった。

『師団はウクルルで何らの補給をも受くることを得ず。久野村参謀長以下幕僚の能力は、正に士官候補生以下なり。しかも第一線の状況に無知なり。従って軍の作戦指導は支離滅裂、食うに糧《かて》なく、うつに弾丸《たま》なく、戦力尽き果てた師団を、再び駆ってインパール攻略に向わしめんとする軍命令たるや、全くおどろくのほかなし。師団は戦力を回復するため確実に補給を受け得る地点に移動するに決す』

この報告について、佐藤師団長の回想録には、次のように記してある。

《これは絶対不動の決意を示すものである。独断専行の極限を意味するものだ。フミネというような目標は、とくにいっていないつもりだ》

糧食の補給がつかない限り、佐藤師団長はどこまでもさがるつもりだった。そのほかに烈師団の将兵を助ける方法はないのだ。

暗夜の対決

一

佐藤師団長が主力を率いて、ウクルルに向って撤退を続けているとき、宮崎支隊はコヒマ＝インパール街道で勇戦していた。

宮崎支隊が命ぜられた任務は、師団主力と別れたあと、インパール街道をなるべく長期にわたって断ち切ることであった。そのときの兵力は、第百二十四連隊の一個大隊、第五十八連隊の第一、第五中隊、工兵連隊の一部などの兵力約七百名であった。

宮崎少将はビスエマ、マオソンサン、トヘマ、マラム、カロンと逐次防御の作戦を計画し、全滅を期しても、三週間は英軍の突進をくいとめる決意をした。しかし師団全力をもってしても、くいとめることのできなかった連合軍の大軍を、わずかの支隊で阻止しようとするのは、難事という以上でもあった。宮崎支隊には強兵が多かった。将兵は重大な使命を自覚して、最後の力をふりしぼって立ち向った。

支隊の戦法は、一つの地点で数日間、阻止にあたり、いよいよ持ちこたえられなくなれば、次の線に後退して阻止し、これをくり返して行こうとするものであった。

『郷土部隊戦記』には、次のように記してある。

《歩兵第百二十四連隊のうち、とくに最後まで踏みとどまる任務を与えられたのは、石堂少佐の第一大隊だった。連隊の数すくないガダルカナル島生き残りは、ほとんどこの大隊に編成されている。あの、目をおおう〝悪魔の島〟から骨をけずる苦悩に耐えて生きのびたひとにぎりの将兵のうえに、いままた烈兵団を急追する英軍の砲火が集中した。

「おれたちはよくよく損なめぐり合せだなあ」

コヒマから一陣地後退したビスエマの守備陣地につきながら、第一大隊第三中隊指揮班長安倍貞之准尉はさすがに寂しかった。

身を敵弾の盾にして烈兵団を退がらせるのは武人の本懐だ、となんど自分にいい聞かせても、友軍が一隊また一隊と退いてゆくのを見ていると、急に周囲がうつろになり、不安が募ってくるのをどうすることもできなかった。しかも烈兵団退くと知った敵は、勢いに乗じしつこく追撃してきた。第三中隊長芹田勝美中尉負傷。大隊砲小隊長松崎茂生少尉戦死。本松春吉上等兵戦死。マオソンサン、マラムと守備陣地を移しながら退却していった。

六四〇哩《マイル》道標の西側高地では、田中武美上等兵が破甲爆雷を抱いたまま敵戦車の下に身を投げ出した。肉片をべっとりつけた戦車は、田中上等兵の体とともに炎上した。

また掩蓋壕から戦車を撃ちまくっていた梅崎国恵上等兵、本村秀夫上等兵、西宮三郎上等兵、浜部安雄上等兵の四人は、掩蓋壕の上に命中した敵弾のため土砂がくずれ、銃をにぎりしめたまま生き埋めとなって戦死した。すべてガ島戦を戦い抜き、ブーゲンビル島で生きている喜びに手をとり合った戦友たちだった。

追いすがって身近に迫る敵をたちどまっては切り殺し、血刀をさげて振り返り振り返り退る戦国時代の勇士に似たしんがり戦法ではあったが、インパール街道に沿って退却しているため、まだディマプールからインパールへの輸送は遮断していた。そのインパール街道上には、折り重なった重傷者を満載したトラックが何台も続き、ゆれるたびに数十人の激痛を訴えるうめき声が地獄の合唱のようにひびく。トラックからポタポタとしたたる鮮血が地をいろどった。道の両側には、トラックにさえ積み残された負傷兵を運ぶ担架の列が、どこまでも長くならんでいた。

兵たちは食糧がないため土民の牛を殺し、銃剣をひきぬいて肉を切り取っては片手に銃剣、片手に血まみれの肉をぶら下げて、

「だれか米と交換しないか」

「塩とかえんかよお」

と大声でわめきあった》

日がたつにつれ、将兵の疲労は急速に加わった。日本軍が少数であるのを察知した英軍は、数をたのんで追撃してきた。日本軍は撃破されては退き、退いては撃破された。

コヒマ＝インパール間の街道は、ついにマラムの地点で突破された。昭和十九年六月二十日である。

そのとき、マラムで最後の防戦をしたのは、通称〝五八〟という高田連隊の二個中隊の生き残りの将兵三十五名であった。指揮にあたった中隊長の西田中尉は、サンシャークの激戦で重傷をうけながらも、コヒマに追及してきた。

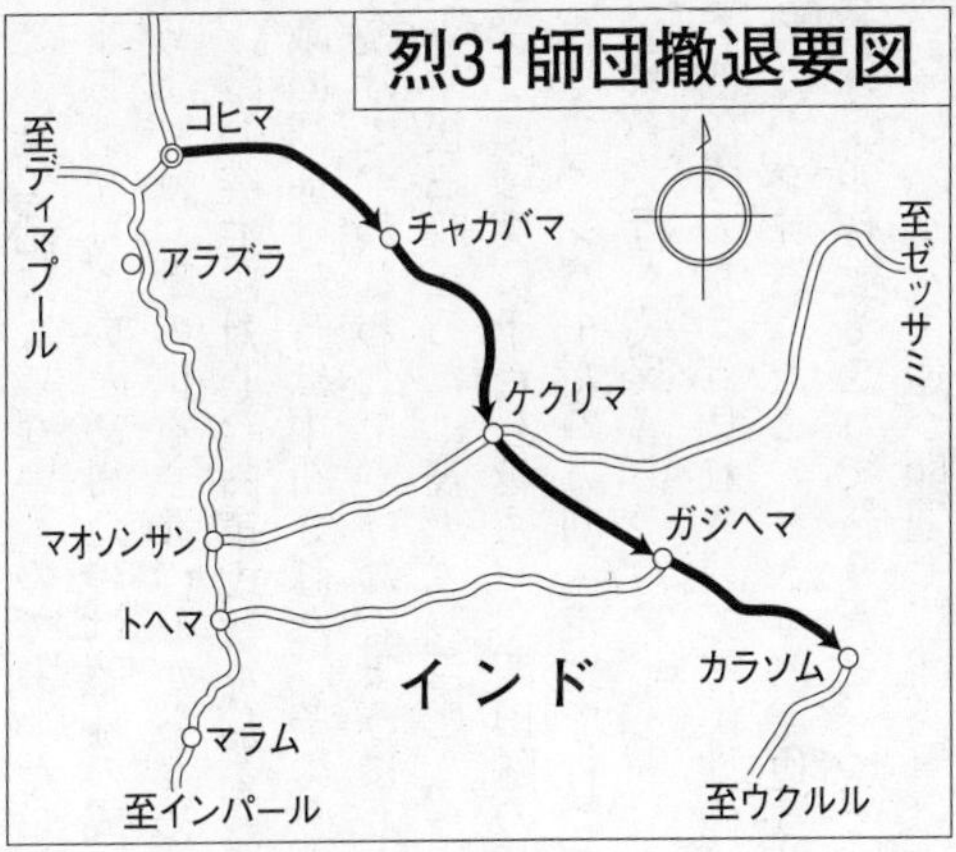

西田隊とともにさがってきた百二十四連隊の石堂大隊はばらばらになり、マラムの谷に逃げこんでしまった。西田中隊長は石堂大隊をさがして連絡をとったが、石堂少佐には戦意がなかった。大隊はそのまま退却してしまったが、患者は西田隊に残して行った。
こうして西田隊の三十五名は、本当のしんがり部隊として、英軍の戦車隊を迎えることになった。西田中隊長はそのときの状況を次のように記している。
≪インパール街道最後の戦闘は、まさに私の中隊の三十五名と、敵一個師団強との戦闘であって、全く話にならないものであった。それでも夜明けとともに行動を起した敵の突進を、半日あまりくいとめ得たのは望外の成果であった。しかしこれも、わが中隊の奮戦というよりは、敵の慎重主義のしからしめたところであろう。

敵の突進に対し、肉薄攻撃を加えた。爆雷はなかったが、敵の爆弾を奪って使った。敵の前進は一時は中断された。そのうち、わが部隊の前に戦車四輌がならんで、砲撃を続けて、われわれを動けないようにした。

午後三時ごろには幾十、幾百とならんで、戦車、自動車が絶えまなく通過した。夕方までには実に千台を越えた。西田隊の将兵がぼう然として見送る前を、敵の戦車は音をたててインパールの方向に走って行った。戦車の砲塔に半身をあらわし、われわれに手をふって行く英兵もあった。

西田隊の将兵は疲れきって、山地の途中で横たわっていた。戦車の大部隊が通過して行くのを見送ったこのときほど、負けたという実感を味わったことはない。そして、インパール作戦もこれで終りだと、つくづく思ったものである》

インパール街道が開通して、英軍は地上から補給ができるようになった。それまで英軍は飛行機で、糧食弾薬はもとより、兵員や重火器まで送っていた。その輸送力だけでも、日本軍を圧倒していた。

コヒマ＝インパール間の道路が全通したときに、両軍の勝敗は全くきまったといえる。

二

翌日、六月二十一日の夜、ルンションの烈の師団司令部にふたりの訪問者があった。十五軍の参謀長久野村中将と兵站参謀薄井少佐であった。

烈師団がコヒマから独断撤退したことを知った牟田口軍司令官はおどろき、また憤激した。しかし、インパール作戦の前途があぶなくなっているときである。烈師団を戦線にもどさねばならなかった。そのために六月二日ウクルルへの転進を正式に命じた。

それから数日して、牟田口軍司令官はこの命令の一部が全く実行されていないことを知った。宮崎支隊をアラズラ高地とカラソムに残置させようとしたのに、佐藤師団長はすでに撤退させてしまった。また、その前には、宮崎歩兵団長をインパール正面に派遣させる命令を無視された。たび重なる命令違反である。

六月九日、牟田口軍司令官はビルマ方面軍司令官に、

『こんどは、あるいは軍律により処断すべき場合の生ずることを恐れる』

と、烈師団長に対する決意を予告した。

しかし、何よりもまず、佐藤師団長を説得して、インパールに向わせることだ。

久野村参謀長の胸中には、説得と処断と、この両刃の剣が隠されていた。烈師団にとっては、いずれにしても不幸な使者であった。

久野村参謀長の一行は、この重大な任務のために、豪雨のなかを、カバウ河谷の嶮路

を北上して烈師団を追及した。乗用車《ジープ》に乗った軍参謀長は、途中で、服は破れ、銃ももたず、ただ飯盒だけをさげた兵士が、三々五々よろめき歩いているのを見た。所属をきくと、烈の五十八連隊の第一大隊だった。軍参謀長は怒って、サンシャークにもどることを命じつつ、車を走らせた。

二十一日の夕方、ウクルルの東南十キロのルンション部落付近にきたとき、道のわきに数個の天幕が見えた。きいてみるとそれが烈師団司令部であった。

久野村参謀長はすぐに佐藤師団長に面会を申しいれた。ところが師団長は、

「軍参謀長などに会う必要はない」

と、拒絶した。これは、十五軍を相手にしないという師団長の決意をあらわしていた。

このときのことを、師団長は回想録のなかに次のような変った表現で記している。

《六月二十一日、日没とともに行動をおこそうとしているところに突如としてふたりの魔法使いが出現した。ひとりは軍参謀長久野村中将、他のひとりは軍の補給主任参謀薄井某である。

自分は会いたくなかった。彼らは軍命令を携行してきたのである。それはインパール攻撃命令であるのだ。二、三日前に師団無線で受信し、だれもが相手にしなかった複雑怪奇、奇想天外のものと同一であった》

師団長に面会をことわられた久野村中将は軍参謀長としての面目をふみにじられた思いであった。師団長は挑戦しているのではなくて、全く無視しているのだ。

久野村参謀長はやむなく、師団参謀長の加藤国治大佐と会見した。そして、師団長に面会できるようにたのんだ。なんとしても、まず説得しなければならなかった。

師団長は次のように書いている。

《加藤参謀長は、自分たち幕僚の天幕で、このふたりに兵団の状況をよく説明して、こんなへたな魔法は適用しないことをよく理解させたのであるが、彼らは、

「とにかく一応、師団長閣下にお願いしてくれ」

と、いうので、とうとう自分はいたしかたなく、ふたりの怪しげな魔法使いを、自分の天幕にいれて会ってやったのである》

佐藤師団長は〝魔法使い〟という言葉で、十五軍の参謀長と参謀を呼んだ。この奇妙な言葉は、実は佐藤師団長の考えていることを的確にあらわしているともいえる。

師団長にしてみれば、十五軍のインパール作戦は魔法にひとしいといいたいのだ。怪奇であり、人間わざではできないことである。

同時に、その言葉に軽侮の意味がこめられていることは、いうまでもない。数個の師団を指揮する一軍の司令官や参謀長が、おとぎ話の魔法使いのような、怪しげな存在にすぎないというのであろう。

ふたりの魔法使いは、加藤参謀長のとりなしで、佐藤師団長に面会できることになった。そのとき、師団長の天幕には、高級参謀の浜島厳郎中佐、情報主任参謀の山木一次郎少佐、後方主任参謀の野中国夫少佐などが集まっていた。これから夜行軍に出発しよ

うというところで、打合せをしていた。これらの幕僚は遠慮して外に出た。加藤参謀長が先に立って、久野村参謀長と後方主任参謀の薄井少佐を天幕のなかに通した。

佐藤師団長はいすに腰かけていた。ろうそくの光りで、黒く大きく、威圧するように見えた。師団長は薄井少佐を見るなり、大声でどなりつけた。

「出発前、あれだけ堅い約束をしておきながら、烈に一発のたまも一粒の米も送らなかったのは何ごとか。カラソムに四日分の糧食を集積しておくといったのは、どこの幽霊司令部だったか。たまもなく、食うものもなくいくさをするという戦術を、貴様らはどこで習ったか」

薄井少佐は作戦開始の直前に、師団長をたずねて補給の実行を約束したことがある。ところが、それを全く実行しなかったのに、今、天幕のなかにはいってきても《全く知らぬ顔で、補給は師団で勝手にやるべきものだというように、しゃあしゃあとして、少しも恐縮しているような様子がないのである》

一個師団の将兵を餓死寸前におとしいれて、平気な顔でいられては、師団長は大声でどならずにはいられない。しかし、これは久野村参謀長に聞かせる気持ちも強かった。

軍参謀長は師団長の言葉の終るのを待って、

「参謀に過失があれば、どうか直接私にいっていただきます。これから閣下と私だけで懇談をお願いします」

と申しいれた。師団長は同意して、加藤、薄井のふたりを退席させた。そして軍参謀長に自分の右側のいすを与えた。座がきまると、軍参謀長がさきに口を開いた。

「一体、閣下、どうしたらよいでしょうか。この作戦の失敗は全く自分の失敗です」

軍の参謀長といえば、軍作戦の指導者である。その人から、今になってこのような言葉を聞くのは、心外にたえなかった。恐るべき無能である。佐藤師団長は十五軍司令部

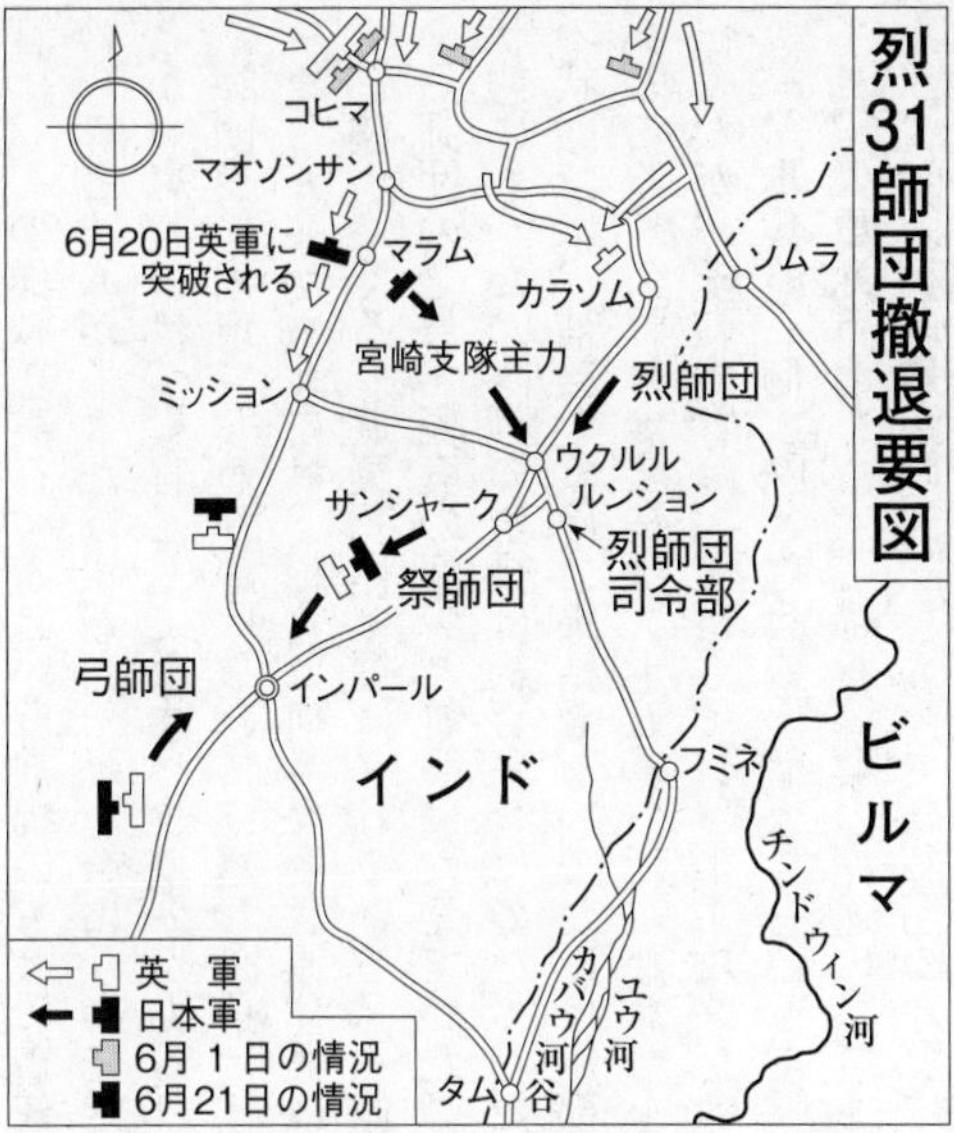

烈31師団撤退要図

の魔法の正体を見とどけた思いであった。

久野村参謀長には、作戦を遂行するために必要な〝必勝の信念〟は全くなくなっていた。牟田口軍司令官の頭脳は平静を失っている。これでは、インパール作戦の前途に望みは持てない。

しかし師団長は、軍参謀長の無責任を非難せずにはいられなかった。

「貴官の前任者、小畑軍参謀長がやめさせられたのは、この作戦に不同意であったからだ。後任の貴

官は、この作戦を実行するという前提のもとに着任したはずだ。それならば、それだけの成算と決心があったはずだ。それを今になって、どうしたらよいでしょうかとは何ごとか。貴官には、貴官としてなすべき使命があるはずだ」

師団長に大声でしかりつけられて、軍参謀長はうなだれていた。師団長はつづけた。

「ウクルルから北には、糧食は何もない。原住民は全く離反して、夜になると、わが歩《ほ》哨《しょう》を襲ってくる。遺棄死体は裸にされている。一体これをどうするつもりだ」

烈師団の全員が極度の疲労と飢餓にたえていた。将兵は傷病患者か、それにひとしい状態にあった。隊列の全長は約百キロにのびていた。各部隊の連絡はとだえていた。この状態では、補給をうけて集結しないことには、部隊行動はできなかった。

ところが久野村参謀長は、十五軍の新たな命令を携行していた。それを佐藤師団長に伝えたが、その内容は、またもインパール攻撃を命じたものであった。
一、歩兵の三個大隊と砲兵の一個大隊を出して、宮崎支隊を増強すること。
二、人員九百名をもって糧食弾薬の搬送にあてること。
三、師団長は残余の部隊をもって祭師団の左翼に連繋してインパールを攻撃すること。
ところが右の一、二項の部隊をさしだすと、師団長の指揮する兵は全くなくなる。このように実情を無視した命令をだすのは無謀ではないか、と佐藤師団長は反論した。

久野村参謀長は弁解の言葉につまって、

「宮崎支隊をウクルルからミッションに出して、インパール街道を遮断させようというのは、森（ビルマ方面軍）の要求です」

「それでは林（十五軍）は森の要求があると、なんの成案も持たずに、そのまま部下部隊に押しつけるのか」

「いや、じゅうぶん検討をします」

「ウクルルからインパール街道に出るためには、ウクルルに糧食の集積をしなければならない。しかし、ウクルルにも、またその北にも、全く集積はなかった。それを知らないで検討したといえるか。一体、軍の幕僚はこの辺にきたことがあるのか」

問いつめられて、軍参謀長は意外な事実を明らかにした。薄井参謀はサンシャークに補給の指導をすべき命令を受けていたのに、一回もそこには行かなかった。軍参謀長もこの辺にきたのは初めてであった。

佐藤師団長は声を激しくして迫った。

「インパール作戦の現状は〝大陸のガダルカナル〟ともいうべき悲惨な失敗におちいっている。作戦はすべからく大自然に順応し、天理に即して指導せねばならない。しかるに牟田口は、いたずらにインパールに妄執《もうしゅう》している。牟田口の考えているのは政治であって、戦略ではない。自分は親補職として、陛下の軍隊を無意味に餓死させるようなことはできない」

さらに次のようにも論難した。

「牟田口は作戦開始前から、つねに〝自分を死なせてくれ〟とか、〝不可能を可能として〟などということを口ぐせのようにいっていた。これは英雄気取りであり、また、思いあがりともいえる。しかも、幕僚の意見などは全くとりあげようとしない。まさに異常な心理というべきである。このような時こそ、幕僚は責任をもって補佐しなければならない。それなのに幕僚は、牟田口にへつらい、自分一身の安逸をはかることばかり考えていた」

軍参謀長は、ひと言も口をきけないでいた。わずかに佐藤師団長が牟田口軍司令官の名を呼び捨てにした時に、軍参謀長の目が動いた。非礼として、とがめるような目であった。

しかし、佐藤師団長は気にかけなかった。かつて参謀本部で、牟田口課長の補佐として机をならべて以来の気安さもあった。怒りにまかせて、師団長は次のように痛論した。

「軍の統帥は、あまりにも、でたらめではないか。最近の訓示でも〝皇国の興廃この一戦にあり〟といっている。これは作戦開始前にもいったことだが、この作戦に、このようなことをいうのは正気のさたではない。また、こんなことをいわせて平気でいる幕僚の頭もおかしい。この作戦は牟田口が上司を動かして始めたにもかかわらず、この期《ご》におよんで、なすところを知らない有様だ。自分の立場に部下軍隊を引きつけ、統帥権冒《ぼう》瀆《とく》におちいるようなことになれば、〝戦線の二・二六事件〟ともなることだ。この際、われわれは誠忠の士となるべきことを心がけなければならない」

佐藤師団長はこのことを回想録のなかに次のように書いている。

《当時、牟田口軍司令官は最後の一兵に至るまでやる、と豪語していた。しかし軍司令部は、どうしてよいかわからなくなり、うろうろして狂いまわっているにすぎない。部下の将兵のことなど、どんなになってもかまわぬけれども、ただ自分たちだけは、なんとか、ていよくのがれる道はないかと狂奔《きょうほん》していたのだ》

佐藤師団長は久野村軍参謀長らの無責任にあきれながら、

「これから補給はどうなるんだ」

「チンドウィン河から支流のユウ河をさかのぼって、タナン、フミネに運びあげるようにやらせています」

「どのくらい運べるのか」

「日量百五十トンの計画ですが、雨季で増水しているので、五十トン以上は困難でしょう」

「そんなことじゃこまるな」

久野村参謀長は、それに答えないで、別のことをいいだした。

「インパール攻撃の師団長が、その意志がなければだめですな」

佐藤師団長は妙なことをいうなと思って、その方を見た。ろうそくの光りが、ゆれながら久野村参謀長の顔を浮きあがらせていた。その目がぶきみに光っていた。今までの神妙さが一変して、いたけ高になっていた。がっちりとしたからだが、ふてぶてしく見えた。

雨が激しくなった。天幕のなかには、しぶきが霧のように立ちこめるのが感じられた。

一瞬、不敵な表情を見せた久野村参謀長は、すぐに、もとの温厚さにもどって、

「宮崎支隊はうまく撤退できますか。支隊のあとから、英軍が追撃してきませんか」

コヒマ＝インパール街道の遮断にあたった宮崎支隊との連絡は絶えてしまって、状況はわからなかった。佐藤師団長は、

「英軍の特性として追撃の能力などないから、北方からの圧力はたいしたことはない」

と、ふとったからだをかがめて、ゆかの上に木片をならべて状況を説明した。ゆかといっても、雨水の流れる地面の上に草をしきつめ、その上に木の枝を渡し、竹をならべただけである。それでも、水びたしになるのをまぬかれることができた。

「英軍の追撃ばかり心配しているのは、どうも英軍を恐れすぎているな。これは牟田口がおじけづいているのだろう」

佐藤師団長はろうそくの光りのなかで、大きく笑った。

佐藤師団長は、この撤退問答について、回想録に次のように記している。

《予はこの会談中、撤退意見などは絶対いわなかった。それは〝戦意なし〟などと突っこまれる恐れがあったからで、細心の用心をして話した。とにかく自分は、行動によって全軍の撤退を促進させることが最も賢明であるとの結論をだして、決意して実行に移っていたのである》

やはり撤退ということに、じゅうぶんに気を使っていた。

話をしているうちに、ふたりの意志が疎通するようになった。軍参謀長は、

「烈師団は、フミネで補給をうけたあとはなるべく北方にもどって、北方からの敵に備えて厳然とした態勢をとっていただきたい」

と、要望した。佐藤師団長は答えた。

「祭が戦闘をつづけているときだから、烈としても当然、北方に対する態勢をととのえて遺憾のないようにする」

と、いってから、念のためにつけたした。

「烈の撤退については、本日、電報をもって軍にも報告しておいたように、ただ確実に補給をうけられる地点に集結しようとする決心にすぎない」

「その電報は発信されたのですか」

軍参謀長は少しうろたえて、念を押した。

「発信した」

「どの地点まで行かれますか。フミネですか」

「どこときめたわけではない。確実に補給をうけられる地点なら、どこでもよい」

軍参謀長はフミネといったが、佐藤師団長は地名を明らかにいわなかった。軍参謀長はおどろいて、

「どこでもといって、ラングーンまでも行かれますか」

と、おちつかない様子になった。

「兵隊には、まず、くわせなければならんからな。十五軍では兵隊はくわせなくても働くと思っているらしいが」

軍参謀長は困惑の色を見せて、

「烈が集結するのに、タムはどうですか」

佐藤師団長は無言でうなずいた。タムはカバウ河谷の交通の要地である。そこから西北に向えば、インパール外周の要害陣地パレルがある。軍参謀長は烈をそこへ向けることを考えているらしくもあった。

佐藤師団長が無言でいたのは、師団としては直上の十五軍のすることに、ただ従うだけだと考えたからであった。

久野村参謀長は油紙に包んだ地図をひろげて考えていたが、

「烈の集結地はミンタにしましょう。タムより近くていい。よろしいですか」

と、念を押した。

佐藤師団長は、また無言でうなずいた。ルンションの現在地からミンタまで約百キロ、タムまでは約百四十キロある。佐藤師団長がうなずいたのは、糧食の集積がなければ、ミンタでもタムでも変りがなかったからだ。

佐藤師団長は、こだわりなく、

「どうだ烈の将兵は。飲まず食わずでいくさをしてきても、士気旺盛だろうが」

と、大声でいった。軍参謀長は、

「上官にたいし、敬礼をする意思はあるようですな」

と、皮肉の答えをした。もはや烈は部隊としての隊形や行動をとってはいなかった。その異常な状態をあらわした言葉でもあった。

時刻は深夜の十一時になろうとしていた。軍参謀長は急に態度を改めて、

「閣下、今夜はこのまま、ここで宿泊してくださいませんか。私も泊ります」

と、引きとめた。師団長は変に思いながら
「そんなことはできんよ。食う物がないから一カ所にとどまっておることはできない。一刻も早く、食う物のあるところへ行きつかにゃならん。すぐ出発する」

と、会談を打ち切ることを伝えた。軍参謀長は思い切りわるく、もじもじしていたが、

「閣下が十五軍あてに送られた電報は、いまここに携行しております。実はまだ、牟田口閣下にはお見せしてないのですが」

と、妙なことをいった。師団長は、どの電報のことかと考えた。多分、軍の補給の無責任と、作戦指導の支離滅裂なことを、相当に痛烈な言葉で反省を要求した電報のことだろうと思った。それを牟田口軍司令官に見せないでいる軍参謀長の態度はいぶかしかった。

師団長は出発を急ぐままに、とりあわずに席を立った。軍参謀長も立ち上がったが、

「閣下」

と、呼びとめた。語気が強かった。

「閣下は命令を実行されますか」

久野村参謀長は胸をそらせ、佐藤師団長を見おろすようにしていた。二度までも、いたけ高な態度に変った。師団長とふたりだけになった時に哀訴した姿とは、別人のように思えた。しかし師団長は、このようなことを質問されるのが心外であった。

「もちろん、軍命令は実行するさ」

と、不愉快になって答えた。軍参謀長はこのような態度でおどかして、師団長を命令に従わせようとしていると思われた。これは軍参謀長自身が、どこにも補給物資がないことを最もよく承知しての上のことだと思った。

これまで、どこにも集積がなかった。これからミンタに行っても、何もないだろう。それなのに十五軍はただ「インパール」「インパール」とわめいているのである。牟田口軍司令官は狂乱というにひとしい状態だと、佐藤師団長は思った。

会談のあとの軍参謀長の態度も奇怪であった。幕僚の天幕に行って、

「今夜の出発は見合せてくれ」

とたのんだ。師団が飢えていることを知りながら、しきりに出発を引きとめていた。その理由として、フミネで糧食の補給を得られることを、くり返し説明した。

師団司令部は出発することになった。雨はまた激しくなった。全くの闇夜であった。

加藤参謀長以下の幕僚が師団長の近くに集まった。そして、軍参謀長がよく了解したことを師団長に報告した。また薄井参謀が、佐藤師団長を称賛していたことなどを伝え

た。幕僚たちは、久野村参謀長らと、このルンションで会えたのは、よいつごうであった、と喜び合った。よい印象をうけたらしかった。これが後になって、異常な事態に急変しようとは、だれもが予想しなかった。

師団司令部が出発する時、久野村参謀長は見送りにきた。師団が出発したあとはその場に露営して、明朝、クンタンの軍司令部に帰るという。クンタンは師団の進路の先にある。佐藤師団長は軍参謀長に、師団司令部のいるところを通過する時に立ち寄るように要望した。

この夜は出発時刻が遅れたうえに、豪雨と暗夜のために、わずかに四キロメートル進んだだけで宿営することになった。道もけわしかった。

六月二十二日の朝。師団長は軍参謀長の通過するのを心待ちに待っていた。もう一度会って、確認しておきたかった。ところが、軍参謀長は立ち寄らないで帰ってしまった。それだけの好意を持たないことが感じられた。

二十三日になって、命令がきた。それは、

『師団は患者をフミネ兵站病院に残し、主力をミンタに集結すべし』

としてあった。佐藤師団長と幕僚は、十五軍の手配が意外に早いのに驚いた。

あとになってわかったことであるが、これは久野村参謀長が予定を変えたためであった。はじめは烈と祭の両師団をたずねるはずであった。ところが、佐藤師団長と会見してから、急にクンタンの軍司令部に帰ることに予定を変更した。祭師団には薄井参謀がひとりで行った。この変更の必要は、師団長との会談の間におこった。

しかし、佐藤師団長はそのことに、まだ気がつかないで、フミネに向っていた。とりあえず部下の全部隊をフミネに集結させなければならなかった。ウクルル、フミネの間はことに山道がけわしかった。飢えと発熱と下痢に苦しむ将兵は、フミネに行けば飯があると思い思いして、力をふりしぼって歩いた。

フミネでは、軍参謀長のいった通り、待望の糧食の補給を受けることができた。しかし、その量はわずかに二日分、十六トンにすぎなかった。これではどうにもならなかった。すぐに南の方面を調査した。その結果、フミネから南のタムにかけては、糧食の集積は全くないことがわかった。そのようなところへ、師団を集結させる命令をだした久野村参謀長は、恐るべき無責任、無謀といわなければならない。

師団では各隊が手分けして糧食の収集にかかった。フミネの西方の山地には部落が散在していた。そこに行くと、もみを徴発することができた。

しかし、あとからくる部隊は困難を加えるばかりだった。けわしい山腹道には、飢えた傷病者が点々とうずくまっていた。死体は道しるべとなってならんだ。

三

コヒマの最前線で傷ついて、苦難の撤退に加わった第五十八連隊本部の吉沢茂吉兵長は次のように書いている。

《登れども頂上なきかと思う大アラカンの山々を越えて、ついに突入したコヒマであったが、わずか二週間後の今、親しい戦友の数々が自分の周囲から永遠に姿を消した。私もまた足をやられ、左眼失明、戦傷兵の名のもとに、無限の怒りと苦痛と悲しみをかみしめて、この地を去る時がきた。

つえを手に歩く一歩ごとに、眼から頭へつき通るような痛み。歯をくいしばって患者の群につづく。ふたのない飯盒と毛布半枚を持って、いつ替ったのか、右足ばかりの靴をはいていた。アゴをだしだし背負ってきたマレー以来の私物も一切捨てた。残したのは、竹筒にいれた岩塩と、五合ばかりの米だけである。服もすっかりくたびれ、歩くたびに風通しがよい。

眼の傷は意外にひどく、眼底骨を破り、上アゴに穴をあけ、声帯まで貫通していた。むやみに骨片が口中に出て困った。片方が見えるからよいようなものの、痛みと遠近感が狂ったのには閉口した。

さがるにつれ、ガジヘマ、カラソムと補給は少ないながらもつづいた。足もほぼ全快し、眼の膿《うみ》も少なくなった。道中お互いに前後する連れも多く、拾ったレンズのおかげで、火の不自由もない。木の葉で用便のあと始末をするのも、いたについた。

進攻の時は、希望の持てる思いで登りついたウクルル。だが今見るウクルルは全くの廃墟。その東南方一キロのジャングル野戦病院。立木の根もとにボロ天幕を張り、からだを丸めて雨をしのぐ患者の群が無限にひろがる。朝夕二回、飯盒半分のゴッチン飯が配給されるだけで、治療などは思いもよらない。山の気温はさがり、からだは急速に衰弱した。日没とともに何も見えない。夜盲症である。以前は戦友のことや、故郷のことが脳裡に浮かんだが、このごろはただ温かい飯の夢だけになった。

雨季はいよいよ本格的となり、無抵抗の負傷者の群に降りそそぐ。一時も早くここから脱出しなければ、と気ばかりあせる。胸が重い。またボロ毛布が雨をいっぱい吸いこんだのだ。池田新ちゃんとふたりでしぼるが、全く力がない。お互いの体温でうとうとする。手も足も骨の形まるだしのからだになり、体温のあるのが、ふしぎにさえ感じられた。

夜が明ければ、また、そこにもここにも、動かない者ができている。衛生兵がどこからともなくきて、無表情に運び去る。ひどいことになってきた。きょうが何月何日かもわからなくなった。

〝フミネこそ物資山のごとし〟と聞きつつ、それだけを希望の綱として足を踏みしめる。

夜行軍は全然だめ。足がカックリカックリする。無限の細道に点々と散り、発熱と飢えと傷の痛みに耐えて歩く姿は、まさに悲壮そのもの。至るところに力尽きて倒れた人々。時たま頭をあげる者があっても、おのれの部隊、官姓名すら言い終らずに、息絶えて行く。何もいわずにじいっと目をすえたままの者。

皆が皆、自分の死を見守っているかのようだ。誰かの現われるのを待ち、奇蹟の起こるのを願い、死ぬにも死ねなかったのであろう。ふと、自分を思う。まだ涙があったのか、眼がかすむ。

雨が総てを悪化させてしまったのだ。コヒマ以来右足だけの靴もついにだめになった。済まないことだが、死者の足を見て歩く。だが、どれも同じように破れていて使い物にならない。やむを得ず毛布を引き裂いて足を包む。軽くてなかなか具合がいい。しかしこれでどこまで行けるやら、思えば心細い限りだ。頭も少しおかしくなって来たのか、無意識のうちにブツブツ意味のないことをつぶやく。気付いてやめるが、またいつとはなしに始めている。変なことになるものだ。「とにかくフミネまでだ、頑張れ」と自分で自分に言い聞かす。だが一日の行程は次第に短くなり、やっと四、五キロが精いっぱいだ。それにしても、道々食用になる野草が僅かながらも手に入り、米と岩塩が跡切れながらも、何とか生きる最小限度を持ち続けられたことが奇蹟のようだ。きっと何か大きな力が支えていてくれたに相違ない。

行く先々で、誰かが火を絶やさずに燃やしている。あの雨の中で、次々と退って来る患者が、無言の約束ごとのように火を守りつづける。だれに言われなくても、この火がお互いの生命の火であることは身に沁みている。焚火の仲間に入る者は、何がしかの焚木を持って加わるのが常識のようになっていた。

やがてフミネ近くになると、生存者も多くなり、幾人かの戦友にも巡り会った。同郷の山下君が足をやられ、駄馬に青竹二本を縛りつけた奇妙な馬橇《ばそり》で退って来た。デコボコの泥道を引きずるのだからひどいものだが、歩かないですむのが羨ましい。「頑張れよ」と声を残して山かげに見えなくなったが、あの馬もだいぶ骨が飛び出していたから、どこまで行けることやらと同情も湧いた。

いよいよフミネを見降ろす所まで来た。大アラカンを越え、とうとう生き抜いたのだ。期待に胸がときめく。まず食糧、靴、服、包帯と夢が拡がる。だが現実に夢は破れた。久しい高原生活で、半ば忘れていたあの灼けつくような暑さがたちまち襲って来た。しかも雨季特有のむし風呂のような熱気だ。傷には蛆がわき、疥癬《かいせん》が皮膚を覆った。野病は充満する患者に手の下しようもない。もう何十回も雨水で洗ってきた三角巾《きん》だが、この状態では当分取り替えられそうにない。葉のついた小枝で蠅を払いながら木蔭に休む。シラミが身体の隅々まで、はいずり廻る。

ここで同郷の新保吉一、猪又光一の両君がついに死亡、ウクルルからの夢は完全に消え去った。

五日目ごろ、川向いに連隊本部が到着したと聞いた。早速本部を訪ねる。いたいた、連隊長以下、先輩、戦友。懐かしさで胸が一杯だ。「お前生きとったか」と、こもごも迎えてくれた。部隊と一緒に歩きたい気持ちはやまやまだったが、皆は疲労し切っている。兵器を持つのもやっとのようだ。こんな身体では迷惑をかけるばかりと諦めて、尽きぬ名残りを惜しんで別れる。生きて再び会う時があるだろうか、と案じつつ》

第百三十八連隊本部の伊奈政雄上等兵は、異様な声におどろいて、ふりかえった。

「もうすこしだ。がんばれ。がんばれ」

ぼろぼろの服をきた、本部の軍曹だった。両わきに、ふたりの兵をかかえこんでいた。それをひきずりながら歩いていた。飢えているにしては、すさまじい力だった。よく見ると、両わきの兵の肉体は、腐りかかっていた。軍曹は気が狂っていた。

途中で自決する者も少なくなかった。なかでも第百二十四連隊第一大隊第三中隊岡部徳行上等兵（福岡県遠賀郡水巻町出身）は、骨が砕けてうすい皮でぶらさがっていた左腕にウジがわくと、「どうせ、つながらぬ腕をいつまでつけていてもしかたがない」と自分の右手でぶち切ったほどの豪胆さだった。しかし〝八四マイル道標〟付近までたどりつくと、高熱で体の自由がきかなくなった。

「とうとう死ぬときがきたか」

平然といって部落の民家に入り、いろりの横に腰をおろすと、

「おい、これに弾をこめろ。こらッ、ふるえる奴があるか。死ぬのはお前じゃあない。オレだぞ」

と、冗談のようにいって、初年兵に小銃の弾をこめさせた。

「先へ行っているぜ」

いいざま、銃口をわが口の中に突っ込み、足の指で引き金をひいて果てた。

第百二十四連隊の惨状を『郷土部隊戦記』には、さらに次のように記録している。

《ボロ靴で退いてきた伍長が、道端に顔いちめんをウジにたかられて倒れている兵をみつけ、自分の靴と兵の靴をとりかえようと脱がしにかかった。と、死んだとばかり思っ

ていた兵がウジだらけの顔をかすかにあげ、血とウミのたまった目でじっと伍長をみつめて、

「……靴はまだとらんといて……下さい。……自分もこれから……行きます」

跡切れるような恨み声でいわれた伍長は、あまりの恐怖に発狂しそうになった。死にたくない、両親のもとへ、故郷へ、帰りたいの執念が、死の迫った体のうえを鬼火のように燃え、ただよっているのだった。自分で歩けぬ者は地べたに寝ていて、撤退してくる兵の足にとりすがっては、

「どうか連れていって下さい。一生のお願いです」

と泣いてたのんだり、それだけの気力も失った者は、かすかに手をあげて、

「そこへ行くだんなさん、水をいっぱい飲ましてくれんかな」

と、うつろに呼びかけたりした。

あるいはまた、いつかは友軍の真っ白な救急車が迎えにくると、固く信じている兵たちもいた。野中少尉が退っているときも、それらの兵はあちこちにじっとうずくまったままだった。

「おい、おれたちの隊が烈兵団のしんがりだ。もうすぐあとから敵がくるぞ。退るのならこれが最後だ。一緒に行かんか」

と、うながしても、

「いいえ、まだ迎えにきてくれるはずです」

ほとんどの兵がそう答えた。なんということだ。この兵たちの仲間が退るとき、足手まといの負傷兵に、

「お前たちは必ず迎えにきてもらえるからな」

と、だまして捨てて行ったのだ。それを彼らはいつまでも信じて待っているのだろうか。真っ白い救急車の幻想が死を忘れさせているのか。

――野中少尉はもう撤退をすすめる言葉もなかった。ただ、彼らの所属部隊を聞き、できるだけの遺品を預かって部隊へ届ける約束をするだけであった。

激しい赤痢もまた将兵の生命を奪った。死体は火葬する余裕はなく、置き去りか、または穴を掘って十も二十も投げ込むのだ。その穴を掘っている兵も作業の途中で赤痢に倒れ、たったいま自分が掘ったばかりの穴へ投げ込まれたり、わずか二十メートル先へ用をたしにいったまま、もう帰る気力が尽きて息絶えるような悲惨な死が続出した。遺家族にはどれも『××方面における戦闘中壮烈な戦死、戦病死』の公報が届けられたのだが。……》

歩くことが困難になった兵は、身軽になるために、持っているものを捨てた。一番さきに捨てるのは鉄帽だった。次は防毒面だった。防毒面は捨てる前に、なかにある毒ガス濾過のための、炭をたべた。下痢の薬の代りであった。そのあとでは、小銃を捨てた。百三十八連隊では、兵の持っている岩塩がつきて、力がでなくなったと見た時、小銃を折って捨てさせた。

小銃は天皇陛下のものであり、軍人精神がはいっていると教えられた。その至高のものさえ捨てて行った。ぬかるみの山道に、こうした装具や武器が点々とおき捨てられていた。

一切の品物を捨てても、兵が最後まで手離さなかったのは飯盒であった。飯盒を失うことは、生命を失うことであった。

その飯盒が道のわきに捨ててあった。師団司令部の清嶋好高中尉が持って行こうとして、ふたをあけてみた。なかには悪臭がこもり、手首がはいっていた。手首は戦友の遺骨をとるためのものと思われた。戦病死者は、多くは小指を切断して、飯盒で飯をたく時などの火で焼いて遺骨にした。その飯盒の持ちぬしは、遺骨にしようとして手首を持ち歩いていたのだろう。しかし、豪雨がつづいて、思うように火をたけなかった。そのうちに、力つきて倒れた。恐らく、持ちぬしは死体をさらすことをきらって、密林か谷に、はいって行ったのであろう。その時に、戦友の遺骨だけは残すつもりで、飯盒とともにおいて行った。飯盒は、必ず拾われるからであった。

だが、その手首と、飯盒の持ちぬしの氏名はわからなかった。

師団参謀部の田元中尉は、次のように書いている。

《「腹がへっても、歩かなくてよかっただけ、ガ島の方がましだったたな。ここは空き腹で、毎日毎日、山を歩くんだからたまらんよ」

百二十四連隊のガダルカナル島の生き残りの兵は、あの悲惨な島の方が、まだしもよかったというのだ。

空腹と疲労は、人間の虚飾と良心を失わせ本性をさらけ出させた。名中隊長、名分隊長と称せられた人が、自己保全のため、部下を犠牲にする者さえ出た。

また、既に気を失いかけている患者を谷底に落し、自己の負担を軽くした担架隊員があった。しかも、患者の指一本を、死んだ証拠として切り取ることを忘れていないのだ。谷底からは、しばしば「助けてくれ」と、泣き叫ぶ声が聞こえた。

落伍して、単独で行進している兵を襲い、装具糧秣を強奪する事件などはざらだった。ついには、屈強な者によって強盗団が組織され少数部隊を襲撃するようになった。

部隊行動をしている者には、指揮官の努力によって、秩序も規律も守られていたが、落伍者や脱走兵の群の中には、恐ろしいまでに無秩序な、無惨な事件が起るのだった。

その反面、渡河点で、敵機の銃弾を浴びながら、部下を的確に指揮し、安全地帯に誘導したものの、自らは敵弾に斃れた宇野中尉。最後まで患者と行動を共にし、ついには、自分も亦《また》、病を得てアラカンの露と消えた今雪少尉――正しいことを最後まで行い、所信を貫く人々は、ほとんど死んで行くようであった》

百三十八連隊の衛生下士官、谷口精一郎軍曹がフミネ付近を歩いている時であった。薄暮の山道を、ひとりで、ふらふらと歩いている人影を見つけた。雨はやんでいた。近づくと、軍装の赤十字看護婦だった。飯盒を一つ、さげているだけであった。通りすがりに顔をのぞいた。土色をして、うつろな目をしていた。

「がんばれよ」

と、励ましたが、返事の声はなかった。飯盒のふたは失われていた。なかには、二、三片の植物がはいっていた。バナナのじくであった。それが彼女の食糧の全部であった。

谷口軍曹もふらふらしながら歩いていたが、いつか看護婦は見えなくなってしまった。

その次の朝、谷口軍曹は草むらのなかに横たわっている一団を見つけた。疲れて休んでいるのかと思った。そばに行くと、赤十字看護婦ばかりであった。眠っているにしては、様子がおかしかった。服は雨にぬれたままであった。よく見ると、死んだ顔であった。全部で十六名いた。

外傷はなかった。服も乱れてはいなかった。しかし、十六名が集まって、同時に死んでいるのは、普通の死にかたと思えなかった。

その近くを見ると、天幕をはって、兵がひとり寝ていた。おこして事情をきくと、兵もおどろいていた。十六名の死体のそばで寝ていたことに、全く気がつかないでいたのだ。

第五十八連隊の第八中隊の畾輝彦《もたいてるひこ》上等兵は次のように書いている。

《それからまもなく、馬そりに引かれる者、担架に乗った者、飯盒片手につえにすがった者たちが悄然《しょうぜん》として後退してきた。われわれもそのあとへつづいた。そこへ豪雨が追い打ちをかけるように全身をたたきつけた。つづいて、無気味な山鳴りとともに、濁流が一瞬にして道路を川にした。濁流一過、道路は巨大な石と泥で埋まり、われわれの行動を一層困難にした。

　後退を始めてたしか三日目だ。負傷して早くさがった兵隊が、すでに死体となって、路傍に点々ところがっていた。餓死か病死であろう。その目、鼻、口からはいったうじ虫が腹のなかまでくいこんで、もくもくとうごめいていた。このうじの餌食になったら最後、死体はたちまち白骨となり、うじは丸々と肥えたはえとなって、次の餌物をあさって行く。

「おい、あの男はなんだ」と戦友にいわれてふり返って見ると、飯盒片手に、つえにすがった兵隊が足にボロをまいて、とぼとぼとついてくる。のび放題にのびた髪に、うじが真っ白に生みつけてある。そこへ群がるはえ、これを追い払う意識もなければ気力もない。すでに死期が迫っているのだ。

　また、ある者は妻子の写真を木の枝にかけたまま、おがむようにして死んでいる。ズボンをとって、股にくいこんだうじをとってくれと哀願している者。うじにかまれて痛いのだ。あるいは、こじき同然に飯盒のふたを前にして後退者に食べ物を哀願している者。負傷した傷口から膿《うみ》をだらだら流しながら、放心状態になって歩いている者。マラリアの高熱におかされて、うわごとをいっている者。道端に倒れたまま、すでに観念したのか、身動きもしないでジッとわれわれを見送っている者。なかには最後の一発の手榴弾で、いさぎよく自らの生命を絶った者もあった。

　この地獄絵さながらの光景のなかを、お互いは戦友のいかなる哀願も、いかなる悲惨な場面も、冷然と見捨てなければならなかったのだ。自分が生きるために。これがあの精強をもって知られた部隊の敗残の姿であった》

こうした状況は、烈ばかりでなく、弓第三十三師団も、祭第十五師団も同様であった。兵たちは、この退却道のことを、白骨街道とか、あるいは、あざけりの意味をこめて、靖国街道と呼んだ。鼻をつく死体の腐臭は、大アラカン山系の山と谷にただよい流れた。

四

佐藤師団長がフミネにいた時、追及してきた部隊が、意外な情報を伝えた。それはルンションに佐藤師団長を訪ねてきた薄井参謀のその後の行動である。

六月二十一日夜、佐藤師団長と会談した久野村参謀長は、にわかに予定を変えて軍司令部に帰った。そのあと、軍参謀長と別れた薄井参謀は祭の師団司令部を訪れた。祭の師団長山内正文中将は結核で倒れて、病床にいた。薄井参謀は山内師団長に、久野村参謀長の手紙を渡した。それには、山内中将が六月十日付をもって参謀本部付になったことを記してあった。つまり、師団長解任の通告であった。

すでに弓の柳田師団長を解任したあとである。この敗戦危急のさなかに、師団長を更迭するのは狂気のさたであると、祭の幹部将校は痛憤して牟田口軍司令官をののしった。

佐藤師団長も怒りを新たに燃やした。そして、二十一日の夜の天幕のなかの久野村参謀長と薄井参謀を思い浮かべた。ふたりは師団長にしかりつけられて、首をうなだれていた。それは、いかにもしおらしく、憐れみをこうかのようであった。しかし、その胸中に抱いていたのは、その表情とは全く反対の不敵なものであったことが、今わかってきた。

久野村参謀長は、実は祭の山内師団長の首切りの使者であった。そのことを、佐藤師団長に一言も伝えなかったのは、奇怪というほかはなかった。十五軍は佐藤師団長に、祭の左翼に展開して、インパールを攻撃することを命じている。それなのに、隣接師団長の更迭を知らせようとしない。

佐藤師団長は怒った。こんなことで、いくさができるかと思った。しかし、すぐに、これはおかしいと思いなおした。考えれば、久野村参謀長の行動は不可解なことが多かった。山内師団長更迭の申し渡しをするという重要な任務を、急に薄井参謀に代行させることにした。そのための手紙も書いた。そして軍参謀長自身は軍司令部にいそいで帰った。こうした予定変更の原因は、明らかに、佐藤師団長との会談の間に生じた。

軍参謀長が佐藤師団長をたずねてきた時には、インパール攻撃命令を携行していた。また、佐藤師団長の方は、はじめから、それを実行する意志はなく、後退するつもりだった。

全く対立したふたりであったが、話を進めるうちに互いに了解し、意見の一致をみた。しかし、その間に軍参謀長が急に態度を変えたことが二度あった。

最初は、師団長にインパール攻撃の意志がなければだめだといった時である。今にして思えば、祭の山内師団長のことをさしていった言葉である。また、それをいう時に、いたけ高な態度に変ったのは、佐藤師団長をおどかそうとしたのだ。山内師団長と同じように解任するぞという気持ちからであった。

軍参謀長が二度目に態度を変えたのは、佐藤師団長に「軍命令を実行するか」とたずねた時である。これは、佐藤師団長をおどかして命令を実行させようとしたのと、もう一つは、さぐりをいれてみたのではなかったか。いずれにしても、軍参謀長が二回にわたって変容を見せた時に、その本心があらわれていたように思われた。軍参謀長が急に予定を変えたのも、そのためであろうか。佐藤師団長に命令に従う意志なしと見て、解任の処置をいそぐためではなかったか。

二十三日になって、ミンタ集結命令がとどいた。この内容は、佐藤師団長の考えを承認して、撤退を許したものである。あるいは、そのようにして、外形をとりつくろおうとしたのであろうか。いずれにしても、軍参謀長の携行したインパール攻撃命令を撤回したことになった。

このミンタ集結命令をだすために、軍参謀長が予定を変更してまで、いそいで軍司令部に帰ったのか、と佐藤師団長は考えなおした。とすれば、軍参謀長が佐藤師団長に妥協した解決と見られた。しかし、二十一日の夜の軍参謀長の行動を思うと、やはり、ほかに陰険なものがかくされているように感じられるのであった。

山内師団長は解任の通告をうけた日のことを、日記に次のように記している。

《六月二十三日　雨

軍参謀長は状況変化のため、いそぎ軍司令部に帰還、薄井参謀に手紙を託す。小官、六月十日付参謀本部に転出、後任は柴田中将とのことなり。作戦の最中なり、予としては、名残り惜しく後始末せざる気持ちにて遺憾なるが、大命止むを得ず。また、軍の企図通り行かざりしためかと考えらる。柳田中将（弓兵団長）と同様に軍より交代を申請せしならん。薄井参謀に対し、コヒマ道突破せられ、インパール会戦継続の見込みなく、従って、このままにては補給上、作戦継続しがたきを述ぶ》

また、佐藤師団長と十五軍との抗争については、次のような感想を書き加えている。

《一、烈の軍命に従わざることに、軍は折れる。一、六月二十五日の軍令、いまだ攻勢を断念せず》

この日記中には、牟田口司令官の作戦指導がいかに血迷っていたかを、諸所に例証している。

《六月五日　雨後曇

軍より、左突進隊正面の敵が減少しあるにかかわらず、果敢なる攻撃に出でざるは軍として心外とする所なりと、激越なる電報あり、何に依りて敵が減少しありと言うや、砲兵の如き増加しあり。勝手なことをいう軍は、相手にせざる方が可なりという気持ちになる。

六月十四日　雨一時晴

軍よりインパール攻略戦戦闘教令きたる。教令をだすばかりが能にて非ざるべし。しかして、何もかも各級指揮官の重責なりという。そんなことはいわずと知れたことなり。右突進隊（烈）の後退に関し、またも軍よりわからぬ電報きたり、返事せず、放置す。血迷える軍は相手にすべからず。

六月十五日　雨、夜にいりて強雨

軍命令きたり、山本支隊正面の敵退却せるをもって、この機にインパールを攻略せんとし、師団をして当面の敵を撃破しインパールに突入し、両飛行場の占領を命ず。この兵力にて、いかにしてインパールに突入すべきや。例により、状況に全然合わざる命令なり。

六月十六日　強雨

軍より攻撃督促の電報あり。『雲表陣地を攻撃せずにインパールに向え』と。だれが雲表陣地など攻撃するものか。また、どこにそんなものがあるや》

このような事情は烈も祭も同様であり、佐藤師団長と同じような感情を、山内師団長もいだいていたことがわかる。十五軍は、正常な指揮能力を欠いていたといえる。また、この日記中には『インパール作戦に関する所見』として長文の批判を記している。そのなかには次の一項がある。
《今次作戦不成功の根本は、各種の反対ありたるごとく、軍参謀長たりし小畑少将の転出もこれに関係ありたるがごとく、軍司令官自ら各種の反対を押し切り、本来の作戦を絶対的なものとして強力にこれを決定に導かれたりと。又北に二個師を用い、烈をコヒマに突入せしめ、祭を道なき方面よりインパール西北に向わしめ、弓と相待ち敵を包囲せんとする案は木下参謀の発案せる所にして、方面軍の猛烈なる反対に会いたるも、軍司令官の全面的に採決せらるる所となり、牟田口軍司令官の熱意各方面を動かし、今次の決行となりし由（以上橋本参謀の師団参謀長に洩らせる所）果して結果的に見て可なりや、将来幾多の研究問題を有しあり》
なお、烈の戦闘については、次のように記して賞賛している。
《右突進隊（烈）が約八十日、コヒマを遮断し得たるものは、一に兵団精神にあり。人力戦力の最大限を超越あり》（岡田栄蔵編集『歩兵第六十七連隊文集』第三巻より）
六月二十九日、祭の山内師団長はルンション西南方四キロの地点にさがってきた。病状は腸結核に肺結核、喉頭結核を併発して重態であった。三十日、後任の柴田卯一中将が到着した。山内中将は寝たまま引きつぎをおこなって、担架で後送された。その胸中は、無念の思いにたえかねていた。
新師団長柴田中将については、祭の参謀長岡田菊三郎大佐は次のように書いている。
《七月三日朝、参謀長は今岡参謀とともにルンション西南方地区にたどりついたが、おりしも樹間から副官田中捨太郎中尉が突然あらわれた。田中副官はさきに新兵団長出迎えのため、ソクパオからメイミョウ方面へ派遣したのだ。副官は新兵団長の着任を報じた。つづいてあらわれた新兵団長柴田中将に対し申告の後、路傍の樹下で、参謀長は戦況、各部隊の状況を報告し、兵団現在の企図に関し具申した。しかるに、各部隊の戦力に言及すると、たちまちさえぎられた。新師団長は、その聴取を拒否された。簡明にのべることとさえ許されなかった。

何しろ、歩兵中隊が生き残り二名というのもあり、十数名はざらだし、二、三十名となれば有力な中隊なのだ。重機関銃は最初、大隊に二挺で進発したのだが、今では一挺もない大隊もある。こういうことを一切聞かぬというのは乱暴な話だ。あえて孫子《そんし》の名言を引用するまでもなく、今後の兵団統率に支障がある》

祭の第六十連隊長松村弘大佐の記録にも、連隊の現有戦力を説明しようとすると新師団長は、

《「それを聞く必要なし」の一言をもって封じた。私は唖然《あぜん》として返す言葉もなく、無言のまま、しばし、去り行く兵団長の後姿を見送った。今、兵団長は、あえて部隊の実情を知ることを欲せず、これを無視して、爾後《じご》いかなる統帥によって、現在の難局を打開せんとするのであろうか》

新師団長の言動は異常であった。この人は牟田口軍司令官がとくに選んで後任として要請したはずである。それが、このように非常識の言動を見せたのは、牟田口軍司令官

から、ひたすら、あおりたてられてきたためであった。まもなく、柴田中将は、
「新師団長としての着任の訓辞は、インパールの敵軍司令部においてする」
と、豪語して、司令部の将兵をあきれさせ、冷笑の的となった。しかし、牟田口軍司令官は、このような新師団長によって、インパール作戦を続行し、攻略の目的をはたそうとした。

佐藤師団長は柴田中将に着任の祝辞と合せて、烈の実情をくわしく通告した。それは暗に、撤退の決意を促したものであった。柴田中将からは、なんの返事もなかった。

烈師団はミンタに向ってフミネを出発した。軍命令では、傷病患者はフミネの兵站病院に残して行くことになっていた。それを病院に交渉すると、断わられた。患者に与える糧食がないから入院させられないという。またしても、軍の命令は実行不可能であった。

フミネは山地の突端にあった。雲がきれて雨がやむと、山のすそに、密林のなかを流れる河が見えた。チンドウィン河であった。兵たちはフミネにきて、はじめて、そのにぶく光る流れを見た時には、忘れていた喜びの声をあげた。〝助かった〟と思った。フミネを出発する時には、チンドウィン河は間近いという希望があった。そこを越えれば、米があるのだ。兵たちは、よろめく足をふみしめて、カバウ河谷に向って斜面をくだった。

だが、チンドウィン河はまだ遠かった。雨季は最も雨の激しい時期になろうとしていた。

師団長解任

烈師団司令部はタナンに行きついて、しばらく、とどまっていた。ばらばらになった部隊をまとめるためであった。その間にも、糧食を集めるのに狂奔した。

七月九日、佐藤師団長あてに、十五軍から電報がきた。それには、佐藤師団長をビルマ方面軍司令部付に命ず、としてあった。師団長を解任するという意味であった。

佐藤師団長も幕僚も、それのくるのを予期していた。そればかりでなく、解任のあとには、抗命撤退の重罪で処罰の問題がおこることも覚悟していた。

十日には、また電報がきた。『後任師団長の着任を待つことなく』すぐ出発するように促したものである。じゃま者は早く去れというような、佐藤師団長に対する悪感情が露骨にあらわれていた。このまま無事ではすまないことも感じられた。

佐藤中将の去ったあとの師団は、コヒマで勇戦した宮崎少将が指揮することになった。

佐藤中将は離任の辞を書いて、師団の各部隊に伝達させた。

七月十日、日没とともに、佐藤中将はタナンの師団司令部を出発した。この時、また、自分で直接、全軍の収拾にあたる決心を新たにした。その心境を、次のように記している。

《鬼畜牟田口の部下たることを離れ、自由の立場において、いよいよ全軍撤収断行という、最後の目的達成のために活躍し得るので、絶大な勇気と希望に輝いていた。

今までは、行動でグングン押しまくってやるよりほかに、軍を動かす方法はなかった。もし意見具申でもしようものなら、必ず師団の名誉は汚辱され、戦没せる戦友の武勲まで抹殺《まっさつ》されるのである。全軍救出のために一切の栄辱を超越してかかってはおるものの、兵団の名誉と部下たちのたてた大功績とを、あくまで汚されないようにするためには、実に細心周到の注意が必要であった》

ラングーンまでは、専属副官の世古中尉と当番兵などが随行することになった。佐藤中将の一行がタナンを出発する時も、雨は降りしきっていた。タナンから、道は雄大な斜面をくだって、カバウ河谷にはいる。浜島作戦主任参謀、情報主任参謀の山木一次郎少佐、各部長など、司令部の将兵が高地のはずれまで見送りにきた。

別離という哀感はなかった。佐藤中将は、むしろ勇み立っていた。あの離任の辞にあるように、佐藤中将は補給物資を持って救援にくるつもりだった。再会の日は間近いと思われた。佐藤中将は見送りの将兵を、

「がんばれよ、迎えにきてやるぞ」

と励まし、斜面の竹やぶにまぎれて行った。その途中で、後方主任参謀の野中少佐が待っていて、随行することになった。

次の朝になって、十五軍司令部からの迎えのトラックに行きあった。参謀部付の大尉が案内役として乗っていた。大尉の話では、軍司令部にはいる道の入口に休息所を設けて、久野村参謀長、高級参謀の木下秀明大佐が出迎えることになっていた。

トラックを迎えによこしたことといい、うって変った丁重な扱いに思えた。しかし、下ごころがあるように感じられた。

案内役の大尉は、途中、軍司令部の内情を佐藤中将にうちあけた。日ごろの怒りを押えかねた様子である。その話によれば、十五軍の内情は奇怪きわまるものであった。

牟田口軍司令官がでたらめな命令をだすので、参謀が実行できないことを説明すると、

「とにかく、命令だけだしておけ」

と命じた。参謀はやむなく、

「気休めだけでよろしければだします」

と承知した。

また、事情を説明しようとしても、全く聞こうとしないで、頭から、どなりつけた。参謀は牟田口軍司令官のいう通りの命令を作ってだすほかはなかった。

こうして、でたらめな命令が乱発された。そのために多くの将兵が苦しみ、死んだ。

牟田口軍司令官は何かあると、すぐに「抗命罪にしろ」とか「軍法会議にかけろ」とどなりだした。この怒号のたえまがなかった。

十五軍の司令部でも、幕僚などの上級将校は別として、多くは飢えと病気に悩まされていた。その上、牟田口軍司令官の急変する感情のままに追い使われ、しかり飛ばされるので、神経まで疲れていた。

司令部のあるところにも、日夜、遠雷のような砲撃の音が聞こえてきた。最近では一層激しくなってきた。それが軍司令官をはじめ将兵を不安にさせ、一層いらだたせた。それに加えて、司令部を悩ませるものがふえた。早朝、山の尾根の方から、かしわ手をうつ音がひびき、祝詞《のりと》を読む声が高らかに聞こえた。その読み方は気ちがいじみた調子で、しかも、なみなみでない大声である。山腹の司令部宿舎に寝ている者は、目をさまさせられた。それが三十分以上はつづいた。

祝詞は、毎朝、聞こえた。その声は異常というよりは、何かぶきみな感じを与えた。司令部員は早くおこされるので、ふきげんになって、悪口をいった。

「毎朝毎朝、よくあんな、ばかでかい声が出せるもんだ。あの声は、まともじゃないよ。神だのみがはじまったところを見ると、いよいよ、いくさはだめだな」

その、気ちがいじみた、祝詞のぬしが牟田口軍司令官であった。神がかりは、すでに有名であっただけに、今度は「神がかりから、頭へきた」と、うわさされた。

こうした話を聞いた時の印象を、佐藤中将の回想録には次のように記してある。

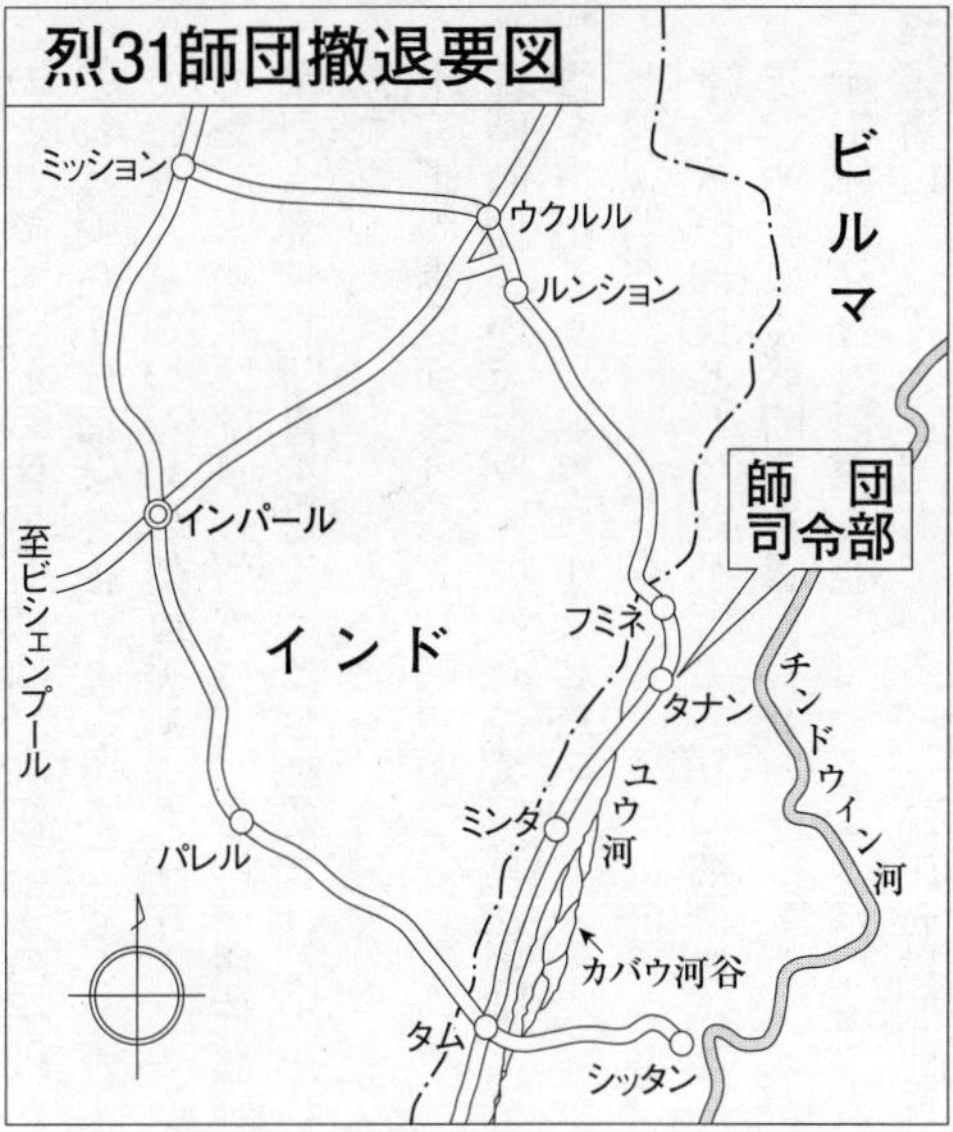

《いやしくも陸軍中将の参謀長（久野村）がおり、大佐の高級参謀（木下）がおるのに、全く判断がつかぬほどの妖怪《ようかい》性を帯びている軍司令部である。〝気ちがい〟を正気の人と思って、服従していると、それらの者までが、全く同様の精神状態におちてゆくところに、医科学的にも問題があるのではあるまいか。

とにかく根本は、ことごとく道徳の欠如からくる退廃であって、戦慄《せんりつ》を禁ぜざるを得ない》

佐藤中将のトラックは、途中で数名の将兵に行きあった。烈師団の加藤参謀長と常松軍医部長らであった。師団の実情を報告するために十五軍に行った帰りであった。

加藤参謀長は意外なことを報告した。

「軍司令官閣下は前線視察に行かれて不在であり、各幕僚も多忙で会えないそうです。休息所で休息後、すぐに出発していただきたいとのことです。なお休息所には、高級参謀の手紙が用意してあるとのことです」

これは明らかに面会を拒否したものと思われた。休息所を設けたのは、丁重に扱うためではなく、このための処置であった。

また、常松軍医部長の報告は、さらに一層佐藤師団長をおどろかした。常松軍医部長は軍司令部で診断書を書くことを強要された。それは佐藤中将が神経衰弱であるという診断であった。

十五軍の軍医部長は、これについて、

「佐藤師団長がラングーンに行って、軍法会議にでもなると厄介だから、あらかじめ診断書を提出して、無事にすませたい」

と、説明した。

常松軍医部長としては不審であり、納得できなかった。しかし、上級者に強要されたので、やむなく診断書を書いた。

十五軍は奇怪な陰謀を企てているように感じられた。何かのために、佐藤中将を精神異常者にしたてようとしている。佐藤中将は回想録のなかで、次のように書いている。

《軍司令部のやつらは、牟田口をはじめ、久野村参謀長も木下高級参謀も、烈師団長が正式に抗命罪を犯しているなどとは決して思ってはいないのだ。ただ、予の決然たる態度に恐れをなし、憎くもあるし、復讐《ふくしゆう》的に、とにかくそういうことにしたと思う。

しかも、久野村も木下も、軍司令官がそういうならばしかたがないじゃないかという程度に、牟田口に同調したと思う。

インド解放、大東亜戦争は自分が完遂してみせるなどと、だれよりもえらがって、この大作戦をやった牟田口軍司令官閣下の心のなかは、なんと、こんなごまかしばかり。全く子供のような仕掛けしかできないのである》

佐藤中将も怒りを押えかねていた。

加藤参謀長と常松軍医部長は別れて、師団司令部に帰った。

佐藤中将は胸中に期するところがあるかのように、軍司令部に行くことを命じた。ミンタを過ぎてからは、道のぬかるみは、ますますひどくなった。トラックの車輪は泥にうずまって、進行を阻まれた。車が走っている時間よりも、泥のなかで空転している時間の方が長かった。

その、泥にまみれて、死体が点々とちらばっていた。ある者は大きくふくらんで、泥のかたまりのようになっていた。ある者は豪雨のために、皮膚と肉を洗い流されていた。

佐藤中将は随行の兵に命じて、死体を埋葬させた。こうしたことで時間がかかった。軍司令部の所在地についたのは、七月十二日の午前二時すぎであった。予定より三時間遅れた。

軍司令部が佐藤師団長のために設けた休息所には、歩哨《ほしよう》が立っていた。出迎えるはずの久野村参謀長と参謀一名は、佐藤中将の到着がおそいので、宿舎に帰ったあとであった。軍参謀長らがたき火をしていたらしく、そのあとが、しきりにいぶっていた。

佐藤中将は自分に対する十五軍の敵意といったものを、はっきりと感じた。人のいない休息所は、冷たく〝軍司令部に立ち寄るにおよばず〟という、憎しみの感情を露骨に表現しているように見えた。佐藤中将は世古中尉に
「牟田口は、よほど、おれがこわいとみえる。おれを避けているのは、何か悪いことをたくらんでいるからだろう。おれが軍刀をぬいて、ぶった斬《ぎ》るとでも思っているのかな」

と大声でいって、豪傑笑いをした。そして、案内の大尉に軍司令部に行かせて、到着を伝え、面会を申しいれさせた。

しばらくして、高級参謀の木下秀明大佐が出てきた。発熱のために出迎えができなかったことをわびた。佐藤中将はどなりつけた。

「参謀長はどうした」

木下高級参謀は不動の姿勢をとって、

「参謀長閣下はお起ししましたが、腰がフラフラして歩けませんから、失礼させていただきます、ということであります」

佐藤中将は無遠慮にいった。

「良心の苛責《かしやく》にたえなくて、おれに会えんのだろう」

「いや、閣下はご病気です。閣下は本当にご病気です」

「そうか。では軍司令官閣下はどうした」

「山本支隊に視察に行かれました」

「いるすを使っているのではないな」

「はい。今夜は山本支隊におられます」

「おれがくるので、視察に出たのだろう」

「そんなことはありません。しかし、佐藤閣下の行動については、ご不満のように聞いております。怒っておいでのようです」

　佐藤中将は大声でしかりつけた。

「このコヒマ攻略の勇将をなんと思うか。コヒマで勇戦奮闘した烈師団が、現在どのような状態になっているか、高級参謀は知っておるのか」

「はい。承知しております」

　木下高級参謀は不動の姿勢をつづけたままで答えた。非常に緊張していた。佐藤中将が軍刀をぬきかねないのを恐れている気配だった。

「軍はでたらめな命令ばかりを出し、糧食も弾薬もよこさなかった。そのために烈はいくさができなかった。このことを知っておるか」

「はい。承知しております」

「一体、あれだけ騒いで上司を動かして、この作戦を実施しながら、自分の責任で始末ができないとは、なんということか。陛下の軍隊を、自己の無責任から自滅させるに至っては、その罪は重大であるぞ」

抗命の罪を問われようとしている佐藤中将は、逆に十五軍の無責任を追及した。

「すみやかに、この事態を収拾しろ」

佐藤中将はその方法として、五つの項目をあげた。のちに佐藤中将の書いた『烈兵団作戦概要』には、その五項目を次のように記している。

《一、直チニ「タウンダット」及ビ「トンヘ」方面ニ三十隻ノ折畳舟ヲ急派シ、コレニ依リ「チンドウィン」河左岸「ビルマ」領内ヨリ糧秣ヲ蒐集シ、且ツ患者其ノ他ヲ「ビルマ」領内ニ移動セシムルコト。

二、直チニ舟運ニヨリ「タウンダット」及ビ「トンヘ」ニ糧秣及ビ軍靴ヲ輸送シ、烈兵団及ビ祭兵団ニ補給ヲ実施スルコト。

三、先ズ烈兵団主力ヨリ「チンドウィン」河左岸ニ撤収セシメ、祭兵団ヲ烈兵団一部ノ援護下ニ「ホマリン」「タウンダット」要スレバ「シタン」方面ヨリ撤収セシムルコト。

四、「ウントウ」――「ピンレブ」――「パウンビン」道上ニ急速ニ兵站線ヲ施設セシムルコト。

五、烈兵団司令部ヲ「ミンタ」ニ移動セシムルガゴトキハ、イズレノ地点ニモ糧秣皆無ノ現況ニオイテ不可能ナルコト》

木下高級参謀は即座に確約し、タウンダットには、すでに小蒸気船で七十トンの糧食を発送した、と答えた。

「よし。佐藤はこれからラングーンに行く途中、それを実行しているかどうかを確かめながら行く。もし実行していなければ、ここに引き返してくるぞ」

と、強い態度を示した。激しい気迫がみなぎっていた。木下高級参謀は一層固くなって答えた。

「はい。必ず実行します」

佐藤中将は、この時のことを回想録に、

《よほど自分を恐ろしがっている様子であった》と、記している。しかし、木下高級参謀には悪い感情をもっていなかった。

その翌朝の十五軍司令部の異様な状況を、情報班の中井悟四郎中尉は『歩兵第六十七連隊文集』第二巻に、次のように記述している。それによれば、その早朝に牟田口軍司令官は司令部にいた。これは前夜、前線視察に行ったというのはうそで、佐藤師団長を恐れて、かくれていたのであった。

《烈兵団長が退って行った翌日、司令部将校は全員、この神々の座と言うか、かの祝詞《のりと》の座付近に集合を命ぜられた。ふらつく足を踏みしめ、弱った将校の手を引きながら、ようやくの思いで登りつめた頂上に、十坪ばかりをきれいに地均《じなら》しし、その上に白砂を二寸ぐらいの厚さに敷きつめ、周囲には青竹を風流に切って、粋な籬《まがき》をしつらえ、丸太を美しく削って鳥居を建ててある。

副官の話によると、軍司令官の遥拝所だそうだ。毎早朝、彼はここに土下座して、在天の神々に対し、己が武運を守らせ給えと、叫び続けるのだそうだ。もう彼の頭には神頼み以外の良策が浮かんで来ないらしいのだ。

しばらく待たされていると、軍司令官が出て来た。そして、あるいは激しく、あるいは悲痛な声をあげ、時には涙声さえまじえて、山上の垂訓ならぬ訓示を始めたのである。

「諸君、佐藤烈兵団長は、軍命に背きコヒマ方面の戦線を放棄した。食う物がないから戦争は出来んと言って勝手に退りよった。これが皇軍か。皇軍は食う物がなくても戦いをしなければならないのだ。兵器がない、やれ弾丸がない、食う物がないなどは戦いを放棄する理由にはならぬ。弾丸がなかったら銃剣があるじゃないか。銃剣がなくなれば、腕で行くんじゃ。腕もなくなったら足で蹴れ。足もやられたら口で嚙みついて行け。日本男子には大和魂があるということを忘れちゃいかん。日本は神州である。神々が守って下さる。毛唐の奴ばらに日本が負けるものか。絶対に負けやせん。必勝の信念をもってやれ。食物がなくても命のある限りやり抜くんじゃ。神州は不滅であることを忘れちゃいかん」

この声涙共にくだる一時間余りの長広舌のため、あちらでも、こちらでも脳貧血を起して卒倒する者が続出した。高橋、薄井の両参謀も倒れた。それでも彼はいっこうに山上の迷言狂訓をやめようとはしなかった。神州不滅論も時により結構だが、栄養失調の私達将校には立って居ること自体が懸命の努力なのである。大尉以下の下級者には、人間が食うような物は何一つ当らないのだ。ようやくにして訓示も終り、彼は専属副官を従えて軍司令官宿舎の方へ帰って行った。私達は救われた思いで、それぞれの瀬降《せぶ》りへ帰ったのである。

このころは、もう軍司令部としての機能は麻痺してしまって居た。重症患者が半数を越し、他の半数もどうにか起きて居られるに過ぎない患者なのであった。参謀達も、戦闘指導だ、やれ後方兵站の確保だと、出払って不在の者が多く、軍司令部はひとしお、さびしくなりはてていたのである》

七月十五日、佐藤中将はビルマ方面軍の中参謀長に次の電文を送った。

『小官は林司令部において、比較的良心的なる木下参謀に対し、爾後における作戦推移と建設に関して若干の指導をおこない、チンドウィン河よりする補給と、チンドウィン河の交通設備に関し必要なる指示をおこない、その実行を確認しつつ、逐次南下し、本十五日カレワに至れるものなり』

木下高級参謀は佐藤中将の指示した補給と輸送についての五項目を確実に実行した。

佐藤中将も、はじめて満足したことが、この電文の別の部分にあらわれている。

また、佐藤中将は烈の加藤参謀長に次のような電報を発した。

『林司令部は小官の一身上に何事か起るごとく誇大にふいちょうし、威嚇《いかく》的態度をとりあるも、これらは彼らの妄想にすぎず、小官は烈兵団のみならず、林集団全軍を自滅より救わんがため、爾後ますます、たんたんたる大道を突進し、必ず成功するものと確信しあるをもって、幕僚および各部長は、小官とともにありし時と同様の殉国の決意をもって、職責に邁進せよ。

各部隊長にも右のむね通報し、上下協力一致し、すみやかに将兵に希望と光明を与え、ますます士気を鼓舞し、難関を突破するよう、ただちに伝達せよ。

佐藤中将は今後とも、烈兵団と共にあり』

佐藤中将はカレワからチンドウィン河を越えて、ビルマの古都マンダレーに出た。ここで、インパール作戦が正式に中止されたことを知った。牟田口軍司令官の狂奔も、十五軍の三個師団の将兵の悪戦苦闘も、ついにむなしく終った。

インパール作戦中止を、ビルマ方面軍が十五軍に命じたのは七月五日であった。

佐藤中将は自分の役目をはたしたと思い、安心することができた。全軍の撤退には、さらに多くの困難があるにしても、十五軍の無能と無責任のために自滅することだけはまぬかれたからである。

マンダレーでは、どこへ行っても、十五軍司令部の腐敗堕落の話を聞かされた。インパール敗戦の時だけに、将兵は心から憎悪し糾弾《きゆうだん》していた。その人々の話によれば、マンダレーに近いシュウェボには、十五軍の設けた慰安所がある。十五軍の参謀たちは、戦線からそこの慰安婦に送金していた。幕僚のひとりひとりが、特定の女を持っていた。あの悲惨な敗戦のさなかにである、ということであった。

佐藤中将は、このような愚かしい十五軍と、これ以上、交渉をもたなくてすむことを喜んで、一路、ラングーンにいそいだ。途中の宿泊地では、さかんに歓迎された。佐藤中将は師団の将兵を救うために抗命撤退した〝時の英雄〟であった。しかし、行くてに大きなわなが仕掛けられているのを、佐藤中将は気がつかなかった。

精神異常者

佐藤中将がビルマの首都ラングーンに到着したのは、昭和十九年七月二十二日であった。佐藤中将が赴任を命ぜられたビルマ方面軍司令部は、プローム通りのラングーン大学のなかにあった。

佐藤中将は方面軍司令部に行く前に、第五飛行師団司令部に立ち寄った。佐藤中将は飛行師団長の田副登《たぞえのぼる》中将に会って、作戦中の協力を感謝した。田副師団長も佐藤中将の健在を喜んで歓待した。

田副師団長はインパール作戦には終始反対をつづけていた。作戦開始の前には、牟田口軍司令官を再三訪問して、翻意を促し、作戦中止を勧告した。気概明察の名将であった。

飛行師団の参謀長鈴木京大佐も硬骨の人であった。雨季中も作戦続行という十五軍の命令を受けると、これを無謀として、隷下の飛行隊をタイ国のバンコクにさげた。これを知った佐藤師団長は大いに賛同して、その勇断を喜ぶ電報を送った。

佐藤中将は方面軍に行けば、何か事件のおこることを予想していた。

「方面軍はおれをどうするつもりかね」

と、きくと、田副師団長は温顔に笑《え》みを浮かべるだけで答えなかった。答えるのも、ばかばかしいというように見えた。

佐藤中将は、それから方面軍司令部に行った。河辺軍司令官に会うつもりでいると、高級副官が出てきて、

「お疲れでしょう。さきに宿舎でお休みください」

と、自動車で案内した。迎賓館と呼んでいる将官用の宿舎であった。

「今夜は河辺閣下のご招宴があるかもしれませんから、そのおつもりで」

高級副官は心得た顔で帰って行った。しかし、それだけのことであった。河辺軍司令官は会うようには言ってこなかったし、夜の招宴もなかった。牟田口軍司令官がそうであったように、河辺中将も会見を避けているのが明らかに感じられた。佐藤中将は、この時の感想を、回想録に次のように記している。

《このころの気持ちには、河辺君などは僕の眼中にはなかったのだ。僕の兄貴分の小磯大将が内閣を組織したので、わが輩の眼は国内外の情勢に向っていた》

翌日、河辺軍司令官の専属副官が迎えにきた。佐藤中将は案内されて行く途中、専属

副官にたずねた。

「河辺君はこの八月、大将に進級するのじゃないかね。内命でもきているのか」

「はい。陸軍大将の名刺を、ちゃんと用意しておられます」

佐藤中将はにがいものを感じた。インパール作戦の中止命令が出ても、三個師団の敗残部隊は、今なお、豪雨のなかを、敵襲と飢餓に追われながら、撤退をつづけている時である。それなのに、直接の責任を持つ者が、恥じるところもなく、最高階級への昇進を準備している。

河辺軍司令官は宿舎にいた。佐藤中将が今度の作戦のはじまる前に会った時とは、別人のように変っていた。前にも、やせて小柄であったのが、ひどく衰えていた。威厳をつけるために大きなカイゼルひげをはやしていたのが、それだけが目立って、こっけいな感じになっていた。

佐藤中将はラングーンにつくまでに、世古副官に口述して『烈兵団作戦概要』を作っておいた。戦況報告のために用意したものであった。佐藤中将は、持ち前の大きな声で、それを朗読しながら説明した。堂々とした態度だった。敗軍の将という暗さもなければ、無断撤退をやましく思うそぶりもなかった。

佐藤中将の報告は進んで、六月二十一日、ルンションの天幕で久野村参謀長との会見の場面に達した。河辺軍司令官は急に不安な表情を浮かべた。ねずみのような目がせわしく動いた。そして、かん高い声でたずねた。

「君、それは本当か」

思いがけないことをきく、という調子であった。河辺軍司令官は内心の動揺を隠しきれなかった。佐藤中将の態度は自信がみなぎっていた。うその、けぶりはなかった。

しかし、それが事実となれば、河辺軍司令官の意図している計画は、根本からくつがえることになる。河辺軍司令官は不調和に大きい鼻下のひげをふるわせて、

「久野村は君がフミネに行くことを了解したのか」

「無論です。佐藤は目標をフミネと限定してはおりません。軍参謀長がフミネと指定したのです」

佐藤中将はおちついて答えた。佐藤中将がそのとき、読みあげた『烈兵団作戦概要』には、久野村参謀長と会見した時の状況を次のように書いている。

《軍参謀長はすでに実見せるところにより烈兵団諸隊の実状尋常にあらざるを承知しありしため、フミネよりする補給を承認し、さらにタム方面に移動せしむるがごとき口吻《こうふん》をもらして相別れたり。実に前代未聞の複雑怪奇なる命令とともに、補給に関し全く無責任なる態度に驚かざるを得ず。この夜（六月二十一日）軍参謀長は師団司令部の位置に露営し、翌二十二日出発帰任し、二十三日午前中、烈兵団は爾後ミンタに集結すべき命令を受領せり》

久野村参謀長は、あのルンションの夜の天幕のなかで、フミネまで南下して糧食を補給することを、佐藤師団長に承認を与えた。そして、フミネの南のミンタに集結するよ

うに指示した。このように佐藤中将は確信している。

その夜、佐藤師団長は師団をひきいて出発した。久野村参謀長と随行の薄井参謀のふたりは、師団長の天幕のあったバナナ畑で、雨のなかを露営した。翌二十二日朝、久野村参謀長は軍司令部に帰った。二十三日にはミンタ集結命令が発せられた。これらは誤りのない事実であった。

とすれば、佐藤中将には抗命という罪も、無断撤退の違反もなくなる。

河辺軍司令官は当惑したように、

「それは知らなかった」

と、ためいきをはいて、右手をあげて、自分の頭をたたいた。はちの開いた頭であった。

佐藤中将は、これはおかしいぞと感じた。自分を抗命罪にひっかけようとしているのはルンションのことだとわかった。一応、久野村参謀長が了解したはずなのを、河辺軍司令官は抗命の事実ありと信じていた。その理由はわからなかった。しいて考えれば、久野村参謀長が軍司令部に帰って、正しく報告しなかったことである。しかし、軍参謀長が誤った報告をするとは考えられなかった。

それならば、悪意をもって、ゆがめた報告をしたのではなかろうか。それは、あの夜、佐藤中将が大声をあげてしかりつけたから、それをうらんで、事実をゆがめたのだろうか。しかし二十三日にミンタ集結を命じてきたのであるから、報告は一応おこなわれたと見られるのである。

それなのに、河辺軍司令官が〝知らなかった〟というのは、どこかで報告がすり変ってしまったのだ。そして、佐藤中将が不利になるような悪意の報告が、十五軍からビルマ方面軍に伝えられた。だから河辺軍司令官までが、佐藤中将に悪感情をもつようになっていた。このために、前日、ラングーンに到着した佐藤中将を、すぐに迎賓館に送りこんで、会見を避けた。その上、恒例ともいえる夜の招宴さえも、副官が予告していったのにもかかわらず、無視してしまった。よくよくの非礼の扱いであった。すでに陰謀の網はりめぐらされていることがわかった。

佐藤師団長が報告を終ったあとで、河辺軍司令官は、もっともらしくカイゼルひげをひねりあげていった。

「貴官の身体検査をするように命令してあるから、健康診断を受けてもらいたい」

それがどういうことなのか、佐藤師団長にはわからなかった。健康には自信があった。今度の作戦間に二千メートル内外の高さの山岳地帯をこえるのには、ふとっているので難儀をしたが、だからといって、師団長がつとまらないほどの弱点はなかった。

やはり十五軍のさしがねで、神経衰弱に仕立てる気だなと気がついて、腹をたてて、

「佐藤の健康はこのとおりです。それなのに身体検査とは、コヒマ攻略の勇将に対し、はなはだ非礼ではないかと思います。そういうことは武将に対して、なすべきことではないでしょう」

と、強くいった。河辺軍司令官はおちつかない顔で、

「とにかく、命令をしてあるから、一応やってもらいたい」

と、くり返した。

佐藤中将は、自分の大きなからだの前にいる、やせ衰えて、ひょろひょろした河辺軍司令官をいたましく感じた。これでは方面軍司令官は勤まるまいと思った。こんな男に、という気持ちになり、さからうのが気の毒になってきた。

佐藤中将は宿舎に帰ると、ビルマ方面軍の高級参謀の青木一枝《たけき》大佐を呼びつけた。顔を見るなり、どなりつけた。

「わが輩の身体検査をするとは何事か。軍司令官がするといったら、意見をいうてやめさせろ。わが輩はこのとおり、異常はないぞ」

青木大佐はあごひげをのばし、そのさきを二つにわけていた。酒焼けのした顔である。

「閣下は平常どおりお元気でありますが、命令ですから、どうぞ受けていただきます」

「中将閣下の身体検査をするのには、いちいち命令をださねばならんのか」

「そういうわけではありませんが、長い間のご苦労のあとでもありますので、受けていただきたいのであります」

「方面軍は随分と親切だな」

「そういわれては恐縮です」

青木大佐はあごひげをひねった。佐藤中将は、実戦も知らん男が、ひげだけはえらそ

うにつけていると思って、

「それだけの親切があったら、ウ号作戦間に、お前らの飲み食いしているものを送ってくれたらよかったな」

青木大佐はにわかにうろたえて、

「閣下、それをいわないでください。青木はウ号作戦の中途で着任して、もう、手がつけられないようになっていました。申しわけありません」

「手がつけられないので、それでやむなく毎日、萃香園《すいこうえん》にかよっていたのか」

「閣下のお耳にもはいっているのですか。方面軍は接待が多いし、参謀長閣下はあまりおでにならないので、つい青木が顔をだすのが多いというだけです」

萃香園というのは、ラングーンで一番大きい日本料亭であった。たくさんの芸者をおいていた。方面軍司令部とか、各兵団の高級将校が毎夜、内地と同じような酒席を催し、盛況を極めていた。

「高級参謀の官邸は、萃香園の庭つづきだそうだな」

「それは兵隊のうわさです」

青木大佐は弱って、しきりにあごひげをなでた。佐藤師団長が、そうしたことを知っているのは、兵隊のうわさを聞いたのではなかった。インパールの戦場で、英軍戦車が日本軍に近づいてきて投降を勧告した。その時、方面軍司令部の幕僚の乱行ぶりを伝えて、

「あなたがたが飢えている時に、方面軍の幕僚は庭つづきの萃香園の芸者のところにかよっていました。兵隊は、方面軍参謀といわないで、萃香園参謀と呼んでいました。これでは米も弾丸も送ってこないはずです」

佐藤師団長は話を変えて、

「身体検査をして、わが輩を神経衰弱に仕立てるよりは、軍法会議をやったらいい」

青木大佐は、ひどく、あわてた。

「それは困ります。それはいけません」

佐藤中将はそれを見すえるようにして、

「軍法会議にかけて、黒白をはっきりさせたらいいではないか」

「それがまずいのです。本当のところを申せば、軍法会議にだすと、ビルマ方面軍に傷がつくのです」

人のよい青木大佐は内情を打ち明けてしまった。佐藤中将は自分をおとしいれようとしている計画の正体が、いくらかわかってきた。

「しかし、牟田口は軍法会議にかけろと、しきりにいってるそうだ。それなら、お前らが恐れることはないじゃないか。わが輩を軍法会議にかけて、抗命罪で厳罰にしたらいいぞ。わしも、牟田口と河辺は、陛下の軍隊三個師団七万の将兵を虐殺した罪があると訴えてやる。どうだ」

青木大佐が恐れた表情をあらわして、

「そんなことをせんでください。軍医の検査を受けてください。総軍からも和知参謀副長閣下が軍医をつれてきておられますから」

「何、総軍から」

佐藤中将は容易ならぬものを感じた。南方軍総司令部が参謀副長と軍医を派遣したのは、佐藤中将の処置が重大な問題となっていることを示していた。これでは、しばらく相手の出方を見るよりほかはないと思い、佐藤中将は身体検査を承知した。

青木大佐が帰ると、世古中尉がはいってきた。若い中尉は、佐藤中将の身柄がおちつくまで、これまでと同じように、専属副官として仕えるつもりであった。佐藤中将のことを、いまだに師団長と呼んでいた。ラングーンの敵中の、ただひとりの味方でもあった。

「今、青木高級参謀殿から頼まれましたが、軍医がきたら、師団長閣下は精神異常であったと、必ずいってくれとのことですが、どうしたらよいでしょうか」

佐藤中将は、あのヒゲのやつ、油断がならないぞと思いながら、

「この問題にお前は介入してはならんぞ。しいてきかれたら、ありのままに答えろ」

翌日、七月二十四日。方面軍の鎌田軍医部長が軍医三名を従えて、迎賓館に身体検査にきた。そのなかには、和知参謀副長のつれてきた、若い大尉の精神科医がまじっていた。

この日は、軍医らが戦況について、佐藤中将について質問した。そのなかでも、久野

村参謀長との会見の内容について、詳細に質問した。やはり、佐藤中将が軍命令に反抗してフミネに南下したものと、きめているらしかった。そして、その時の佐藤中将が精神異常の状態にあった証拠をつかもうとしているようであった。

軍医らは、同じことを何回も質問し、あるいは間をおいて、突然、むしかえして質問したりした。こうして佐藤中将の供述の真偽を確かめ、あるいは矛盾を見つけだそうとして、懸命になっていた。

佐藤中将は軍医らのことを、あのあほうどもの手先になっている、哀れなやつだと思いながら、『作戦概要』を示しては説明した。軍医らは歯が立たなかった。

二日目も同様のことが行われた。

三日目。軍医らは佐藤中将のからだを、いろいろに診察した。最後に脊髄から液をとった。精神異常の検査のためであった。この時は、かなり痛かったので、佐藤中将も腹を立てた。それでも、この軍医どもも命令されてやっている気の毒なやつらだ、と思って、がまんした。

三日にわたる軍医の検査ぶりを見て、佐藤中将を精神異常者にしようとしていることが明らかになった。そのように、陸軍省にも報告するものと推察した。佐藤中将は、その先手をうたなければならないと考えた。

四日目の朝。佐藤中将は鎌田軍医部長を呼びつけた。

佐藤中将の前に立った鎌田軍医部長は、初年兵のように全身をかたくして、直立不動の姿勢をとった。緊張と不安のために、顔色が青くなっていた。

佐藤中将は、いうべきことを紙に書いて用意し、それを読みあげた。その内容は、佐藤の精神状態には異常はないこと、それを精神異常者としようとするのは、牟田口軍司令官と久野村参謀長の陰謀であること、などであった。その理由としては、佐藤を精神異常者として、インパール敗戦の責任をおわせようとするためであるとした。

佐藤中将は、すでに決意していたことを、声を励まして伝えた。

「牟田口は陛下の軍隊を、自分一個の野心のために使い、皇軍を私兵扱いにして虐殺した。牟田口は反逆者である。河辺軍司令官もまた同罪である。わが輩は、彼らを徹底的に糾弾してやる。貴官は、かりにも、事実をゆがめた報告をしたら承知せんぞ」

鎌田軍医部長は直立不動の姿勢をつづけながら、必ず事実を報告すると答えた。さらに、

「インパール作戦については、閣下のお考えに全く同意であります。今後も、撤退してくる患者の収容には全力をつくします」

と、約束した。佐藤中将は、これなら悪意の報告は行われないだろうと思った。

その翌日、七月二十七日には、方面軍の中参謀長が参謀一名をつれて、命令の伝達にきた。佐藤中将は中参謀長と応接間で会見した。同行の参謀はへやの外に待っていた。

中参謀長は佐藤中将の前に立つと、四角四面に硬直し、からだが小刻みにふるえているのがわかった。軍服のポケットから紙を取りだして両手に持ち、

「命令を伝えます。『命令により、法務部長をして貴官を調査せしむ』」

と、読みあげた。この一行足らずの短い命令を読む間に、中参謀長は脂汗を流していた。すぐに敬礼をして出て行こうとするので、

「こらこら、そんなにあわてないで、そこにすわれ」

と、佐藤中将は押しとめて、いすを与えた。中参謀長はおちつかない様子で、

「調査といっても、ご心配はいりません。法務部長は旭川師団で閣下とごいっしょだった坂口大佐です」

と、申しわけのようにいうと、すぐに立ち上がって逃げるようにして行った。

とびらの外には、同行の参謀が室内の様子をうかがっていた。世古中尉の話では、中参謀長が佐藤中将になぐられるのではないかと心配して、警戒していたということだった。

午後になって、法務部長坂口大佐が調査にきた。単独であった。

「調査を命ぜられましたので伺いました。どうぞ、私におまかせください。ご安心ください」

と、おだやかにいった。その態度から、佐藤中将は、この男だけは、あのあほうどもの手先になってはいないなと思った。

坂口大佐が尋問をはじめると、佐藤中将は『作戦概要』を与えて、

「おれのいいたいことは、ここに全部書いてある」

坂口大佐は心得た顔で、

「それでは、それを拝借して、私が聴取書を作っておきます。あとでご訂正ください」

と、尋問を打ち切った。

七月二十九日。坂口大佐から聴取書がとどけられた。手紙がそえてあった。それには、命令で今すぐメイミョウに出発し、二、三カ月はラングーンに帰れなくなったとしてあった。抗命の事実の有無を、十五軍と烈師団の幕僚から調査するためであった。

《この度の件、メイミョウで決裁を仰ぎ、結果は法務部員より閣下に伝達させます。お約束の聴取書、原稿のまま、さしあげます》

聴取書の内容は、佐藤中将の『作戦概要』と、ほとんど同じであった。その原稿を残して行ったことに、坂口大佐の好意と温情が感じられた。手紙は次の字句で終っていた。

《閣下の武運長久を祈ります》

戦いの跡

一

佐藤中将には、自分にたいして仕組まれた陰謀のあらましがわかってきた。戦場で精神異常の発作をおこしたという虚構の事実を、作りあげようとする牟田口軍司令官の陰謀である。

そして、精神異常のために、抗命退却の大事をひきおこしたことにしたいのである。そうすれば、佐藤中将に敗戦の罪をきせることができる。

しかし、佐藤中将に納得できないのは、どこに抗命の事実があったかということだ。佐藤中将は、コヒマの宮崎歩兵団長の指揮する部隊をインパール方面に転用しようとする命令を拒否して以来、再三、十五軍の命令を実行しなかった。いずれも実行不可能な命令であったからだ。

しかし、佐藤中将が命令に違反しても、十五軍では、そのつど、命令を取り消すなり、了解を与えてきた。したがって、抗命の事実は解消しているとみなければならない。ルンションの久野村参謀長との会見の場合も同じである。なにが抗命かの疑問を、佐藤中将が解決できたのは、その後、まもなくであった。

そのころ、佐藤中将は迎賓館に軟禁の状態におかれていた。外部からの出入や通信は禁止され、佐藤中将の手紙は没収された。しかし、おとなしく、とじこもってはいなかった。近くの同盟通信社や日本山妙法寺などを訪れては食事をともにし、手紙の発送を頼んだ。また、軍政監部の秋山修道司政官と市中のビクトリア湖でつりをしたりしていた。また、佐藤中将に好意をもっていた第五飛行師団長田副登中将が招宴を催したこともあった。

こうした間に、佐藤中将は意外なことを知った。抗命問題は、やはりルンションの暗夜の会談におこったことになっていることがわかった。それは次のようなことであった。

六月二十六日、牟田口軍司令官は方面軍からの命令を受領した。それには、コヒマ＝インパール道の遮断をつづけること、その他を、それまでと同様に強く要求していた。

この電報は二十七日朝には、烈師団にも通報された。

十五軍は困りはてた。祭師団の右突進隊はコヒマ＝インパール道上のミッションに進出していたが、二十一日には撤収して、すでにウクルルに後退中である。また宮崎支隊はマラムを英軍に突破されてから、その所在もわからない。フミネにさがった烈師団の主力は衰弱しきっていて戦闘に使えない。

十五軍司令部では、牟田口軍司令官、久野村参謀長、そのほか二、三の幕僚が極秘のうちに協議した。その結果、コヒマ＝インパール道を遮断できないことを報告するために、烈師団の抗命退却を理由とすることにした。さらに《インパール攻略失敗の最大最終の責任も、佐藤中将の抗命独断の行動にあり》とすることにした。

その口実を研究した結果、六月二十一日夜の軍参謀長が提示した軍命令を、佐藤中将が実行しなかったことにした。そのため、インパール道遮断は不可能となったというのだ。軍参謀長が烈師団の退却南下を了解し、さらにミンタ集結命令をだしたことなどは、なかったことにした。

だが、二十三日に十五軍から烈師団にだしたミンタ集結命令を、方面軍が全く知らずに、二十六日の命令をだしたということはおかしい。しかし、実際には河辺軍司令官はこうした事情を知らなかったのである。それから推察すると、方面軍の幕僚のなかに、牟田口軍司令官と共謀するものがいたためとも考えられた。

ともあれ、佐藤中将を精神異常にすれば、インパール街道開放の責任を押しつけられるばかりではない。インパール敗戦の原因は、佐藤中将が無断退却したため、北部戦線が崩壊したからといえるのだ。

佐藤中将は回想録に次のように書いた。

《実に聖代の奇怪事にして、到底常識をもって解すあたわざる狂乱なり》

インパールから退却する敗残兵の収容が一段落するころには、すさまじい雨足も遠のいた。九月の下旬になると、急に雨雲がきれて快晴になった。五カ月ぶりで仰ぐ、青空と積乱雲の光りがまぶしかった。雨季があけた。

インパールの敗戦の結果、第十五軍は戦力を失って、崩壊のまぎわにあった。大本営はビルマ方面軍司令部、十五軍司令部、各師団などの首脳部の人事を一新し、軍を再建しようとした。十月になると、方面軍の人事異動が発令された。河辺、牟田口両軍司令官は参謀本部付を命ぜられた。久野村、中の両参謀長も更迭となった。これらの異動は懲罰のためであり、やがてはくびになるだろうと、うわさされた。この更迭は、雨季あけにふさわしい明るい話題となった。

しかし、佐藤中将には、ゆううつな日がつづいていた。処分は、まだきまらなかった。

十一月七日、佐藤中将の待っていた客が迎賓館を訪れてきた。方面軍の法務部長坂口大佐であった。佐藤中将の前に進むと、直立して威儀を正して述べた。

「軍法会議の判決を申しあげます。不起訴であります」

「不起訴とはどういうことか」

「罪にならないということであります」

佐藤中将は念を押した。

「それでは、いささかも罪にはならないか」

「少しも罪にはなりません」と、坂口大佐は語気を強めて断言した。

「それでは、牟田口、河辺を反逆者として自分が告発するが、よいか」

「それは上司の命令がなければできません」

佐藤中将はこれについて、回想録のなかで次のような所感を記している。

《これで事件は解決したことになった。しかし、いかにも奇怪な事件であった。軍法会議がどのようにおこなわれたのか、精神異常の診断はどうなったのか、何もかも、あいまいであった》

しかし、このような結末にしたのは、坂口法務部長の意図でもあったようだ。

牟田口軍司令官は自分の考えに反対する者は、すぐにも軍法会議にかけて処罰したがるくせがあった。牟田口軍司令官はインパール作戦間に、まず柳田師団長を解任した。この時、柳田中将を軍法会議にかけることを考えた。柳田中将はインパール作戦中止の意見を牟田口軍司令官におくり、第三十三師団の前進をひかえさせた。これは抗命であると考えられた。軍刑法では、抗命のなかには不服従をふくんでいた。

牟田口軍司令官は十五軍の法務部長相内《あいない》禎介《ていすけ》大佐にたずねた。

「柳田の抗命事件について、捜査を開始すべきだと思うが、どう考えるか」

相内法務部長は、捜査すべきでないと答えた。その理由の第一は、将官に対する裁判管轄は高等軍法会議の専属であることだった。軍の軍法会議では、将官に対しては裁判権を行使することはできなかった。従って、その検察官も、同様に捜査権を行使できない。理由の第二は、柳田中将の行動が抗命罪を構成するかどうかが疑問であったからだ。

牟田口軍司令官はこの説明をきくと、ものわかりよく了解した。

その次に、佐藤中将の事件がおきた時は、牟田口軍司令官は強い態度を見せ、はじめから相内法務部長に〝捜査すべし〟と命じた。相内部長も、柳田、佐藤の両者の行動に違いのあるのを知っていた。また、佐藤中将が軍司令部に対して、不服従の通告をしてきたのを注目していた。

相内部長は次のような意味のことを答えた。

「柳田事件の時に申しましたように、軍の軍法会議検察官は、将官に対して捜査権を有しません。このため、陸軍大臣に連絡して、相内を高等軍法会議検察官兼務ということに発令してください。そうすれば、ただちに捜査を開始し、場合によっては、相内の職権で拘留しましょう。起訴もしましょう」

このように答えたのは、腹のなかで、牟田口軍司令官が東京に連絡するようなことはしないだろうと見ていたからであった。軍司令官は質問した。

「高等軍法会議検察官として捜査の結果、起訴となればどうなるか。裁判はどこでおこなわれるのか」

「当然、東京の高等軍法会議であります。法律上は、現地出張裁判ということも違法ではありませんが、事実上は不可能です。なんとなれば、中将を裁判するには、高等軍法会議の法務官二名のほかに、判士として中将以上三名、うち一名は必ず大将の判士が必要です。司令官は判士になれません。従って、出張するだけの裁判機関の構成ができません」

「十五軍の軍法会議ではできなくても、上級の方面軍、または総軍の軍法会議でも中将の裁判はできないか」

牟田口軍司令官はしつこく追及した。相内部長が、

「法律上、不可能です」

と、答えると、軍司令官はひどく不満な色を浮かべた。そして、いかにもあきらめきれないようにいった。

「高等軍法会議兼務のことは考えてみる」

数日後、牟田口軍司令官は相内部長に白扇を持たせてよこした。それには孟子の言葉が書いてあった。牟田口軍司令官が自分で書いたもので〝さたやみにした〟という意味にとれた。

ところが、その後に坂口法務部長が捜査をはじめた。これは坂口大佐がビルマ方面軍軍法会議検察官としておこなったものである。しかし、相内部長が説明したように、適法の行為ではなかった。坂口大佐は高等軍法会議兼務の命令をうけていなかったからだ。

坂口大佐が違法の捜査をはじめたのは、牟田口軍司令官が方面軍の河辺軍司令官に対して、強硬に要請したためであった。方面軍軍法会議によって佐藤中将を捜査し、訴追させようとしたのである。

また、軍法会議法には、それができる規定があった。それは、あらゆる手続きは、管轄が違っても効力を失わずという規定であった。従って、高等軍法会議の管轄事例を、

軍の軍法会議でやっても、違法なりに有効だということになっていた。

もう一つ、規定があった。それは、交通断絶地の軍法会議は管轄規則にこだわらないということであった。方面軍軍法会議は、この規定を拡張解釈して、ラングーンを交通断絶地としたのである。それによって、高等軍法会議の管轄事件である将官に対する裁判をおこなおうとした。

しかし、ビルマの首都であるラングーンを交通断絶地としたのは、なんとしても無理なこじつけであった。ラングーンは無条件降伏の日まで、交通断絶したことはなかった。このような無理をしてまで、佐藤中将を軍法会議にかけようとしたのは、牟田口軍司令官の強い要求のためであった。牟田口軍司令官としては、なんとしても佐藤中将を、目の前で処刑したかったのだ。

従って、坂口大佐の捜査には、一応の根拠があった。捜査の結果、佐藤中将には外形上の事実として抗命行為のあったことが認められた。しかし、その当時、佐藤中将は過労のため、心神喪失の状態にあったと判断された。この精神鑑定は、検察官の嘱託、または命令によっておこなわれたものであった。

この結果、刑法三九条第一項によって、責任がないという理由で不起訴になった。このため裁判機関、つまり軍法会議の裁判をうけることなく、事件は終結した。

佐藤中将は坂口部長から不起訴の通告をうけた時には、不満の態度を示した。それは、法廷に出て正邪を明らかにしたかったからだ。しかし、この結末には、坂口部長の苦心の工作があったと見られている。

坂口部長は牟田口軍司令官の要求の無理なことを知っていた。また、佐藤中将の立場も了解していた。しかし、佐藤中将が不服従を宣告し実行したことは不問にすることはできなかった。そこで捜査はしなければならないが、裁判にかけてはならないと考えた。裁判の結果、有罪となれば、抗命罪は死刑、無期、または十年以上の禁固である。ところが、師団長は天皇が親補する職である。師団長を処罰するのは、天皇に誤りがあったとすることであり、天皇の神聖を犯すことになる。だから精神異常、つまり心神喪失ということで不起訴にして、事件をかたづけるのも一つの方法と思われた。しかし規定通りに高等軍法会議検察官の捜査をうければ、どんな結論になるかは予測できなかった。抗命は重大な問題であるからだ。

坂口部長は無理は承知の上で、方面軍軍法会議で処理することにした。そして、手続き上の誤りは、法務部長兼首席検察官である坂口大佐が自分の責任とする覚悟だった。このような意図であったが、実現までには、なお困難があった。ことに、牟田口軍司令官の監視がうるさかった。実際に不起訴の結論が出たのが、十一月になったのは、このためであった。

十月にビルマ方面軍首脳部の人事が大きく異動した。河辺、牟田口両軍司令官はビルマを去った。坂口部長には、これが好機となった。新しい方面軍司令官木村兵太郎中将、田中新一参謀長が着任して、この人々と計って、坂口判決を実現させることができた。

このように経過を見てくると、佐藤中将を精神異常者としようとしたことは、軍法会議をさけるためであったといえる。

その証明となるものは、烈の常松軍医部長が語った言葉である。それによれば、十五軍の司令部で、強要されて診断書を書いたという。それは、佐藤中将が精神異常をきたしているという診断である。それを書かなければ、佐藤中将は軍法会議で抗命罪になるといわれたのだ。

牟田口軍司令官が佐藤中将を抗命罪にしたいのなら、精神異常の診断書を書かせる必要はない。しかし、それを書かせたのは、牟田口軍司令官に、その必要があったのではなかろうか。その第一の理由は、軍法会議になると、佐藤中将がどのようなことをいいだすかがわからなかった。すくなくとも、牟田口軍司令官や十五軍の不利となるのは明らかであった。

軍法会議で目的を達せられないとなると、佐藤中将を精神異常者に仕立てることが必要になった。佐藤中将が異常な行動をとったからこそ、インパール作戦は敗退したということにするためであった。この陰謀に、河辺軍司令官も加担した。インパール敗戦ということでは、河辺軍司令官も共同責任者である。このため、佐藤中将の健康診断を実施させた。総軍が参謀副長と軍医を派遣したのは、天皇をはじめ上級責任者に累をおよぼさせないためであったろう。

軍医の診断の結果は、佐藤中将に異常を認められずとしてあった。方面軍の鎌田軍医部長は、佐藤中将に約束した通り、医者としての厳正な態度を守った。

《全くばかばかしい話ではあるが、しかし烈師団長佐藤中将はコヒマの時から、でたら め軍司令官など、てんで相手にしていなかったことは、抗命罪以上のものであったのだ。ただ予は、この匪賊《ひぞく》どもの乗ずるすきを与えなかっただけである》

佐藤中将は、自分自身に、抗命罪どころか、それ以上の考えのあったことを認めている。そして牟田口中将らを悪賊と極言している。これは、相手が正しくなければ、それが上官上級者であっても、断じて戦い、正論をつらぬくべきだといっているようである。

佐藤中将は、これで事件は終ったと思い、近いうちに内地に帰れるものと信じた。内地に帰ったら、インパール作戦の真相を明らかにし、責任者を糾弾しようと考えた。

ところが、予想外の命令が伝えられた。十一月二十二日、佐藤中将は待命となり、二十三日付をもって予備役に編入された。

これは日本陸軍にかつてない異例のことであった。師団長は親補職であるから、一度は必ず内地に帰し、天皇に報告をした後でないと、予備役編入はできないはずであった。佐藤中将は現地で予備役となったばかりでなく、即日召集され、ジャワの第十六軍司令部付を命ぜられた。こうして内地に帰ることなく、ジャワに転任させられた。これは、佐藤中将に真相を暴露されることを恐れた者が、策動したためであることは明らかであった。

軍法会議問題以来、佐藤中将の身辺には卑劣な陰謀がとりまいていた。その上、陰謀者の一味は、天皇の親補職の任免まで勝手におこない、しかもそれを天皇の命令とした。

伊藤正徳著『帝国陸軍の最後』（死闘篇）のなかには、次のように記してある。

《部下一万を救った業績と判断とは、佐藤師団長の人に将たる資質を証明したが、遺憾ながら、上司に反抗し、皇軍八十年の統制の伝統を破り、不可侵の軍律を犯した事実は掩《おお》うことが出来ない》

このような見方をするのが戦史の一般である。しかし、佐藤中将が抗命をあえてした行動と、その原因を作った事情や最後の人事の不正とは、いずれが〝伝統を破り軍律を犯し〟ていることになろうか。もし、真正に軍法会議にかけるとすれば、それは佐藤中将ではなくて、牟田口軍司令官だといえるのではないだろうか。

二

佐藤中将は精神異常問題について、回想録に次のように記している。このなかでは、佐藤中将なりの事件の見方をしている。

《佐藤師団長更迭の申請に対し、東条より『三人の師団長を更迭するということは、軍の統帥に異状なきや』との詰問の電報があった。これに対し、ビルマ方面軍はうっかりして、第十五軍の統帥に異状なき旨の返電をしてしまった。

その結果、東条より、

『よく佐藤中将を取り調べて見よ。もし精神に異常ないようであるなら、軍法会議もまたやむを得ない』という電報があった。そこで、ぼんやり牟田口の電報を中央に取りついだ南方総軍もあわてだし、どこまでも精神異常にしなければ面目にもかかわるようになり、方面軍とともに、あくまで精神異常で押し通そうとしたのである。

和知南方軍参謀副長は友人であり、好意的であるが、もし佐藤中将を軍法会議にかけてはとの心づかいも手つだって、総軍から精神科の軍医を帯同してかけつけたようだ。河辺正三は、なんとかして精神異常にしてすますことができればと思い、準備させていた軍医どもに予の健康診断を強行させた。その後、坂口法務部長に、

「佐藤は平常と少しも変りはないではないか」といったと、坂口が予に伝えた。河辺はまた、

「牟田口という男は、こんなやつとは思わなかった」

とも、もらしていたということである。

それだけに、軍法会議を恐れたのは、方面軍であり、第十五軍司令部であるのだ。

坂口大佐は予の行動に心から敬意を表し、南方軍の法務部長もまた予の行動に感動し、極力、予の現役にとどまるように尽力したもようであった。

ところが、当時の陸相は杉山であり、陸軍省の法務部長は杉山の鼻息をうかがい、予と牟田口とのけんかということにして、両方とも予備役とした。また、予の内地帰還を極力きらったのが杉山であり、参謀総長の梅津でもあるのだ。

東条がやめてのち、杉山、梅津の時代となって、陸軍はますます頽廃《たいはい》の極におちいっ

た。

事件の真相が判明するとともに、予の武勲に対しても、なんとかしなければならぬ事情がおこったと見える。同時にまた、予の内地帰還を非常に恐れたこともあって、予をジャワ軍の最高司政長官に任命しようとした。予は断固としてこれを拒否した。

大体、インド解放などという政略を加味した、こんな大作戦は、大本営が立案して、総軍の指導下にビルマ方面軍が実行にあたるべきものである。それを一個の軍司令官に一任して、それがだめになっても、知らぬ顔をしていた。最も重大な最後の場面には、方面軍からも、総軍からも、一名の参謀も派遣せず、さわらぬ神にたたりなしの態度をとったのは、まさに亡国の徒といわねばならぬ。

結局、大本営、総軍、方面軍、十五軍というばかの四乗が、インパールの悲劇を招来したのである。そしてこの連中が、三人の師団長に責任をおわせ、自分たちは、あれほどの悲惨な大敗戦に対し、最後まで知らぬふりして通そうと腹をきめていた。

これは全く、東西古今の戦史に類例のないばかげたことで、軍事常識の所有者のとった作戦とは、どうしても考えられない。

大東亜戦争の作戦全部がこれなのだ。

そしてこれが杉山、梅津らを首領とした保身派の連中のやった作戦の本体なのである》

派閥が佐藤中将をおとしいれただけでなく、作戦を誤らせ国を亡ぼしたというのだ。

インパール作戦は、中止の時機をのがしたことが、事態を一層惨烈なものにした。作戦を中止させる機会は幾度もあった。戦況が悪化した六月五日、河辺方面軍司令官がインダンギーの十五軍の司令部を訪ねたときは、手遅れではあったが、緊急に中止すべき最後の機会であった。

このとき、牟田口軍司令官はまず、祭師団長山内中将の更迭を要望した。河辺中将は、それをやむを得ないものとして同意した。つぎに牟田口軍司令官は兵力の増加を求め、河辺中将は努力することを約束した。

これで会談の用件は終った。しかし、牟田口軍司令官は何かいいたげにしては、ためらっている様子であった。河辺中将はそれに気がついたが、しいて、きこうとしなかった。ふたりは陰気にだまりこんでいた。

牟田口軍司令官が戦後に書いた回想録には次のように記してある。

《私は河辺将軍の真の腹は、作戦継続に関する私の考えを察知すべく、脈をとりにきたことを十分察知した。私は「もはや作戦断念の時機である」と、のどまで出かかったが、どうしても将軍に吐露《とろ》することはできなかった。私はただ私の風貌《ふうぼう》によって察知してもらいたかった》

このことで思い合わされるのは牟田口パンフレットにある、蘆溝橋事件の時の、このふたりの会見の記述である。一文字山の陣地で、ふたりは何もいわないでいた。

《私もだまっている。だまって銃声を聞いている。この時の重苦しさを生涯忘れること

はないだろうと思った》

蘆溝橋事件の時と同じように、インパール作戦の時にも、ふたりはだまりつづけた。

この時、烈師団はすでにコヒマから退却をはじめていた。路ばたに倒れた患者の、まだ生きている肉体を、ねずみが襲って、肉をくい、目の玉をかじった。また、黒い顔に見えたのは、すきまなくたかったハエのためであり、それが飛び立つと、青くふくれた顔に変った。また、おき捨てられた担送患者の上を、英軍戦車が走りまわった。

このような状況は、インパールの各戦線に展開していた。牟田口、河辺両中将が会見しているその時にも、それがつぎつぎにおこっていた。それなのに、ふたりはいうべきこともいわず、相手の顔をうかがっていた。

久野村参謀長や薄井兵站主任参謀にしても、飢えて死んだ兵の死体が山をなしたのを知っていたはずだ。

五十八連隊の中村孝三上等兵が見たチンドウィンの渡河点の状況は次の通りであった。

《その晩は雷雨であった。一瞬の稲妻で前を見透して、がけ道を歩かなければならなかった。がけから転がり落ちる者もあった。あたりは人の死臭が漂っていた。

夜が明けてみると、道筋は友軍の行き倒れた死体が敷きつめられたように続いていた。うじが小山のようにたかり、早いものは白骨寸前になっていた。

まず骨と皮ばかりになって、力尽きてゴロリと横になる。それで終りである。一日か二日たつと、ガスが充満して皮が破れんばかりにふくれ上り、目、鼻、口等からうじが入り込む。みるみるうちにそれがふえて、たちまち死体が見えなくなる程に包んでしまう。三日も小山のように盛り上って蠢《うご》めいているうちに、人間の方は骨だけになってしまう。

生きている戦友でも、しばらく逢わないでいるうちに容貌が変って、ちょっと見ただけではわからなくなってしまう程である。こうして斃れて居る者が、どこの誰やら、もはや識別のつけようもない。

手榴弾も帯剣もない。大部分は行ける所まで歩こうとして、遂に斃れてしまった負傷者か病人である。

来る日も、また来る日も、延々何十里も、こうした死体が敷きつめられたように累々と続いていた。やっと平坦地に出ると、さらに多くなった。一里の間に五、六百人もいただろうか。

それでも、この辺からは部隊に追い越されても何の感情も示さず、よろよろと歩いている者が多かった。みんなはだしで、ボロボロの布切れを身体にかぶり、杖を持ち、飯盒をぶら下げ、ひげボウボウで目はくぼみ、ゴロリと横になれば、それでりっぱに死体となれる寸前の者ばかりである。

時々、雨空をふるわせて手榴弾の爆発音がする。自決する音だろう。

「兵隊さん」

泥の中から、死んでいると思った兵隊が声をかけた。

「手榴弾を下さい、お願いします」

「そんなこというもんじゃない。米をやろうか」

「飯は炊《た》けません、手榴弾を下さい」

「ばか！　それじゃ飯を少しやろうか」

「飯もいりません、手榴弾を下さい」

「だめだ。これは俺が死ぬ時いるのだ」

「あんたは大丈夫生きられます。その手榴弾を私に下さい。頼みますよ、兵隊さん……」


　自分ではすでに〝兵隊〟ではなくなってしまっていた。隣の屍を食いつくしたうじが、彼の手足にはいずり始めていた。……正に鬼哭啾々《きこくしゅうしゅう》たる地獄絵巻そのものであった。やっと、やっと敵から逃れてここまで来たのだ。それが何のためになったのだろうか。嗚呼《ああ》……》

　インパール作戦で、一般に非難されているのは、明らかに無謀とわかっている計画を強行させた点である。しかし、それよりも非難されるべきは、この作戦のあと始末ではなかろうか。いかにそれが無責任におこなわれたか。そしてまた、その指導者のとった行為が卑劣で恥を知らなかったか、という点にあるのではなかろうか。

　十五軍司令部の中井悟四郎中尉の記録には、次のような記述がある。

《シュウェジンの戦闘司令所は、上空に遮蔽した波状地の疎林の中にあった。私達は、それこそお粗末な小屋に寝起きして藤原参謀の仕事を助けた。後退作戦の区処は、日々転変する敵情、友軍の状態に依り、適切を期さねばならなかった。大抵の参謀や部付将校は第一線の後退指導や連絡に出かけて不在であり、司令所を守る者は司令官、参謀長、木下高級参謀、橋本参謀、藤原参謀とこれに随従する若干の部付将校に過ぎなかった。

このような時、牟田口軍司令官が、藤原参謀の机の所へやって来て、私達部付将校の前でこんな事を言った。

「藤原、これだけ多くの部下を殺し、多くの兵器を失った事は、司令官としての責任上、私は腹を切ってお詫びしなければ、上御《かみご》一人《いちにん》や、将兵の霊に相済まんと思っとるが、貴官の腹蔵ない意見を聞きたい」

と、いとも弱々しい口調で藤原参謀に話しかけた。私達は仕事の手を休め、この興味深い話に耳を傾けた。彼は本当に責任を感じ、心底からこんな事をいい出したものだろうか。自分の自害を人に相談する者があるだろうか。彼の言葉は形式的な辞句に過ぎないものではなかろうか。言葉の裏に隠された生への執着が、言外にあふれているような疑いが、だれしもの脳裏にピンと来た。藤原参謀はと見ると、仕事の手を一瞬もとめようとはせず、作戦命令の起案の鉛筆を走らせていた。司令官には一瞥《いちべつ》もくれようとせず、表情すら動かさず、次のようなことを激しい口調で言われた。

「昔から死ぬ、死ぬと言った人に死んだためしがありません。司令官から私は切腹するからと相談を持ち掛けられたら、幕僚としての責任上、一応形式的にも止めない訳には参りません。司令官としての責任を真実感じておられるなら黙って腹を切って下さい。だれも邪魔したり止めたりは致しません。心置きなく腹を切って下さい。今度の作戦の失敗はそれ以上の価値があります」

と言って相も変らず仕事を続けている。取りつくしまもなくなった司令官は「そうか、良くわかった」と消え入りそうな、ファッ〳〵と、どこか気の抜けた笑い声とも自嘲ともつかない声を残して、参謀の机の前から去って行った。私達は何事もなかったように各自の仕事を再開しながら心の中で思った。司令官は死ぬ積りは毛頭ないのだ。大勢将校のいる前で参謀に相談し、参謀から、切腹を思い止まるよう忠告する言葉を期待していたのだ。そしてこの寸劇により、司令部内外への宣伝価値をねらったのに違いない。ところが案に相違した参謀の言葉に、この演出は失敗に終ったのだ。卑怯卑劣という言葉が、この場合の司令官の言動に最も適した言葉であった。「ウ」号作戦進発前後のあの昂然たる自信ある態度や、四辺を睥睨《へいげい》していた眼光はどこに失ったのであろうか。一介の老爺に過ぎない卑屈さをどこで拾って来たのであろうか。蘆溝橋の一発当時の部隊長、シンガポール攻略戦、ブキテマ高地の勇将牟田口師団長の面影など少しも残っていない、自信を全くなくした人の赤裸々な弱さだけが残っているように私には思えた》

インパール作戦の三個師団のうち、烈師団の損害は、参加人員二万三千百三十九名に対して、戦死、死没者一万一千五百名を数えた。弓第三十三師団は参加人員二万二千三百七十六名に対し、戦死、死没者は約一万二千五百名。祭第十五師団は参加人員二万五百四十八名に対し、戦死、死没者は約一万二千三百名であった。

普通の師団の定員は一万五千名である。烈弓祭とも二万をこえていたのは、この作戦のために除隊させなかったのと、作戦間に補充されたからである。そのため犠牲者の数も多くなった。

インパール作戦については、今日なお、さまざまな批判がある。そのなかで注目してよいのは、インパール作戦は全く必要がなかったという見解である。

それは、ビルマ方面軍の本来の任務が、ビルマの維持防衛にあったからだ。インパール攻略の虚名におどっている間に、インドのレドを起点とする連合軍の軍用路、レド公路は北ビルマに達した。そのため多くの日本軍守備隊は全員戦死の惨敗をした。ビルマの防衛の目的は失われた。

ビルマ方面軍は本来の任務を忘れて、一将の野望に追随した。これは方面軍司令官河辺中将の責任といえよう。

河辺軍司令官はインパール作戦を決行し、また雨季の最盛期になっても中止をさせようとしなかった当時の心境について、戦後になって、次のように述べている。

《五月下旬から旬余にわたり、霖雨《りんう》を冒して戦線を視察したが、予の胸中は憂鬱《ゆううつ》であった。ラングーンの司令部に帰った予の頭には、第一線での悲壮な牟田口中将の報告の裏に隠顕した、ある種の印象がこびりつき、私の瞼には鬼気ただよう陰雨の下、陣頭に立つ我が将兵、ことにパレル戦線で握手したインド国民軍将兵の顔が彷彿《ほうふつ》としてやまぬ。

一方、南方軍や東京から届く電報は、ことごとくインパール作戦の成果を鶴首して来ている。もし冷静にこの戦況を客観することが許されたならば、この時すでに私はこの作戦中止の決心に出たであろう。しかしこの作戦には、私の視野以外さらに大きな性格があった。何らか打つべき手の一つでも残っている限り、最後まで戦わねばならぬ。この作戦には、日印両国の運命がかかっている。そしてチャンドラ・ボースと心中するのだと、予は自分自身に言い聞かせた》

チャンドラ・ボースが優れた政治的手腕で東条首相に強く働きかけたことが、インパール作戦決行の大きな原因となっている。

佐藤中将はラングーンから、ジャワのジャカルタに赴任した。昭和二十年二月六日付のあいさつ状には、つぎのように記している。

《爾来ジャワ義勇軍指導の顧問役として、ジャワ各地を視察し、最近一段落つかまつり候ところに御座候。目下格別の仕事とてこれなく、悠々自適のうちに戦局の推移達観まかりあり候》

要するに、何もする仕事はなかった。ていのよい島流しであった。

その間に、インパール作戦の指導者たちの人事異動がおこなわれた。牟田口中将は予科士官学校の校長になった。河辺中将は大将に進級した。その上、内地の航空総軍の軍司令官になった。また、久野村参謀長は近衛第二師団長に、中《なか》方面軍参謀長は第十八師団長に転じた。いずれも栄転である。牟田口中将だけは、以前にも予科士官学校長をしたことがあるから、栄転でなく復帰だとの説がある。しかし、インパール敗戦の後、予備役になるとまもなく、将校教育の指導者に返り咲いたのは、どういう理由であろうか。

筆者が本文を執筆中に、久野村元中将から次の要旨の電話があった。

「私は今までウ号作戦については何も語らず、発表もしなかった。しかし、関係者が死亡した今日では、真相を知っているのは私だけだ。だから、真相を書き残すことにした。『抗命』には誤りが二個所ある。一つは、佐藤師団長の抗命はコヒマを無断撤退したことだ。もう一つは、ルンションで佐藤中将に会見をことわられて、その夜、私と薄井参謀は雨のなかを、ひと晩、野宿してあかした。翌朝になって、ようやく会えたのだ。また、木下高級参謀が佐藤師団長に短刀を渡したという話がある。自決をすすめたのだろう。本当の話かどうか知らんが」

この短刀の話は別として、久野村参謀長と薄井参謀は、その夜のうちに佐藤師団長と会見している。そのことは佐藤回想録ばかりでなく、烈の後方主任参謀野中少佐の遺稿にも書いてある。それを久野村元中将は電話で訂正してきた。その意図がなんであるのか、私には疑問であった。

野中参謀の遺稿には重要な一節がある。野中参謀は解任された佐藤師団長を送って、チンドウィン河の渡河点まで行った。その帰りに十五軍司令部に立ち寄り、牟田口軍司令官と会談した。その時の状況を『その日その後』と題した所感文集に記している。これは降伏後、ラングーンで捕虜生活をしている間に書いたものである。

《軍司令官に申告に行くと「参謀一名、佐藤中将について来ると言うから、だれかと思ったらお前だったか。そりゃつごうがいい。だいぶ苦労したな。ゆっくり休んで、明朝でも、話があるから来てくれ」と言ったが、その時だけは、ついほろりとした気持ちになった。

翌日十時過ぎ、軍司令官と机をはさんでさし向いにかけた。煙草が出され、恩賜の酒が出され、すすめられるまま外国煙草に火をつけた。軍司令官は佐藤中将をさんざんに酷評した。軍法会議にまわす、佐藤をたたき斬って俺も切腹するといった(佐藤中将通過の際は、故意に山本支隊を視察に行って同中将を避けたくせに)。また、ひとりとして腹を切ってでも、師団長をいさめようとする幕僚も居ないとなじった。軍司令官は「部隊長幕僚等で抗命の考えを持つ者がないか」とも聞いたが、ないと断言した。

軍司令官はさらに「足利尊氏になることは誰にも出来る」ともいったが、語っているその頭から湯気が立ち、眼がすわり、常人でないように感じられた。すると突然に、軍司令官の話は「真崎将軍はあんな人とは思わなかった。おれもいろいろ面倒を見たことがあるが」と、何も関係の無いことにとんだりした。

軍司令官はさらに、作戦開始前に、対空挺隊戦備として、棒くいをメイミョウに植える事を命じたとか、牛一万頭を送ってやる、一頭あれば一日千人の給食が出来るともいった。しかし聞いている自分にとっては、何等まとまりのある話ではない。たしかに、牟田口軍司令官は多少変になっているように思われた。

約一週間の滞在中に、自分は何を見、何を感じたか。

軍司令官と幕僚の間は完全に疎隔されていた。参謀長は別として、参謀が意見を具申しても、軍司令官は頑として聞き入れなかった。また、参謀が実行不可能なる命令の起案を拒絶すると、軍司令官自ら不可能、不合理な命令を起案した。

軍司令官は頑迷で幕僚を眼中に置かないが、その軍司令官にも恐い参謀がひとりいた。「木下参謀には一目置いていますよ。三宝の上に短刀を乗せて『お腹をお召し頂きます』と行きますからね」とある若い参謀が自分に語ったことがある。

インパール占領の執念にとらわれつつも、軍司令官がいかに自己の保身に手をつくしたか。作戦中、彼はしつこく中央部に対して書簡を出し続けた。東条首相に、富永次官に、さらにそのほかのいわゆるやり手の将校に、あるいは直送し、あるいは、たまたま来た大本営幕僚に託した。その内容は、当初は作戦の成功確信を告げ、見込みがなくなってからも、なお強調し、いよいよ失敗必至となるや（軍司令官以外には相当早くより判断されていた事であるが）責任を第一線兵団長と自己の幕僚に帰し、自ら独り清からんとした。こうした自己保全の胸底作戦は、軍参謀の言動なり、他の様子からも充分察知された。また中央部ではそれを鵜呑《うの》みに信ずるであろうことも。

ある時には「一度教育総監をやって見たい」と言ってひどく物笑いの種になった。こうした点から考えても、牟田口軍司令官は名誉心、出世欲がきわめて旺盛であったことは合点出来る。

砲声は以前から聞こえていたが、二三日来、急に近くなった。それでも落下の所が見えるほどではなかった。牟田口軍司令官は二十四日の移動命令を突然変更し、二十二日出発するといいだして、幕僚や部長を狼狽《ろうばい》させた。軍司令官は二十二日の夕刻になると、幕僚部長とあわててクンタンを出発した。軍司令官の意図は速かに後方を確立するにあったようであるが、猛雨の中に苦戦を続ける将兵には、裏切られた感が深かった》

当時、十五軍の戦闘司令所はひんぱんに移動をしていた。また、久野村元中将が電話で私に伝えた短刀の話は、この手記にあるのが事実であろう。

佐藤中将は牟田口軍司令官のことを狂乱、狂気といっている。しかし、それは形容であるらしく事実として断定するに至っていない。しかし、野中参謀の手記には、牟田口軍司令官の言動に異常を感じたと記している。牟田口軍司令官の精神は正常であったとしても、作戦間には錯乱の状態にあったのだろうか。そうとすれば、佐藤中将を精神異常者にしようとした本人が、実は精神異常者であったのだ。

佐藤元中将は昭和三十六年二月二十六日、東京都世田谷区の病院で亡くなった。病気は肝硬変。六十七歳であった。告別式の日、牟田口元中将が姿を見せた。戦争が終ってからも、ふたりの気持ちは和解することがなかった。時には、それぞれに応酬したこともあった。しかし、牟田口元中将の弔問は、ふたりの長い対立を解消させるものと思われた。牟田口元中将は佐藤家の遺族の前に頭をさげ、

「自分の至らないため、すまないことをした」と、わびた。

しかし、その後、英国からバーカー中佐の手紙がくると、牟田口元中将は態度を一変した。そして、公然と、自分が正しく、佐藤がわるかったのだと口にだしていうようになった。佐藤家の遺族は、裏切られた思いをして、ひどく心を傷つけられた。

牟田口元中将は、その後はバーカー中佐の手紙を持って、各新聞社、雑誌社をまわり歩いた。そして、自分の作戦が正しかったことを、当時の敵軍将校によって認められたことを語った。さらに、インパール作戦について、今後、牟田口の行動を非難しないようにたのんだ。このようないきさつを『週刊サンケイ』は〝わが作戦に誤りなし〞の記事にして掲載した。

また、雑誌『文藝春秋』にも〝バーカー氏との往復書簡〞の題で寄稿をした。これにはバーカー書簡の内容の紹介のほか、河辺軍司令官と意志の疎隔があったことを明らかにした。そして、次のように結んでいる。

《最後に一言附加したい。日本の武士道精神に「武士は相見互い」ということがある。戦争の時は、敵味方と別れて身命を捧げて勝敗を争うけれども、一旦平和にもどれば、敵側の問題を正しく評価して、立場と境遇を理解し同情し合うということで、人間として尊ぶべき情緒であり、武人としてゆかしい態度である。かくて昨日の仇敵も今日の友人となることができる。私が当初バーカー氏の書面に接して受けた感じは、実に、この「相見互い」の精神に溢れていられるとの感銘であった。私は、氏に対して深厚なる敬意と謝意を表せざるを得ない。

この「相見互い」の精神こそは、おのずから平和に貢献する礎石《いしずえ》となるものである》

要するに、自分が正しかったということである。

その後、牟田口元中将は国会図書館で蘆溝橋事件の録音をすることになった。その時である。国会図書館に申しいれて、インパール作戦の録音をさせるようにした。これは国会図書館では予定していなかったことであった。結局、牟田口元中将の強引で、しつこい要求をうけいれることになった。

インパール作戦談の録音は、昭和四十年二月十八日であるが、牟田口文書の表紙には『国会図書館説明資料』として、昭和三十九年四月二十三日の日付がある。早くから、準備していたものと見られる。

昭和四十年七月十一日、北九州市八幡区で北九州ビルマ方面戦没者合同慰霊祭が催された。それに招かれて出席した牟田口元中将は、意気さかんな様子であった。やがて、あいさつに立つと、バーカー書簡について語りだした。そして、河辺軍司令官がディマプール進撃を制止したから負けたこと、弓、烈、祭の三師団長がつまらない人物だったので、これを早く更迭しておけば勝っていたことなどを語った。最後に牟田口文書をふりかざして、

「くわしくは、これを読んでください」

と叫んだ。

参列の遺族は意外な話におどろき、あきれた。散会後に、遺族の間では、不満のささ

やきがかわされた。せめて、ひとこと、〝申しわけなかった〟といってほしかった、ということであった。

北九州に多い第百二十四連隊の、ガダルカナルとインパールと、二大惨戦に生き残った将兵たちも、ひとしく反論した。

「牟田口はディマプールに進撃していたら勝ったというが、それは実地を知らない空論だ。コヒマにへばりついたままで、とても先に進める状況ではなかった。よし、また、ディマプールに行ったとしても、結局はコヒマと同じか、それ以上にひどいいくさになっただけだ」

烈師団の生き残り隊員の名で、佐藤師団長の離任の辞その他の文書が配布されたのも、同じ気持ちからであった。

昭和四十一年八月二日、牟田口元中将は亡くなった。喘息、胆嚢《たんのう》症、心筋梗塞《こうそく》で加療中に脳溢血《いっけつ》を併発した。七十七歳。佐賀県の出身であった。告別式は八月四日、東京都調布市の自宅でおこなわれた。会葬者は長い列を作り、そのなかに荒木貞夫元大将ら旧将軍の顔も見えた。

受付の係りの前にはパンフレットが高くつまれ、会葬者に渡された。それが、かの『国会図書館における説明資料』であった。会葬者の多くは、告別のあとで、めずらしげに、あるいは感慨深くページをめくった。

《私が決心した通りにやっていたら、勝てたのだ！》

この言葉を記したパンフレットを、死後にまで配布したのは、まさに、人間の妄執《もうしゅう》であった。

人間の責任――あとがきにかえて――

牟田口文書は、私の知人から送ってきた。その時は、あまり気にとめなかった。それというのも、だれがなんのために配布したのか、わからなかったからだ。そのうち、各地の知人がつぎつぎに送ってよこして、同じ文書が数冊たまった。そうなると、そのまま見すごすことのできないものを感じた。

同じころ、私は佐藤幸徳氏の回想録が原稿のまま保存されていることを知った。恐らく、〝抗命事件〟について書いている、と思われた。戦史資料として世にだすべきは、牟田口文書でなくて、この回想録だと思った。その後、私は佐藤家の嗣子五郎氏の好意で、回想録を読むことができた。

東京新聞から連載読物の企画の相談をうけた時、この二つの文書を資料として、インパール作戦を書くことを提案した。企画の主題は〝現代史の断面〟ということだった。

私は牟田口文書の内容が正しいかどうかを、佐藤回想録と対比させて検討して行こうと考えた。また、戦場の実相をあらわすのには、実際に苦難を体験した将兵の手記によることにした。昭和三十六、七年ごろから、郷土部隊の戦記や、あるいは各部隊ごとの戦史が数多く出るようになっていた。

私が資料とした部隊誌や戦記のなかで、最もよくインパール作戦の実相を伝えていたのは『ビルマ戦線――歩兵第五十八連隊の回想』である。コヒマの戦場に関する記録としては、これ以上のものがない。また、戦記として出色の著作となっている。

このような著作ができたのは、生き残り隊員の熱意によるものである。編集、刊行にあたった田村二郎、西田将の両氏が、新潟県下に頒布《はんぷ》打合せにまわった時、でき上がり見本を手にとって、戦友同士は手をとり合って泣いた。

ガダルカナルとインパールと、最も惨烈な二つの戦場に戦った百二十四連隊の戦記は、杉江勇氏著『郷土部隊戦記』から引用した。この本は福岡市の夕刊フクニチ社、同著刊行会の発行である。

祭師団の『歩兵第六十七連隊文集』も貴重な資料となった。全三巻の大冊である。奈良市油留木町の岡田栄蔵氏が独力で五年にわたって編集に努力した。

私が本文のなかで、これらの著書の引用によって記述をみたしたのは、単に戦場の実相を伝えるためばかりでない。いわば〝証言〟として提出するためである。牟田口文書の主張が正しいかどうかを知るためには、戦場にあった将兵のほかに証人はいないからだ。

もし国会図書館で、牟田口元中将の録音を資料として残すなら、後世に誤解の生じることもあろう。牟田口録音の参考として、ここに引用した『ビルマ戦線』その他の著書も残すことを、国会図書館は忘れてはいないだろう。

『抗命』は東京新聞に昭和四十一年七月五日から十月八日まで連載された。また、北陸中日新聞にも転載になった。新聞の連載には限度があるので、概略を書くだけに終った。その後、文藝春秋から出版されることになったので、この機会に再調査をし、資料も再検討して、全体にわたって加筆をした。また、新聞連載中には、資料整理の不十分のため、幾つかの誤りを書いた。こうしたことの訂正補修もした。

しかし、この本に記したことと、一般の戦史戦記に書いてあることに、日時その他の点で違っているところがある。とくに、佐藤幸徳氏の回想録には、そのような差違が散見された。だが、この著書では、回想録は回想録として伝える方針をとったので、修正することをしなかった。回想録は戦後に書かれているので、佐藤氏の思い違いもあり、その時の感情があらわれているところもあると見られる。

このため、回想録に書いてあることを、事実かどうか確かめないで、それなりに引きうつした個所もある。たとえば、十五軍幕僚がシュウェボで遊興にふけっていたという話である。しかし、これは事実そのものが重要というよりは、そうした空気であることを伝えるために採用した。

資料として使った他の著書のなかには、日時場所などが正確でないために、使えなかった好材料もすくなくない。田元顕治氏の『インパール戦記』には、佐藤師団長がフミネの野戦倉庫に米をさがしに行く話がある。倉庫長から米が一粒もないときくと、師団長は激怒して叫んだ。

「倉庫長、牟田口に会ったらいっておけ。第十五軍の各兵団は決して英印軍に負けたのではないぞ。われわれは軍司令部に負けたのだ。軍司令官牟田口中将に負けたのだ」

参謀部付の田元中尉は、恐らく、その現場にいたのであろう。しかし、佐藤師団長の『作戦概要』には、フミネでは二日分、十六トンの米の補給を得たとしてある。このため、田元氏の記述は、どこかでの事実と思われたが、採用しなかった。

また、再調査中に新しい資料を得ることができた。奈良県五条市の馬場隆夫氏は、撤退間の苦難を記した詳細なノートを秘蔵していた。そのなかには、次のような記述もあった。

《民家のなかに、ひとりの日本兵が死んでいた。死んで、まだ、まもないらしいのに、彼の軍袴は大きく切り開かれて、そこに、やせた大腿部が露出していた。ふしぎなことに、その兵隊のももの肉が深々と切りとられたような傷あとが残っていた。

「班長殿、ひどいやつがいるものですね。きっと、あの肉をくったに違いありません。人間も、ここまできたらおしまいですね」

と、患者のひとりが語った。人間の最後に到達する野獣性の悲しさを、この敗戦で知った》

しかし、今にして思うのは、この状況にかりたてたものは何か、責任者はだれかということだ。

なお、撤退の状況については、将兵がチンドウィンの渡河点にたどりつくまでを書いた。しかし、その苦難と悲惨がさらに極限に達したのは、渡河後、ジビュー山系にはいってのことであった。この状況については、今まで伝えられていないことが多い。

野中国男参謀の所感文集も、この著書の執筆中に雑誌『文藝春秋』編集部が発見したものであった。野中参謀はラングーンの捕虜収容所で、内地帰還の前日に、なぞの自決をとげた。

インパール作戦は無謀な計画を強行したところに重大な問題がある。しかし、それにもまして非難されなければならないことがある。それは、あの敗戦の責任をあいまいにしてしまったことだ。当時、ビルマ方面軍や十五軍に人事異動があったが、実質上、敗戦の責任をとったものはいない。あるいは、最近になって牟田口文書を配布したことは、責任をとる必要はないという、その反証とするつもりなのだろうか。

インパール作戦の責任を負うべきは、牟田口軍司令官ひとりではない。軍参謀長以下幕僚の責任もすくなくないはずだ。たとえば、十五軍には確かに補給計画はあった。しかし、それがどのように実施されたかは、全く明らかでない。十五軍では、兵隊には何もやらなくても、たべて行けると思っていたのだろうか。このような神経でいた幕僚たちが、責任がないとして、戦後平然としていてよいだろうか。

東京新聞に『抗命』を連載中に、防衛庁の上林山長官のお国入り問題がおこった。防衛庁の幹部をひきつれ、音楽隊の演奏をつけて、自動車をつらねて鹿児島市中を行進したという事件である。これは自衛隊の任務とはなんの関係もない、大臣出世の錦《にしき》をきてのお国帰りであった。

この事件は、まのぬけた喜劇のようであるが、私にはそうは思えなかった。長官お国入りには、防衛庁の統合幕僚会議議長、陸海空の三幕僚長が随行していた。この人々は旧軍でいえば、軍部大臣、参謀総長、軍令部総長であり、最高の首脳部である。自動車三十台のパレードのなかには、警務隊も加わっていた。これは憲兵である。昭和四十一年十月二十八日付の東京新聞の放射線欄でも、次のように書いていた。

《上林山防衛庁長官のお国入り問題の野党追及がはじまった。上林山長官の公私混合が明白になったら、ちゅうちょせずに罷《ひ》免すべきだ。

と同時に、われわれがもっと大切な問題とするのは、自衛隊の在り方だ。制服の大幹部がガン首をそろえて、鹿児島市内の長官パレードにしたがったことだ。

鹿屋《かのや》や国分《こくぶ》の自衛隊を視察するときは、堂々と長官につき従って結構だが、選挙運動である市内パレードに加わるとは、公私混合もはなはだしい。

防衛庁長官は一年ごとに代るのだから、中には怪しげなのも登場しよう。上林山長官がそれだが、こんなのは首を切ってしまえば、それですむ。だが、自衛隊の幹部、防衛庁の首脳部の場合はそうはいかぬ。なぜ、「長官、それはいけません、われわれは加われません」といわなかったのか。「そうはいうが、自衛隊というものは、本来、長官の命にはこれ従う、という建て前になっているのだ。それでなければ、いくさはできぬ」と、自衛隊の一大先輩は、筆者に教えてくれた。一理ある。が、だれが見ても間違っている命令なら、訂正を進言するのでなければ、いくさには勝てぬ。国会は、長官を追及するだけでなく、自衛隊の在り方を問題にすることを忘れてはならぬ》

また、その翌日付の東京新聞の筆洗欄では、次のようにも書いていた。

《昔のさむらいは恥ずかしめられるよりは死をえらぶといわれたものだが、今の上林山〝元帥〟はどんな悪口にも、じっと耐えて生きながらえようとする。そう思わざるを得ない。手落ちや不注意は、まあ、いいとしよう。おのれの思慮のたりなさや心得違いを、知らぬ存ぜぬ、秘書のやったことだと、ほおかぶりする方が、よほど罪が深い。すべてを部下の責任に帰するような態度が、実は問題だ。こういう風潮が防衛庁のなかにびまんしたら、一朝ことあるときに責任ある指揮統率ができるかどうか》

佐藤回想録では『インパール作戦を強行することは、牟田口が軍を私兵化することだ』と極論している。それと、防衛庁長官の晴れの凱旋《がいせん》とは、比較すべきでもない。しかし、その根底に共通する何かがあるとしたら、将来のために考えなければならない。

私の前著『インパール』が発行されたのは昭和二十四年であった。この作品は弓第三十三師団を主として、この作戦をえがいた。その時から十七年の歳月がすぎたが、今もなお、インパール作戦には、多くの疑問をいだき意欲をそそられるのである。それは、戦術上の優劣や戦闘経過などの動きよりも、その背後にある人間に、多くの問題があるからである。この戦争を作りだした人間が、どのようなものであったかという点である。その愚かしさ、その恐しさ、そのむなしさが、この作戦ほど顕著にあらわれた例はすくない。

また、それは、今日の問題に共通するものであり、多くの暗示を語りかけるのである。インパール作戦そのものは、すでに歴史の一節となったが、そこにある人間性は、今日の社会に生きているといえる。

インパール作戦については、今後も、まだ研究検討すべきことが多い。戦史として専門の究明も必要である。また、日本人というものを広く考えるためにも、多くの問題をふくんでいる。

インパール作戦を通じて感じることは、この戦場の悲惨をもたらしたものは、戦争というものの罪悪だとばかりはいえないことだ。この悲惨をもたらしたものは、実は軍の首脳部や指導者の無責任ではなかったか。

太平洋戦争をかえりみて、多くの人は、戦争は悲惨であり、罪悪だという。これは、ほとんどの戦記戦史に書いてある言葉である。牟田口元中将までが『郷土部隊戦記』に所感を寄せて、〝戦争がいかに悲惨であるか〟とか、〝戦争は憎むべきである〟とか、あるいは〝悲惨を二度くりかえしてはならない〟と書いている。

しかし、すくなくともインパール作戦の場合、憎むべきは戦争そのものというより、それを計画した人ではなかろうか。罪悪とすべきは、戦争よりも、その人々の無責任ではないだろうか。

兵であった者が、戦争の罪悪をいうことは正しい。しかし、指導者であった将校がいってよいだろうか。それをいえば、いいのがれとなり、責任の所在をごまかすことにならないだろうか。

太平洋戦争以来、いろいろの言葉のすりかえがおこなわれたが、戦争の罪悪と、無責任の罪悪とは、けじめをつけておかなければならない。

そして、無責任に対しては、それぞれに反省し、また、それぞれに追及しなければならない。

私の『抗命』執筆を知って、新潟県の吉沢茂吉氏から手紙がきた。吉沢氏はコヒマの戦場で目を失い、アゴをくだかれた、五十八連隊の苦闘を象徴する戦傷者である。その手記は本文中にも引用したが、あとからきた手紙を、とくにここに掲載しておきたい。痛烈な体験をした人の書いたものには、胸に迫るものがあったからだ。

全く当時は、ただ無我夢中で正面の敵に立ちむかい、気のついた時は、傷ついて白骨街道をさまよっていたのです。両手につえを持ち、カマスを着て、よたよたとたどりついたシッタンの、昼なお暗い竹林の野戦病院。そこには、五、六百の兵が雨にふやけ、泥に半ば埋もれていました。夜中になると、恐ろしい悪臭と、そこに燃える鬼火は、現世につきぬ思いを残す人々の浮かばれない悲しみを語っていました。

たとえようのないこの現実、あすのおのれの姿を目前に見て、私は子供のように、おいおい泣きました。

それでも、そのなかに、どうやら息をしている者が六、七十人もあったでしょうか。もう、なんの感情ももたず、うつろな目をしていました。その足もとには、もう、うじがはいあがりはじめていました。

一日一回、どろどろのおかゆを配給してくれていた衛生兵も、私がついて四日目に、どこかへ行ってしまいました。食料をさがしに行くといって出かけたまま、再び帰ってきませんでした。

ある夕方、どこかの将校が、竹林の奥までつづく死体に向って叫んでいました。

「立てる者は、ただちに立て。敵はすぐそこまできている。兵器は貴様のまわりにいくらでもある。竹槍を作ればよいのだ。だいたい貴様たちは戦意があるのか。どこの部隊だ」

私が寝ている竹林のすぐ前でした。栄養の行きとどいた顔、新しい服、ピカピカの長ぐつ、日本軍にまだこんなりっぱな姿をした軍人がいたのかと、自分の目を疑いました。だが、気合いのはいった今の言葉は、正気なのでしょうか。

竹林だから、竹槍はいくらでも作れます。けれども相手が戦車、飛行機では、竹槍で何ができるというのでしょう。また、両手でつえにすがらなければ立っていられない者が戦意の有無を問われても、ただ口をあけて見上げるほかはありませんでした。私どもに、いや全軍にとって、たった今必要なのは、食料だけです。現に目の前に、幾百の兵が文字通り餓死しているのです。

靖国街道を行きついたところは地獄でした。負傷し、発病し、部隊を離れた者のたどる道は、野戦病院という名の、ジャングルの死場所にたどりつくだけだったのです。ここはもう戦争とは全く関係のないところです。いかなる名人の画家でもかくことのできないような、飢餓地獄の絵巻がくりひろげられていたのです。そこへなお、あとからあとから、わずかな望みを抱いて兵がよろめいてきました。

そのころ、こじきのような集団、死にたえた部隊に対して、いまだに牟田口司令官は、インパールを攻撃せよと命じていたのです。

私どもが今日生きていることは、まさに奇蹟です。おそまきながらでも、われわれを助けてくれたのは佐藤閣下です。抗命罪が成立するとすれば、私どもが生きていることまでが罪であり、まちがったことになると信じます。

「死守せよ」――まことに勇ましい言葉です。死して守れるものならば、です。絶対に不可能な命令に、うちかえす弾もなく、飢えて抵抗もできず、ただ、わずかの間、踏みとどまって息がたえる、このような状態が、はたして死守といえるでしょうか。私は、それは犬死だと思います。その犬死から一万余の兵を救った事実が、抗命という罪になるのであれば、私はもう、いうべき言葉がありません。一将功成りて万骨枯るといいますが、その一将の功も成らなかった戦争でした。思えば大変な経験をしてきたものです。だが、それも時移り、今では何か映画でも見てきたような思いにかわりつつあります。まだ、ご遺骨はあのジャングルの底に、そのままになっているのは、亡き方々に誠に申しわけないことです。心では、本当に、もどかしく思いながら、どうにもできないことを悲しみます。

この手紙を読んで私は痛切に教えられたことがある。それは〝人間の責任〟ということである。

昭和四十一年十一月一日

高木俊朗

異常・無謀な作戦——文庫版あとがき——

私が戦記『抗命』を書いたのは、昭和四十一年であった。それから、ちょうど十年たった昭和五十一年の秋、この本が文春文庫の一冊として刊行されることになった。

その十年の間、私はインパール作戦を追いつづけ、あるいは太平洋戦争の跡をたどってきた。そして、今、改めて痛感するのは佐藤師団長の抗命事件が、太平洋戦争のなかで、最も異常にして類例のない重大事であることだ。そしてまた、インパール作戦は、太平洋戦争のそれぞれの作戦のなかで、きわだって無謀であり、しかも、今なお、その核心の部分が明らかにされていないことである。

インパール作戦について、まず明確にしておかなければならないことがある。それは、この作戦が、決行する必要がなかっただけでなく、実行してはならなかった点である。

それればかりでない。インパール作戦は、その計画の段階で、各関係者から反対された。それを牟田口廉也中将は、さまざまな術策、奸計をもって、欺いて強行した。牟田口軍司令官はインパール攻略と称しながら、本心はインド中央への進撃、征服を企図していた。

インパール作戦は、牟田口軍司令官の強い名誉欲、権勢欲から強行された。この無名の師のために、三個師団壊滅の悲劇となった。

戦後、牟田口軍司令官がバーカー書簡を得て狂喜したのは、とくに、ディマプール進撃が可能であったといわれた点であろう。しかし、バーカー書簡には、戦後に書かれたものとしては、見解に皮相なものがある。比較すべきでないが、英第十四軍司令官スリム中将の回想録『敗北より勝利へ』("DEFEAT INTO VICTORY")は、痛烈に日本軍の実態をとらえている。

そのようなバーカー書簡を、牟田口元中将は有力な証拠として『国会図書館における説明資料』を作った。さらには、その小冊子を牟田口元中将自身が新聞雑誌社に持ちまわり、国会図書館に録音を要請した。そこには、一片の反省もなく、責任の片鱗もない。

牟田口中将は、常に公言していた。

「蘆溝橋で第一発を撃って戦争を起したのはわしだから、わしが、この戦争のかたをつけねばならんと思うておる」

昭和十二年七月七日の夜、北平《ペイピン》（現在の北京《ペキン》）郊外で演習中の牟田口連隊の中隊が、中国軍と衝突したのが、日中戦争、さらには太平洋戦争の発端となった。

同夜、両軍の発砲する以前に、牟田口連隊の任務は攻勢防御に変り、毎夜、北平周辺で演習をおこない、中国軍を威嚇、挑発していた。事件当夜の中隊の番兵は、空砲弾のほかに実弾を持ち、刃を研磨した剣を小銃につけていた。これでは演習の装備とはいえない。衝突の報告をうけた牟田口連隊長は、それを待っていたように、電話口で大声叱咤し、応戦、攻撃を命じた。これについて牟田口文書は次のように記している。

《中国軍が夜間やたらに射撃するから、なんら彼らに対して脅威を感じることなく、むしろ彼らに対して、あわれみの情をもって戦闘を指導しておった》

当時、最も強硬、積極的に戦火を拡大させた一人が、牟田口連隊長である。その人の戦闘に〝あわれみの情〟があったという。これは牟田口文書の虚飾、虚言の一例である。

私がインパール四部作のうちの『憤死』を刊行したのは、昭和四十四年であった。同じころ、読売新聞は『昭和史の天皇』のうちの『インパール作戦』の項を連載していた。その作戦の経緯についての記述は、詳細で、未発表の秘録も多く、貴重な史書となった。そのなかに《牟田口将軍の弁明》の章を掲げた。その部分は、牟田口文書の全文を引用し、簡単な注を加えていた。そして終りに、次のように結論していた。

《〝失意のどん底〟にあった老将軍が、日ごろのうっ積したうらみをこの小冊子にぶちまけたとしても、何も目くじらを立てて非難するにはあたらないだろう》

だが、戦後十七年たっても、なお、自己の過失と責任の重大さに気がつかないでいる点を、軽く見てはならない。このような個人的な主観の評言が、客観であるべき史書の記述にまじっているのは異様である。恐らくは、記者が実情にうといために、取材した旧軍の当事者の自己弁護を、そのまま本文に書いたのではなかろうか。

インパール作戦については、だれも責任をとる者がなかった。インパール作戦を放任した、ビルマ方面軍の河辺正三軍司令官は、その失態にもかかわらず、翌年には、陸軍大将に進級、さらに要職についた。これが、日本軍の体質と構造であった。

牟田口文書について、これを〝非難するにあたらない〟とするのは、この重要点を見のがすことである。それはまた、戦争責任に対する意識の薄弱を示すことでもある。その隙間《すきま》から、戦争を美化する軍国主義の思想が、雑草のようにのびて行くだろう。

戦争責任を、歴史の立場から、改めて厳正に追及することを、戦記、戦史は忘れてはならない。

昭和五十一年六月　つゆの晴れまの日

高木俊朗

単行本　一九六六年一二月　文藝春秋刊
文庫　一九七六年一一月　文春文庫刊
（本書は右文庫の新装版です）

＊本作品の中には、今日からすると差別的表現ないしは差別的表現ととられかねない箇所があります。しかし、それは歴史的事実の記述、表現であり、作者に差別を助長する意図がないことは明白です。読者諸賢の御理解をお願いいたします。

文春文庫編集部

文春文庫

抗《こう》命《めい》
インパール2

定価はカバーに表示してあります

2019年8月10日　新装版第1刷

著　者　高《たか》木《ぎ》俊《とし》朗《ろう》
発行者　花田朋子
発行所　株式会社 文藝春秋

東京都千代田区紀尾井町3-23　〒102-8008
TEL　03・3265・1211㈹
文藝春秋ホームページ　http://www.bunshun.co.jp

落丁、乱丁本は、お手数ですが小社製作部宛お送り下さい。送料小社負担でお取替致します。

印刷製本・凸版印刷

Printed in Japan
ISBN978-4-16-791337-3

（　）内は解説者。品切の節はご容赦下さい。

岩井　勉
空母零《ゼロ》戦隊
特攻の掩護機として、敵艦に突っ込む若者を見送った時の悲しみ、理不尽な上官への怒り、そして故郷に残した妻子への想い。十八歳から二十六歳迄、戦争の最中に生きた青春の鮮烈な記録。

い-48-1

伊藤之雄
昭和天皇伝
日本の命運を若くして背負わざるをえなかった君主は、いかに歩んだか。昭和天皇の苦悩と試行錯誤、そして円熟の日々。丁寧に資料にあたった、司馬遼太郎賞受賞の決定版評伝。

い-90-1

江藤　淳
閉された言語空間
占領軍の検閲と戦後日本
アメリカは日本の検閲をいかに準備し実行したか。眼に見える戦争は終ったが、アメリカの眼に見えない戦争、日本の思想と文化の殲滅戦が始った。一次史料による秘匿された検閲の全貌。
え-2-8

加藤陽子
とめられなかった戦争
なぜ戦争の拡大をとめることができなかったのか、なぜ一年早く戦争をやめることができなかったのか――繰り返された問いを、当代随一の歴史学者がわかりやすく読み解く。

か-74-1

小泉信三
海軍主計大尉小泉信吉
一九四二年南方洋上で戦死した長男を偲んで、戦時下とは思えぬ精神の自由さと強い愛国心とによって執筆された感動的な記録。ここに温かい家庭の父としての小泉信三の姿が見える。

こ-10-1

櫻井よしこ　編
日本よ、「歴史力」を磨け
「現代史」の呪縛を解く
「従軍慰安婦」「南京大虐殺」「東京裁判」「冷戦終焉」などをめぐる「現代史」の嘘を、櫻井よしこ氏と11人の論客（中西輝政・北村稔・伊藤隆・佐々淳行・古田博司ほか）が、徹底的に検証。
さ-57-2

高瀬　毅
ナガサキ　消えたもう一つの「原爆ドーム」
爆心に近く、残骸となった浦上天主堂は、世界遺産の被爆遺構「原爆ドーム」と同様、保存の声も高かったが、完全に撤去、再建された。その裏にいったい何があったのか？　（星野博美）
た-90-1

特攻　最後の証言
『特攻　最後の証言』制作委員会

太平洋戦争末期、特攻に志願した8人の生き残りにロング・インタビューを敢行。人間爆弾や人間魚雷と呼ばれた究極の兵器に身を預けた若者たちの真意とは。詳細な注、写真・図版付。

と-27-1

戦士の遺書
太平洋戦争に散った勇者たちの叫び
半藤一利

太平洋戦争に散った軍人たちの遺書をもとに、各々の人物像、死の背景にまで迫った感動作。彼らの遺したことばから、日本人とは、国とは、家族とは何かが浮き彫りにされる。（阿川弘之）

は-8-6

ノモンハンの夏
半藤一利

参謀本部作戦課、関東軍作戦課。このエリート集団が己を見失ったとき、悲劇は始まった。司馬遼太郎氏が果たせなかったテーマに、共に取材した歴史探偵が渾身の筆を揮う。（土門周平）

は-8-10

ソ連が満洲に侵攻した夏
半藤一利

日露戦争の復讐に燃えるスターリン、早くも戦後政略を画策する米英、中立条約にすがってソ満国境の危機に無策の日本軍首脳――百万邦人が見棄てられた悲劇の真相とは。（辺見じゅん）

は-8-11

［真珠湾］の日
半藤一利

昭和十六年十一月二十六日、米国は日本に「ハル・ノート」を通告、外交交渉は熾烈を極めたが、遂に十二月八日に至る。その時時刻々の変化を追いながら、日米開戦の真実に迫る。（今野　勉）

は-8-12

日本のいちばん長い日　決定版
半藤一利

昭和二十年八月十五日。あの日何が起き、何が起こらなかったのか？　十五日正午の終戦放送までの一日、日本政府のポツダム宣言受諾の動きと、反対する陸軍を活写するノンフィクション。

は-8-15

日本国憲法の二〇〇日
半藤一利

敗戦時、著者十五歳。新憲法の策定作業が始まり、二百三日後、「憲法改正草案要綱」の発表に至る。この苛酷にして希望に満ちた日々を、歴史探偵が少年の目と複眼で描く。（梯　久美子）

は-8-17

（　）内は解説者。品切の節はご容赦下さい。

半藤一利
あの戦争と日本人
日露戦争が変えてしまったものとは何か。戦艦大和、特攻隊などを通して見据える日本人の本質。「昭和史」「幕末史」に続き、日本の大転換期を語りおろした〈戦争史〉決定版。
は-8-21

半藤一利・加藤陽子
昭和史裁判
太平洋戦争開戦から七十余年。広田弘毅、近衛文麿ら当時のリーダーたちはなにをどう判断し、どこで間違ったのか。半藤〝検事〟と加藤〝弁護人〟が失敗の本質を徹底討論！
は-8-22

半藤一利
聯合艦隊司令長官　山本五十六
昭和史の語り部半藤さんが郷里・長岡の先人であり、あの戦争の最大の英雄にして悲劇の人の真実について熱をこめて語り下ろした一冊。役所広司さんが五十六役となり、映画化された。
は-8-23

半藤一利 編
太平洋戦争　日本軍艦戦記
激戦の記録、希少な体験談。生残った将兵による「軍艦マイベスト5」。戦った日米英提督たちの小列伝。……大日本帝国海軍の栄光から最期までを貴重な写真とともに一冊でたどる！
は-8-24

半藤一利 編著
十二月八日と八月十五日
太平洋戦争開戦の日と、玉音放送が流れた終戦の日と。その日、人々は何を考え、発言し、書いたか。あらゆる史料をもとに歴史探偵が読み解き編んだ、真に迫った文庫オリジナル作品。
は-8-27

半藤一利・保阪正康
そして、メディアは日本を戦争に導いた
近年の日本社会と、戦前社会が破局へと向った歩みには共通点があった？　これぞ昭和史最強タッグによる決定版対談！　石橋湛山、桐生悠々ら反骨の記者たちの話題も豊富な、警世の書。
は-8-28

半藤一利 監修・秋永芳郎・棟田　博
学びなおし太平洋戦争1
徹底検証「真珠湾作戦」
半藤一利氏曰く「おそらく唯一の、通史による太平洋戦史」。第1巻では真珠湾攻撃から南方作戦まで、日本軍の快進撃をつぶさに描き出す。本文総ルビ付き。親子でイチから学べます。
は-8-29

（　）内は解説者。品切の節はご容赦下さい。

学びなおし太平洋戦争２
「ミッドウェー」の真相に迫る
半藤一利 監修・秋永芳郎・棟田 博

第２巻では、ビルマ侵攻作戦からガダルカナルを経て、中国大陸の重慶攻略作戦まで。ミッドウェーでの山本五十六苦渋の決断も描く。米有利に戦況を転換させたものは何だったのか。

は-8-30

学びなおし太平洋戦争３
運命を変えた「昭和18年」
半藤一利 監修・秋永芳郎・棟田 博

第３巻では、大激戦の少なかった昭和18年の重要性と、マリアナ、ニューギニア、インパールで苦境に立たされた日本軍の姿を描く。米軍の攻撃はついに日本本土にまで及んできた！

は-8-31

学びなおし太平洋戦争４
日本陸海軍「失敗の本質」
半藤一利 監修・秋永芳郎・棟田 博

昭和20年８月に至る、日本軍と日本人の悲しみの歴史。特攻隊、硫黄島、沖縄戦、原爆。あの敗戦から現代人は何を学び取ればよいのだろうか。親子で学べる太平洋戦争史、最終第４巻。

は-8-32

ナショナリズムの正体
半藤一利・保阪正康

〝ネット右翼〟も〝自虐史観左翼〟もこの一冊で論破できる！　ナショナリズムと愛国心を歪めたのは誰か？　歴史的事実をもとに左右を徹底批判。昭和史が教える「真の愛国者」入門。

は-8-33

収容所《ラーゲリ》から来た遺書
辺見じゅん

戦後十二年目にシベリア帰還者から遺族に届いた六通の遺書。その背後に驚くべき事実が隠されていた！　大宅賞と講談社ノンフィクション賞のダブル受賞に輝いた感動の書。（吉岡　忍）

へ-1-1

瀬島龍三
参謀の昭和史
保阪正康

太平洋戦争中は大本営作戦参謀、戦後は総合商社のビジネス参謀、中曾根行革では総理の政治参謀。激動の昭和時代を常に背後からリードしてきた実力者の六十数年の軌跡を検証する。

ほ-4-3

二・二六事件蹶起将校 最後の手記
山本 又・保阪正康 解説

二・二六事件蹶起将校の首魁・安藤輝三から、事件のことを書き残してくれと頼まれた山本又予備役少尉による衝撃の獄中手記。事件直前に蹶起趣意書から削られた一文とは何か？

ほ-4-7

（　）内は解説者。品切の節はご容赦下さい。

堀　栄三
大本営参謀の情報戦記
情報なき国家の悲劇
太平洋戦争中は大本営情報参謀として米軍の作戦を次々と予測的中させて名を馳せ、戦後は自衛隊情報室長を務めた著者が稀有な体験を回顧し、情報に疎い組織の欠陥を衝く。（保阪正康）
ほ-7-1

松本清張
日本の黒い霧（上下）
占領下の日本で次々に起きた怪事件。権力による圧迫で真相は封印されたが、その裏には米国・GHQによる恐るべき謀略があった。一大論議を呼んだ衝撃のノンフィクション。（半藤一利）
ま-1-97

松本清張
昭和史発掘　全九巻
厖大な未発表資料と綿密な取材で、昭和の日本を揺るがした諸事件の真相を明らかにした記念碑的作品。「芥川龍之介の死」「五・一五事件」「天皇機関説」から、「二・二六事件」の全貌まで。
ま-1-99

柳田邦男
零式戦闘機
太平洋戦争における日本海軍の主力戦闘機であった零戦。外国機を凌駕するこの新鋭機開発に没頭した堀越二郎を中心とする若き技術者の足跡を描いたドキュメント。（佐貫亦男）
や-1-1

山本七平
私の中の日本軍（上下）
自己の軍隊体験をもとに日本軍についての誤解や偏見をただし、さまざまな〝戦争伝説〟〝軍隊伝説〟をくつがえした名著。鋭い観察眼と抜群の推理力による冷静な分析が光る。
や-9-1

山本七平
一下級将校の見た帝国陸軍
「帝国陸軍」とは何だったのか。すべてが規則ずくめで大官僚機構ともいえる日本軍隊を、北部ルソンで野砲連隊本部の少尉として惨烈な体験をした著者が、徹底的に分析追究した力作。
や-9-5

湯浅　博
歴史に消えた参謀
吉田茂の軍事顧問　辰巳栄一
戦前は、英米派として対米開戦派と戦い、戦後は吉田茂とともに陸上自衛隊の礎を築いた男。彼の武器は情報（インテリジェンス）だった！　名参謀の姿が鮮やかに蘇る！　（中西輝政）
ゆ-11-1

（　）内は解説者。品切の節はご容赦下さい。

吉村　昭
殉国
陸軍二等兵比嘉真一
中学三年生の小柄な少年は、ダブダブの軍服に身を包んで戦場へ出た……。凄惨な戦いとなった太平洋戦争末期の沖縄戦の実相を、少年の体験を通して描く長篇。（福田宏年）
よ-1-22

吉村　昭
戦史の証言者たち
すさまじい人的物的損失を強いられた太平洋戦争においては、さまざまな極限のドラマが生まれた。その中から山本五十六の戦死にからむ秘話などを証言者を得て追究した戦争の真実。
よ-1-28

吉村　昭
海軍乙事件
昭和十九年、フィリピン海域で連合艦隊司令長官、参謀長らの乗った飛行艇が遭難した。敵ゲリラの捕虜となった参謀長が所持していた機密書類の行方は？　戦史の謎に挑む。（森　史朗）
よ-1-45

吉沢久子
吉沢久子、27歳の空襲日記
太平洋戦争末期、B29から落とされる爆弾で多くの命が失われた東京での暮らしは思い出すのも嫌という著者が、当時の日記を公開。働く女性が率直に綴った貴重な記録。（梯　久美子）
よ-38-1

文藝春秋　編
太平洋戦争の肉声Ⅰ
開戦百日の栄光
文藝春秋が集めてきた、当事者の肉声による太平洋戦争史第一弾。山本五十六によるロンドン海軍軍縮交渉談話、今村均が語るジャワ島上陸作戦など。（森　史朗）
編-6-13

文藝春秋　編
太平洋戦争の肉声Ⅱ
悲風の大決戦
逆境の中で兵士たちは何を思い、指揮官はどう行動しようとしたのか？　ソロモン海戦、ガダルカナル島の戦い、山本五十六戦死から、インパール作戦、サイパン島防衛戦まで。
編-6-14

（　）内は解説者。品切の節はご容赦下さい。

太平洋戦争の肉声Ⅲ　特攻と原爆
文藝春秋 編
神風特攻、レイテ沖海戦、硫黄島の戦い、戦艦大和の死闘、沖縄戦、原爆投下、宮城事件……敗戦へと至る状況を当事者たちの声で綴る。巻末に元零戦パイロットのインタビューを収録。
編-6-15

戦後70年 日本人の証言
文藝春秋 編
日本人はいかにして戦後日本を作ったのか。東京裁判、安保闘争、ご成婚、東京五輪、バブル崩壊……昭和・平成70年の歩みを超豪華執筆陣が描く。高倉健「最後の手記」を収録。
編-6-16

日本人の戦争　作家の日記を読む
ドナルド・キーン（角地幸男 訳）
永井荷風、伊藤整、高見順、山田風太郎らは日本の太平洋戦争突入から敗戦までをどのように受け止めたのか。作家の日記に刻まれた生々しい声から非常時における日本人の魂に迫る評論。
キ-14-1

ザ・コールデスト・ウインター 朝鮮戦争（上下）
デイヴィッド・ハルバースタム（山田耕介・山田侑平 訳）
スターリンが、毛沢東が、マッカーサーが、トルーマンが、金日成が、そして凍土に消えた名もなき兵士達が、血の肉声で語るあの戦争。著者が十年をかけて取材執筆した、最後の最高傑作。
ハ-29-1

アンネの日記　増補新訂版
アンネ・フランク（深町眞理子 訳）
オリジナル、発表用の二つの日記に父親が削った部分を再現した〝完全版〟に、一九九八年に新たに発見された親への思いを綴った五ページを追加。アンネをより身近に感じる〝決定版〟。
フ-1-4

アンネの童話
アンネ・フランク（中川李枝子 訳）
酒井駒子 絵
アンネは童話とエッセイを隠れ家で書き遺していた。「パウラの飛行機旅行」など、どの話にも胸の奥から噴出したキラリと光るものがある。新装版では酒井駒子の絵を追加。（小川洋子）
フ-1-5

（　）内は解説者。品切の節はご容赦下さい。

磯田道史
龍馬史
龍馬を斬ったのは誰か？　史料の読解と巧みな推理でついに謎が解かれた。新撰組、紀州藩、土佐藩、薩摩藩……。諸説を論破し、論争に終止符を打った画期的論考。（長宗我部友親）
い-87-1

磯田道史
江戸の備忘録
信長、秀吉、家康はいかにして乱世を終わらせ、江戸の泰平を築いたのか？　気鋭の歴史家が江戸時代の成り立ちを平易な語り口で解き明かす。日本史の勘どころがわかる歴史随筆集。
い-87-2

磯田道史
無私の日本人
貧しい宿場町の商人・穀田屋十三郎、日本一の儒者でありながら栄達を望まない中根東里、絶世の美女で歌人の大田垣蓮月——無名でも清らかに生きた三人の日本人を描く。（藤原正彦）
い-87-3

磯田道史
徳川がつくった先進国日本
この国の素地はなぜ江戸時代に出来上がったのか？　島原の乱、宝永地震、天明の大飢饉、露寇事件の4つの歴史的事件によって、徳川幕府が日本を先進国家へと導いていく過程を紐解く！
い-87-4

長部日出雄
「古事記」の真実
日本最古の古典「古事記」は、誰が何を思って書いたか。稗田阿礼や須佐之男命は何者か。伊勢や出雲の示すものとは……。作家が全霊をかけ、日本人の原点を読み解く名著。（平山周吉）
お-6-7

沖浦和光《かずてる》
幻の漂泊民・サンカ
近代文明社会に背をむけ〈管理〉〈所有〉〈定住〉とは無縁の「山の民・サンカ」はいかに発生し、日本史の地底に消えていったか。積年の虚構を解体し実像に迫る白熱の民俗誌！（佐藤健二）
お-34-1

大佛《おさらぎ》次郎
天皇の世紀　全十二巻
文豪・大佛次郎による歴史文学の名著。卓抜した史観と膨大な資料渉猟によって激動の幕末を照射し、世界史上のエポックともなった明治維新の真義と日本人の国民的性格を明らかにする。
お-44-2